KB122767

비밀독서단

지상에서 가장 쉽고 재미있는 독서기

비밀
독서단

OtvN 비밀독서단 제작팀 지음

교보문고

☀ 비밀독서단원 소개 ☀

「비밀독서단」을 세상에 널리 알리기 위해 우리가 뭉쳤다!
B급 문화와 A급 문화를 성역 없이, 거부감 없이, 지루함 없이.
적절하고 과감한 입담으로 풀어낼 비밀독서단원을 소개합니다.

📚 **송은이** 대한민국 개그우먼 계의 숨겨진 애독가로 '세상 좀 살아본 누나'의 풍부한 인생경험으로 단원들의 의견을 종합하고 정리한다. 「비밀독서단」을 통해 다져진 독서내공에 섬세한 공감능력까지 갖춘 숨겨진 능력자.

📚 **김숙** 가모장을 주장하는 걸크러시 개그우먼이지만 그동안은 책과 거리가 멀었다. 「비밀독서단」을 통해 책과 인연을 맺으며 독서에 흠뻑 빠졌다. 요즘은 책장에 책을 채우는 게 하나의 즐거움이 된 새내기 애독가.

📚 **오상진** MC계의 엄친아답게 사회학, 과학, 문학 등 장르를 가리지 않고 일주일에 한두 권씩은 꼭 책을 읽는다. 단순히 책만 읽지 않고 책에 관한 또 다른 이야기와 숨은 배경 등에도 관심이 많아 토론을 풍성하게 만들어준다.

이동진 영화에 별점을 매기는 평론가이지만 누구보다 책을 사랑하고 많이 읽는 애독가. 문학에 특히 강하지만 인문학과 철학에 관한 독서력도 만만치 않다. 미문을 넘어 간략하고 쉬운 말로 핵심에 다가서는 설명은 교양과 지성을 갖춘 우리 시대 지성인임을 확인시켜 준다.

신기주 여심을 저격하는 엣지와 시크함을 담당하는 단원. 사회, 경제, 문화를 아우르는 풍부한 독서 경험으로 토크에 이성과 논리를 더한다. 어느새 「비밀 독서단」의 터줏대감으로 자리 잡은 단원.

조승연 인문학계의 젊은 피! 귀여운 외모에 약간의 허세가 밉지 않은 단원. 중세부터 현대까지 인문학, 철학, 문학을 총망라하는 백과사전급 지식뿐 아니라 귀에 쏙쏙 들어오는 언변까지 장착한 지식 부자.

차례

1부
세상에서 가장 작은 인생학교

● 1교시
나를 사랑하는 시간

● 2교시
교과서 밖 상상교실

세상에서
가장 작은
인생학교

1부

나를 사랑하는 시간

『데미안』
인생의 고비를 만났을 때
뜀틀이 되어줄 책

    세상에는 두 종류의 사람이 있다. 헤르만 헤세Hermann Hesse의 『데미안』을 읽고 10대를 보낸 사람과 읽지 않고 10대를 보낸 사람. 여기서 조금 더 세분화하면 『데미안』을 한 번만 읽은 사람과 한 번 더 읽은 사람으로 나뉜다. 학창시절에 책 좀 읽어본 사람들의 필독서인 『데미안』은 성장할 시기에 읽는 느낌과 성장해서 읽는 느낌이 사뭇 다르다. 그러니까 이 책은 10대뿐 아니라 어른의 삶을 겪어본 사람이 읽어도 언제든 제 역할을 해내는 성장소설의 끝판왕이다.

    『데미안』은 싱클레어라는 소년이 10대에서 20대 청년이 되기까지의 치열한 성장을 기록한다. 방황하는 청소년의 자아를 섬세하게 묘사해낸 헤세의 자전적 소설이기도 하다. 1919년 제1차 세계대전이 끝난 직후에 출간한 이 책은 제2차 세계대전에 참전한 독일 병사들의 배낭 속에 한 권씩 들어 있을 만큼 강렬한 인상을 남겼다. 그 뒤 100년이 다 된 지금까지도 '청춘의 바이블'로 불리며 전 세계 독자들의 꾸준한 사랑을 받고 있다.

작품을 발표할 때 헤세는 신인 작가처럼 새 출발하고 싶다는 마음에 실명을 감추고 에밀 싱클레어라는 극 중 주인공의 이름을 필명으로 사용했다. 그가 필명을 사용한 데는 여러 뒷이야기들이 있다. 후에 헤세가 인터뷰에서 밝힌 이유는 이러하다. 그는 1906년에 발표해 훗날 노벨문학상을 받은 『수레바퀴 밑에서』라는 작품을 쓸 때까지 자신의 소설에 만족하지 못했다. 그 전까지 쓴 모든 작품은 오락 소설에 불과할 뿐이라고 생각했다. 그는 마침내 자신의 문학적 경력을 일신하기로 결심했고, 그 시발점으로 삼은 소설이 『데미안』이었다. 같은 의미에서 작가의 이름 역시 새롭게 바꿨다고 한다. 이렇게 신인 작가로 소설을 낸 헤세는 『데미안』으로 신인 작가상까지 받았다. 나중에 에밀 싱클레어가 헤르만 헤세라는 사실이 밝혀져서 상을 반납하기도 했다.

헤세는 인생을 살면서 내적인 모험과 외적인 모험을 즐겨한 작가였다. 그래서일까. 그는 인간이 자신의 진짜 자아를 찾아나서는 내적인 모험을 외적인 사건 속에서 묘사하는 작품을 써냈다. 『데미안』도 그런 작품 중 하나다.

『데미안』의 스토리는 단순하다. 주인공 싱클레어는 유복한 집에서 부모의 사랑을 받으며 명문 가톨릭 학교에 다닌다. 그러던 어느 날 동네의 불량소년 프란츠 크로머에게 도둑질을 했다는 허풍을 떨다 약점을 잡히고 만다. 크로머의 괴롭힘에서 빠져나오지 못하는 싱클레어 앞에 데미안이라는 신비한 소년이 나타난다. 데미안은 악의 굴레에서 어떻게 벗어날지 몰라 힘들어하는 싱클레어를 도와준다. 수호신처럼 등장한 데미안이 하굣길에 싱클레어에게 쏟아낸 이야기는 그동안 학교에서 배운 모든 것들과 반대되는 것이었다. 데미안의 이야기를 들은 싱클레어는 지금껏 믿어왔던 모든 것이 뿌리째 흔들리는 혼란에 빠진다. 이때부터 제1차 세계대전에 참전할 때까지, 10대에서 20대로 옮겨가는 싱클레어의 내적인 방황기가 시작된다.

의심과 고민의 기회를 주는 선문답

『데미안』을 성장이라고 할 때, 이 성장은 내적 성장일 것이고, 어떻게 보면 구도를 향한 것이며, 이는 자존감을 북돋는 데 가장 중요한 부분이다. 자존감은 헤르만 헤세 필생의 테마이기도 하다.

싱클레어는 자존감을 찾아가는 여행에서 만나는 사람들로부터 많은 영향을 받는다. 이 여행의 주요 멤버는 누가 뭐래도 데미안이다. 무엇이든 꿰뚫어보는 그의 신비함은 마치 모든 사람의 머리 꼭대기에 있는 것 같은 느낌이다. 특히 싱클레어가 고민하는 순간에 스윽 나타나 짧은 대화를 나누고 사라지는 데미안의 모습은 선문답을 건네는 스님 같기도 하다. 이 소설이 훌륭한 이유가 여기 있다. 스스로 생각할 여지를 충분히 주는 것이다. 사실 스스로를 무조건 긍정한다고 자존감이 높아지진 않는다. 성장은 끊임없이 의심하는 순간부터 시작된다.

재미있는 건 『데미안』이 우리나라에선 성장소설이지만 독일문학사에서는 종교철학 소설이라는 사실이다. 성장기에 있는 청소년이 이 책을 읽는 경우는 거의 없다. 이분법에 빠진 어린 싱클레어가 더 성숙한 문명과 더 성숙한 종교관과 철학을 가진 어른으로 성장해나가는 과정이 제1차 세계대전이라고 보는 것이 가장 정설적인 해석이다. 제1차 세계대전은 선악의 개념을 이분화시킨 미성숙한 유럽 문명을 초토화시킨 움직임이며, 덕분에 선과 악이 정확하게 분리되지 않았다는 것을 받아들일 수 있는 성숙한 문명으로 발전되었다는 역사철학적 소설로 보는 것이 독일의 시각이다. 우리나라처럼 알을 뚫고 나오는 것을 개인적인 것으로 보는 시각은 찾아보기 어렵다.

성장기에 『데미안』을 읽었던 사람이라면 아무리 집중하고 읽어도 내용이 잘 이해되지 않던 자신이 이제야 이해될 것이다. 그 시기에 선과 악에 관해 깊이 고민하거나 종교와 신의 존재를 고민하는 청소년이 얼마나 될까? '내 세계를 깬다'라는 주제에도 채 다가가지 못한 상황에서 종교철학적인 부분까지 받아들이고 이해하기란 여간 어려운 일이 아니다.

그렇다면 독일에서는 문명사에 대한 이야기라고 보는 『데미안』인데, 왜 우리나라에서는 청소년이 읽어야 할 성장소설이라고 이야기할까?

종교나 문화사적인 부분을 빼놓더라도 이 책에는 자존감의 성장판이 열릴 만한 가치가 있기 때문일 것이다. 질풍노도의 시기를 겪는 학생이 폭력적인 존재에게 괴롭힘을 당하고 극복해나가는 과정, 정말 사귀고 싶은 여자에 관해 상상하다가 그런 여자를 만나면 어떻게 대처해야 하는지도 이 소설 안에서 어느 정도 읽어낼 수 있다. 음악이 듣는 사람의 것이라면 텍스트는 읽는 사람의 것이다. 그렇기 때문에 『데미안』은 얼마든지 성장소설이 될 수 있다.

진짜 나를 찾는 여정의 디딤돌

싱클레어가 투쟁과 고통을 통해 자존감을 찾는 과정에서 획득한 팁은 '내 안의 어두운 세계까지 인정하는 것'이다. 싱클레어는 사랑, 엄격함, 모범과 같은 안온하고 평화로운 밝은 세계에서 아무런 자각 없이 살아왔다. 그러던 중 크로머를 만나 유혹, 거짓말과 같은 어두운 세계를 경험하면서 두 세계의 대립 속에 살아간다.

얼핏 보면 크로머와 데미안은 싱클레어를 사이에 둔 선과 악처럼 보인다. 괴롭히는 크로머가 있고 구원해주는 데미안이 있는 것처럼. 하지만 이 책은 밝은 세계를 '선', 어두운 세계를 '악'이라 표현하지 않는다. 욕망이 지배하는 세계를 단순히 악으로 보지 않는 것이다. 소설을 관류하는 흐름을 보면 크로머와 데미안이 사실상 같은 역할을 하는 것을 알 수 있다.

그 역할이 무엇인지는 "알은 세계다. 태어나려는 자는 한 세계를 깨뜨려야 한다"라는 『데미안』의 명문장을 따라 '알'에 비유해 알아볼 수 있다. 싱클레어는 알(아버지의 세계) 속에서 평온하게 있던 아이였다. 그렇지만 참 자아가 깨어나기 위해서는 알을 깨고 세상으로 나와야 한다. 사자성어에 줄탁동시啐啄同時라는 말이 있다. 알 속의 병아리가 껍질을 깨고 나오는 것을 표현한 말인데, '줄'이라는 한자는 병아리가 알 속에서 껍질을 쪼는 힘이고 '탁'은 알을 쉽게 깨라고 어미 닭이 밖에서 쪼아 깨뜨리는 힘을 뜻한다. 그것이 '동시'에 일어났을 때를 줄탁동시라고 한다. 이 소설에서 싱클레어가 줄을 한다면, 크로머와 데미안은 동시에 탁을 한다. 두 사람이 싱클레어가 알에서 깨어나 새로운 시대를 맞이하는 데 결정적인 계기를 제공하는 셈이다.

그런 측면에서 '거짓말'은 싱클레어가 최초로 스스로 무언가를 한 것과 같다. 크로머에게 훔치지도 않은 과일을 훔쳤다고 거짓말을 함으로써 아버지의 세계에는 속하지 않는 자기 자신만의 세계를 만들어냈다. 아버지의 세계에서 편안하게 살며 안주할 수 있는 삶에서 뛰쳐나와 한 발을 내딛는 행위다. 이 소설이 매우 흥미롭게 잘 짜여졌다는 것은 싱클레어가 데미안을 처음 만났을 때도 거짓말을 한다는 것이다. 카인과 아벨 이야기가 마음에 들지 않았으면서도 데미안에게 마음에 든다고 허세를 떨듯 말한다. 그러니까 싱클레어는 크로머를 처음 만났을 때도, 데미안을 처음 만났을 때도 거짓말을 했다.

그는 거짓말을 하면서 이전에 없던 것을 내가 만들어냈다고 생각했다. 다시 말해 싱클레어에게 거짓말은 더럽고 위험하지만 아름다운 세계로 뛰어드는 주체적 행위이기도 한 것이다. 거짓말을 계기로 싱클레어는 위험하고 흔들리는 10대 시절을 겪게 되지만 그것은 결국 진짜 나를 찾아가는 여정이자 디딤돌이 되었다. 도덕적으로는 거짓말이 나쁜 것이지만 도덕이든 종교관이든 세계관이든 일부러라도 허물어보고 자신만의 자아를 찾아가게 된 것이다.

청춘의 감정이입을 허하노라

『데미안』을 읽은 사람 중 이 책이 종교적으로 다가왔다고 말하는 사람이 꽤 있다. 어떤 측면에서는 『성경』을 읽기 쉽게 풀어쓴 것 같다는 생각도 든다. 자존감을 찾는 과정에서 얻는 깨달음이 이 책의 큰 맥락인데, 『성경』의 근간이 바로 자존감과 사랑이다.

『데미안』은 선은 항상 좋게만 받아들여지고 악은 나쁘게만 받아들이는 이분법에서 싱클레어가 한 단계 성장해나가는 과정을 보여준다. 우리의 생각이 이분법적인 틀을 뛰어넘는 순간 세상을 바라보는 눈은 넓어진다. 곤충이 허물을 벗으면 새로운 개체의 성체로 거듭나듯이 알을 깨고 나온다는 것 자체가 지금까지 좁은 시야에서 바라보던 세계의 밖으로 나와 새로운 시각으로 세계를 받아들인다는 것이다. 그런 것들을 성장이라고 부를 수 있지 않을까. 데미안이 싱클레어에게 선과 악의 이분법적인 생각에서 탈피할 것을 이야기하는 부분이 있다.

> 넌 누군가를 때려죽이거나 아가씨를 강간하고 살인해선 안 돼. 물론 안 되지. 하지만 넌 '허용된' 것과 '금지된' 것이 원래 무슨 뜻인지 깨닫는 경지에는 아직 도달하지 못했어. 그냥 진실의 한 조각을 맛보았을 뿐이야. 다른 것도 더 나타날 거야. 이 말을 믿어! 예를 들면 넌 대략 1년 전부터 마음속에서 다른 무엇보다 강력한 어떤 충동을 느껴왔을 거야. 그리고 그건 '금지된' 것에 해당하지. 그리스 사람들과 다른 많은 민족들은 반대로 이 충동을 신적인 것이라 여겨 큰 축제를 베풀어 숭배했어. 그러니까 그 무엇도 영원히 '금지된' 것은 없어. 바뀔 수 있는 거지.

데미안은 기독교적인 사회에서 아프락사스Abraxas라는 다른 문화가 가진 상징성을 끌어와 싱클레어에게 기존 세계 이외의 것을 보여주고 새로운 성장이 가능하게끔 만들어준다. 그 상징성을 갖는 대목이 바로 "새는 힘겹게 투쟁하여 알에서 나온다. 알은 세계다. 태어나려는 자는 한 세계를 깨뜨려야 한다. 새는 신에게로 날아간다. 그 신의 이름은 아프락사스다"라는 명문장이다. 아프락사스는 신이며 동시에 악마다. 빛과 어둠의 통합, 선과 악의 통합이다. 거짓과 진실을 하나로 합친 절대적 존재가 아프락사스다.

결국 선과 악이라는 규칙에 얽매이지 말고 한 인간 속에 내재한 '의지'가 자유롭게 말하고 행동하는 것을 인정해야 하는 것이다.

그렇게 우리는 성장한다.

　종교와 철학을 아우르는 관념적인 『데미안』은 뜀틀 같은 책이다. 도움닫기가 없으면 넘기 어렵다. 하지만 일단 완독하면 그것이 갖고 있는 정확한 배경을 몰라도 우리 속을 뜨겁게 만들어주는 책이다. 동시에 인생의 고비를 만나서 방황하고 있는 청춘들에게는 뜀틀을 넘을 수 있는 힘을 주는 책이 될 수도 있겠다.

　그런 의미에서 지나친 감정이입은 경계하는 게 좋지만 이 책이야말로 청춘들에게 감정이입을 해도 좋을, 감정이입을 허용하고 싶은 책이다. 사실 자존감이란 것이 한 권의 책으로 회복되거나 만들어지는 것이라고 생각하지 않는다. 그래도 한 권의 책을 통해 혼자 생각하고 여러 사람과 이야기를 나누다 보면 저절로 생겨나는 것이 아닐까 한다. 우리 모두에겐 데미안이 있었거나 우리 모두는 누군가에게 데미안이었으니까.

『매력 자본』
거울이 든 판도라의 상자에서
희망을 마주하다

    예쁘고 잘생긴 사람들을 매력적이라고 한다. 하지만 외적인 아름다움만이 진짜 매력은 아니다. 외모가 아닌 매력을 무기로 성공한 사람들도 많다. 건강한 몸과 패션 감각으로 전 세계인을 사로잡은 버락 오바마Barack Obama, 세련된 스타일과 우아한 사교술로 세상의 돈을 움켜쥔 IMF 총재 크리스틴 라가르드Christine Lagarde 등도 그들 중 하나다. 캐서린 하킴Catherine Hakim의 『매력 자본』은 인간관계를 결정하는 미소, 카리스마, 건강한 몸, 스타일, 유머 등 매력 자본의 의미부터 놀라운 영향력까지. 내 안에 숨어 있는 진짜 매력을 깨우는 책이다.

    캐서린 하킴은 런던 정치경제대학 사회학과 교수를 거쳐 지금은 런던 정책연구센터에서 연구 위원이다. 평소 여성 고용을 둘러싼 페미니스트적 시각에 대한 비평과 학설로 유명한 그녀가 2010년 옥스퍼드 대학 저널인 『유럽 사회 연구』에 발표한 「매력 자본

Erotic Capital」이라는 논문이 전 세계적으로 큰 관심을 받았다. 특히 유명 사회학자인 앤서니 기든스Anthony Giddens는 이 논문을 보고 "재기 넘치고 상당히 독창적이며, 흥미롭다"고 극찬했다.

그녀의 논문이 관심을 끈 이유는 지금껏 통계화하기 어려운 우리의 주관적 가치를 객관화시켰기 때문이다. 그래서 매력과 자본이 무엇인지 정의하는 과정이 꽤 길다. 그다음에 저자가 하는 이야기는 간단하다. 매력을 사용해야 한다는 것. 이 논문에 다양한 내용과 예시를 추가한 책이 바로 『매력 자본』이다.

이 책은 외모와 아름다움 등을 매력이라는 묘한 단어로 뭉뚱그리고 있다. 사실 '매력'이라는 단어는 우리 말로 번역된 것이고 저자가 말하는 본래 의미는 좀 더 노골적이다. 책의 원제인 'Honey Money: The Power of Erotic Capital'의 사전적 의미는 '성적 자본'이다. 즉 성적 매력을 어떻게 주거니 받거니 하느냐를 알려준다는 것이다. 성적 매력을 주고받는다는 것은 우리 사회에서 이것이 분명하게 거래되고 있으며, 자본의 성질을 지녔다는 뜻이기도 하다.

'자본'이라는 개념은 프랑스 사회학자인 피에르 부르디외Pierre Bourdieu에 따른 것이다. 부르디외는 인간은 경제 자본, 문화 자본, 사회 자본이라는 세 가지 형태의 개인 자산을 지니고 있다고 주장했고, 이는 지금까지도 인정받고 있다. 하지만 하킴은 부르디외의 이론에 네 번째 자본을 추가했다. 바로 매력 자본이다.

매력 자본은 '예쁘면 장땡', '예쁘면 다 용서된다'는 외모지상주의가 아니다. 물론 아름다운 외모가 매력 자본에 도움이 되는 것은 인정하지만 그것이 전부가 아니라고 말한다. 매력 자본은 누구나 가지고 있는 다양한 매력 요소를 폭넓게 인정하면 얼마든지 만들어낼 수 있다. 타고나지 않아도 후천적으로 발전시키는 게 더욱 중요한 자본인 셈이다.

하킴은 매력 자본에는 크게 6가지 요소가 있다고 설명한다. 첫 번째는 아름다운 외모, 그리고 두 번째는 성적인 매력이다. 섹시한 몸과 개성, 스타일 등이 여기에 포함된다. 세 번째는 사회적 요소로 우아함과 인간관계의 기술을 이야기한다. 쉽게 말해 화술이라고 할 수 있다. 네 번째가 신체적 건강함과 에너지, 얼굴 빛깔 등을 보여주는 활력이다. 다섯 번째는 사회적 표현력으로 옷 입는 스타일, 화장법, 헤어스타일, 향수 등이 해당된다. 마지막 여섯 번째는 섹슈얼리티다. 단순한 테크닉을 넘어서 성적인 이미지까지 포함한다. 패션지에서 말하는 우아하고 섹시한 이미지가 그것이다. 예를 들면 톰 포드라는 브랜드가 옷이 아닌 섹슈얼리티를 파는 것처럼 섹시함 자체가 곧 상품인 셈이다.

이들 대부분은 거울에 비추면 다 보이는 것들이다. 그런데 우리는 이제까지 이런 식의 이야기가 자본화되는 것을 굉장히 금기시했다. 특히 여성에 대해 이야기할 때는 매우 위험한 주제로 받아들였다. 그럼에도 『매력 자본』은 그 매력들이 상품화할 수 있는 자본이라는 것을 수백 페이지의 통계에 걸쳐 입증해냈다. 더불어 어떻게 활용하고 거래해야 하는지도 알려준다.

금수저가 아니어도 괜찮다

매력 자본이 무엇인지 좀 더 이해하기 위해서는 앞서 이야기한 부르디외의 세 가지 자본에 관해 알아볼 필요가 있다. 부르디외는 돈이 세습되지 않는 집안의 자녀나 상속세가 매우 높아 유산을 거의 받을 수 없는 부잣집의 자녀들, 그리고 상대적으로 상속받는 유산이 매우 적은 부잣집 둘째 아들이 가난한 집 자녀보다 성공할 가능성이 높다고 말한다. 일종의 금수저 세습이 경제 자본, 즉 돈이 아닌 '다른 무엇'인가로도 가능하기 때문이다. 우리는 돈만 세습된다고 생각하지만 사실 자본에는 우리가 생각하는 현찰 자산과 손에 들어가는 부동산 자산만 있는 게 아니다. 두 개의 다른 자산이 더 있다. 그것이 '다른 무엇'이다.

두 개의 다른 자산은 사회 자산과 문화 자산이라 불리는 것이다. 부르디외는 문화 자산을 가리켜 '취향에 의한 차별'이라 말한다. 부잣집 아이들이 좋은 옷과 음식을 누리고 음악회나 전시회 등의 문화적 소양을 쌓은 것이 훗날 사회에 나갔을 때 무엇이 좋고 무엇이 뒤떨어지는 것인지 볼 수 있는 능력이 된다는 것이다. 어릴 때 돈으로 누린 경험도 일종의 유산이고 자본인 셈이다. 사회 자본은 그가 어느 집안의 사람이고, 부모 형제가 누구냐에 의해 만들어진 아우라다. 결국 고급스러운 취향이나 주변의 인맥 등으로 인해 계속해서 차별은 고착화되고, 돈에 대한 세습을 끊는다고 해도 계급은 계속 이어진다. 아무리 금수저를 없애려 해도 불가능한 세상인 것이다. 부르디외의 이러한 연구가 인정받아 세 가지 자본인 경제 자본, 사회 자본, 문화 자본에 대한 이론이 1980 년대에 사회학에 정설로 정착됐다.

그렇다면 부르디외가 말한 세 가지 자본 중 부모로부터 어느 것도 물려받지 못했음에도 성공한 사람들의 비결은 무엇일까? 그들 중 상당수가 이제껏 이야기하지 않았던 'Erotic Capital'을 가지고 있다. 여기서 매력 자본이 시작된다.

문화 자본과 사회 자본은 한 번 격차가 나면 쉽게 따라잡을 수 없다. 적어도 한 세대 이상이 걸린다. 그런데 매력 자본은 당대에도 후천적 노력으로 가질 수 있다. 책에서 예시로 드는 프랑스의 '벨르 레이드' 개념도 이를 뒷받침한다. 프랑스어로 벨르belle는 아름답다, 레이드laide는 못생겼다는 뜻이다. 두 개의 모순된 단어를 합쳐서 만든 벨르 레이드는 못생겼지만 훌륭한 자기 표현력과 세련된 스타일로 매력적으로 보이는 사람을 말한다. 실제로 프랑스에서는 얼굴이 예쁜 것도 중요하지만 사람에게서 뿜어져 나오는 독특한 매력을 더욱 중요하게 생각한다. 만약 외모가 빼어나지 않아도 다른 요인에서 뛰어난 모습을 보여주면 된다.

승자독식 사회에서 한판승을

세상의 모든 자본은 승자독식 사회로 가고 있다. 돈이 돈을 부르고, 인맥과 배경은 삶에 중요한 역할을 한다. 그런데 매력 자본은 드물지만 한판승이나 역전을 노릴 기회를 가져다준다. 꽁꽁 숨어 있는 매력 자본을 발견해 발전시키면 경제·사회·문화 자본을 뛰어넘는 한판 뒤집기가 가능하다. 이 자본은 어느 정도 기본적인 수준의 재능과 능력을 필요로 하지만 최종 자본량이 최초의 능력을 능가할 정도로 훈련하고 발전시키고 배울 수 있다. 또한 일찍부터 드러난다. 숨기려고 해도 어렸을 때부터 사람들이 발견해 저절로 드러나기 십상이다. 마치 세상 안으로 들어가지 못하고 있던 마릴린 먼로Marilyn Monroe가 미소 짓기 시작한 열한 살 때부터 갑자기 모든 것이 문을 열고 세상이 친절한 곳이 된 것처럼 말이다.

아놀드 슈워제네거Arnold Schwarzenegger 역시 보디빌딩을 시작한 14세 때부터 주변에서 중요한 사람으로 평가받았다. 21세의 젊은 나이에 오스트리아에서 미국으로 건너간 그는 영어를 거의 하지 못했고 돈도 없고 아는 사람도 별로 없었다. 하지만 그의 매력 자본은 많은 사람들을 사로잡았고 할리우드 배우에서 사업가, 주지사까지 해내며 아메리칸 드림을 보여줬다.

이들의 이야기는 우리의 매력 자본이 삶을 변화시킬 수 있다는 것을 보여준다. 매력 자본이 높은 사람일수록 자존감도 높아지는데, 놀랍게도 매력 자본은 어린 시절부터 성격 형성에 영향을 끼친다. 아닌 척하지만 어른들 역시 매력적인 아이에게 더 친절하기 마련이다. 귀찮은 질문에도 더 친절하게 대답해주고 긍정적인 태도를 보인다. 때문에 매력적인 아이에게 세상은 '황금빛'이다. 이 아이들은 따스한 환경을 경험하면서 사람들과 더 쉽게 어울리고 원하는 것을 쉽게 얻으면서 세상은 긍정적인 것이라고 배운다. 물론 성인이 되어서도 마찬가지다.

높은 매력 자본이 긍정적인 사고와 자신감에까지 영향을 미친 사례는 책에서도 확인할 수 있다. 미국은 범죄자들의 상습적인 재수감을 줄이고 취업 성공률을 높이기 위해 인상이 험악한 재소자들을 선별해 석방되자마자 성형수술을 받을 수 있게 했다. 1년이 지난 뒤 성형수술을 받은 집단의 재수감 비율은 아무런 조치도 취하지 않은 집단에 비해 36%나 낮았다. 성형수술 대신 직업 상담과 지원을 받은 출소자들의 재수감 비율은 오히려 아무런 치료도 받지 않은 집단보다 33%나 높았다. 사실상 성형수술이 재수감 비율을 69%나 낮춘 셈이다. 사회적 교육이나 직업적 개입보다 외모를 바꿔주는 것이 사회에 적응하는 데 훨씬 영향력이 있다는 것이다.

매력 자본으로 경제적 자존감 키우기

높은 매력이 건강한 심리 상태를 만든다는 주장은 매우 흥미롭다. 그런데 매력 자본이 다른 방식으로도 자존감을 키울 수 있다는 것을 알고 있는가?

요즘 사람들의 자존감이 낮아진 큰 이유는 자본주의 사회에 살면서 나만 가진 게 없다는 생각 때문이다. 그러니까 경제적으로 풍요로워지면 자존감이 성장할 수 있다는 것이다. 그리고 매력 자본은 경제적 측면에도 영향력을 끼친다.

우리는 자본이라 하면 가장 먼저 돈을 떠올린다. 때문에 매력을 자본과 연결한 것만으로도 이 책이 신선하게 느껴진다. 그런데 프랑스의 극작가인 알렉상드르 뒤마Alexandre Dumas가 19세기에 쓴 『몬테크리스토 백작』에서도 매력의 위엄을 확인할 수 있다. 소설은 아름다움(beauty), 재능(talent), 가문(birth)의 순서대로 중요한 것을 나열하고 이들을 가지지 못한 사람은 발코니 위로 올라가지 못한 채 길거리에서 카니발을 즐겼다고 이야기한다. 19세기에는 돈이 모든 것의 기준이 아니었기 때문에 귀족으로 태어난 것보다 아름답고 똑똑하게 태어난 것을 우선시한 것이다. 이러한 현상은 지금 사회에서도 엔터테인먼트가 하나의 계급으로 여겨지며 여전히 통용되고 있다.

이제 매력이 자본이라는 것은 명확해졌다. 부르디외를 비롯한 사회과학자들은 각 자본이 다양한 형태로 전환될 수 있다고 주장했다. 쉽게 말해 자본주의 사회에서 부자로 태어나지 않은 사람도 다른 형태의 자본을 이용해 성공할 수 있다는 것이다. 마치 똑똑한 머리로 좋은 대학에 들어가 출세를 하거나, 훌륭한 재능은 없어도 좋은 인맥을 활용해 부자가 되고, 예쁘거나 잘생긴 외모로 대중의 사랑을 받아 많은 돈을 벌 수 있는 것처럼. 하킴에 의하면 매력 자본도 마찬가지다. 부르디외가 말한 경제 자본, 인적 자본,

사회 자본과 얼마든지 교환할 수 있는 가치다.

하킴은 젊은 사람들이 나이 든 사람에 비해 상대적으로 가난할지는 몰라도 매력 자본이 풍부해서 생기 있고 매력적이라고 말한다. 반대로 금전적으로는 부유해도 나이 든 사람은 매력이 없을 수도 있다. 이렇듯 저마다 다른 매력 자본을 지녔기 때문에 다른 자본과 교환할 수 있는 여지가 생긴다.

이 책이 의미 있는 이유는 단순히 매력이 가치 있다고 말하는 것을 넘어 매력 자본이 소득, 취업률, 승진율 등 실제 경제적인 이익과 연결된다는 것을 통계로 증명하는 데 있다. 실제로 평균 이상의 외모를 가진 변호사가 다른 모든 요인이 같은 변호사보다 1년에 10~12% 수입이 높다든가, 영국의 관리자 3천 명을 대상으로 한 설문조사에서 43%가 옷차림이 매력적이지 않은 직원을 승진이나 임금 인상에서 제외했고 심지어 20%는 그로 인해 직원을 해고했다고 말한다. 또한 매력적인 외모와 사회적 매너를 꾸준히 유지하는 사람들은 시간이 지날수록 경제적으로 성공한다는 주장을 북미에서는 매력적인 남성이 그렇지 않은 남성보다 평균 14~27%, 매력적인 여성이 그렇지 않은 여성보다 평균 12~20%를 더 번다는 통계로 뒷받침한다.

지금껏 매력이 자본으로 인정받지 못했던 이유는 이를 독점할 수 없는 상위층이 자신의 이익을 위해 매력을 하찮게 여기고 열외로 취급했기 때문이다. 쉽게 말하면 부잣집 아들, 딸이라고 해서 모두 예쁘고 잘생긴 건 아니다. 그럴 가능성이 있을 뿐이다. 즉 재력에 비해 매력이 떨어지는 상류층이 매력을 가치 있게 여기지 않은 까닭이다.

결국 매력 자본을 키우기 위한 우리의 노력은 자연스럽게 자존감을 키우는 과정이 된다. 외모가 아름답지 않아도 매력적인 성격의 소유자들은 신체적인 매력을 높이는 일에 노력을 기울여 점차 신체적으로도 매력적인 사람이 된다. 『매력 자본』은 옷을 입는 법, 머리를 만지는 법, 체중을 줄이고 탄탄한 몸매를 가꾸는 법뿐만 아니라 친구를 사귀고 데이트와 연애에서 성공하는 방법 등을 알려주며 자신의 역량을 최대한 발휘하도록 한다. 더불어 스스로를 좋아하게 되는 방법까지 알려주며 점점 더 매력적인 사람이 될 수 있는 무기를 제공한다.

『트루 그릿』
아빠의 죽음 앞에서 슬픔 대신
복수를 선택한 아이

그해 겨울, 아버지가 살해당했다. 사람들은 믿지 않을 것이다. 어린 여자애가 원수를 갚겠다고 직접 나섰다는 것을….

아버지의 복수를 위해 황야로 뛰어든 14세 소녀 매티 로스와 그녀가 고용한 주정뱅이 보안관 루스터 코그번, 그리고 텍사스 출신 허풍쟁이 현상금 사냥꾼 라비프. 19세기 미국 서부 개척시대를 배경으로 한 『트루 그릿』은 어울릴 것 같지 않은 세 사람의 위험하지만 유쾌한 동행 이야기다.

'용기'라고 번역한 제목의 일부인 그릿grit은 한마디로 '깡'이란 뜻이다. 사전적 정의로 투지, 기개라는 그릿은 원하는 것을 끝까지 쫓을 수 있는 정신이다. 그릿은 깡이라는 뜻 이전에 두 가지 다른 의미를 가지고 있었다. 하나는 카우보이들이 황무지에 텐트를 치거나 잠자리를 마련한 뒤 끓여먹던 꿀꿀이죽 같은 거친 음식의 이름이다. 두 번째는 사포에서 어원을 찾을 수 있다. 나무를 다듬을 정도로 거친 사포를 가리켜 'gritty sand paper'라고 부른다. 살에 닿으면 아플 정도로 거칠고 정제되지 않은 상태, 꾸밈이 전혀 없어 우리가 깡으로 번역할 만큼 집념으로 밀어붙이는 정신이 혼합된 미국 카우보이들의 정신세계를 표현하는 단어가 바로 그릿이다.

『트루 그릿』은 2010년 미국에서 영화로도 제작되었다. 북미 흥행수익 1억 2,641달러를 기록하면서 서부극으로서는 엄청난 히트를 기록했다. 영화를 만든 코엔 형제는 독창적인 작품을 만들어낸 능력자이지만 작품성에 비하면 흥행과는 거리가 멀었다. 이들이 만든 작품 중 가장 큰 인기를 얻은 영화가 바로 「트루 그릿」이다. 미국에서는 역대 서부영화 중 흥행 2위에 드는 작품이다. 우리나라에서는 「더 브레이브」라는 제목으로 개봉했다.

사실 서부극이라고 하면 총, 카우보이, 땀 냄새, 결투 이런 것이 저절로 떠오를 만큼 뻔하게 예상되는 스토리가 있다. 하지만 이 책은 출간된 지 50년이 넘도록 꾸준한 사랑을 받고 있다. 도대체 얼마나 재미있길래 영화로도 제작되고 수십 년 동안 사랑을 받은 걸까? 이 이야기가 특별한 것은 서부극인 듯 서부극이 아닌 차별화된 원작의 매력적인 캐릭터와 줄거리 덕분이다.

어느 날 14세 소녀 매티 로스에게 충격적인 비극이 일어난다. 농장에 흘러들어온 떠돌이 톰 채니가 아버지를 총으로 쏴 죽이고 말과 돈을 훔쳐 달아난 것이다. 전형적인 서부극이라면 이 이야기는 정의감에 불타는 보안관이나 총잡이가 짠 하고 나타나 어린 소녀의 복수를 대신해주고, 소녀에게 멋있는 인사를 남긴 채 석양을 향해 사라졌을 것이다. 그런데 『트루 그릿』은 조금 다르다.

아빠의 시신을 확인한 매티는 이렇게 말한다.

> 그 루이지애나 잡놈이 지옥 불에 활활 타오르며 고통스러운 비명을 질러 댈 때까지 절대로 마음 편히 쉬지 않겠어!

아버지의 원수를 제 손으로 잡아 복수하기로 결심하는 이 맹랑한 소녀는 심지어 현실감각도 끝내준다. 혀를 내두를 홍정 끝에 애꾸눈의 보안관 루스터 코그번을 직접 고용한다. 그런데 이 보안관이 또 일반적인 서부극에서는 보기 힘든 캐릭터다. 정의에 불타기는커녕 술에 찌들고 현실에 찌든 주정뱅이다. 게다가 두 사람 사이에 자뻑 심한 신참 텍사스 레인저 라비프까지 등장한다.

이 이상한 조합의 세 사람이 각자의 이해관계를 위해 한 팀이 되고 톰 채니를 추적하는 여행을 하면서 벌어지는 모험담이 줄거리다. 그래서일까. 읽다 보면 묘하게 『오즈의 마법사』 같은 느낌도 난다. 긴 여정을 함께 하는 세 사람이 각자 나름대로 진정한 용기를 발휘하는 과정이 전형적인 서부극과 다르다.

서부 개척 소설의 전설이라 불리는 이 책을 쓴 작가는 찰스 포티스Charles Portis다. 카우보이 소설 전문 작가인 그는 '정통 미국식 스토리텔러'라 불리며 미국에서는 신격화되다시피 한다. 포티스의 작품은 마크 트웨인Mark Twain에 비견될 정도로 서부소설을 대표한다. 한국전쟁 당시 해군으로 참전했고 「뉴욕 헤럴드 트리뷴」 기자와 런던 지국장으로도 일했다. 1968년 발표한 『트루 그릿』은 그의 작품 중에서도 가장 독창적이며 유머러스하다는 평가를 받으며 지금까지 꾸준한 사랑을 받고 있다.

살아남으려면 독해져라

미국 서부극 소설은 우리나라에서는 잘 소개되지 않은 장르다. 때문에 상대적으로 큰 인기를 얻지는 못했다. 반면 미국에서는 오랜 시간 엄청난 사랑을 받고 있다. 이는 우리나라에서 역사 소설이 꾸준히 인기 있는 것과 같은 맥락으로 볼 수 있다. 한국에서는 카우보이들의 총싸움 정도로 알려졌지만 미국인의 입장에선 그들의 역사로 볼 수 있는 일종의 '사극'이다.

상대적으로 역사가 짧은 미국은 아무리 역사를 거슬러 올라가도 서부 개척시대 이상으로 올라갈 수 없다. 서부 개척시대는 미국이 유럽의 영향에서 벗어나 미국만의 역사와 가치를 만들어가는 때였다. 이때 형성된 미국의 정체성은 지금까지 이어지고 있다. 따라서 이 시대는 미국 역사의 중요한 축이다. 찰스 포티스는 가장 훌륭한 사극 작가라고 할 수 있고, 미국인에게 『트루 그릿』은 마치 우리나라의 김훈 작가가 쓴 『칼의 노래』처럼 여겨질 것이다.

『트루 그릿』을 포함해 미국 사람들은 왜 서부시대 작품을 좋아할까. 우리나라 사람들은 미국 서부시대를 무법천지였을 것이라 생각한다. 그 넓은 땅에 몇 되지 않는 보안관만이 관리하고 있었으니까. 이 책만 봐도 텍사스 보안관 라비프가 다른 지역의 범인까지 쫓는 상황을 보여주고 있지 않은가. 또한 당시의 보안관은 현대 보안관과 비교하면 체계 없이 주민의 투표로 선출된 동네 총잡이나 다름없었다. 본업은 농사를 짓던 농부이니 사실은 민간인인 셈이다. 이렇듯 서부시대는 치안부터 행정까지 개척민의 손으로 일궈야 했다. 미국인의 마음속에는 이러한 서부시대에 대한 동경이 살아 있다. 법이 없었기 때문에 자신들만의 매너와 예의범절로 모든 것을 해결했었고, 내가 지킬 규칙은 내가 만든다고 생각했다.

서부시대 작품에 미국인이 열광하는 것은 자신들은 정부 없이도 살 수 있는 존재라는 미국인의 정체성을 자극했기 때문이다. 척박한 자연과 맞서 싸워 생존에 성공했다는 자부심, 어떤 일이든 못해낼 것이 없다는 개척자 정신은 지금까지도 미국인의 높은 자존감의 근간이다. 한 개인이 고난을 극복하고 미지의 세계를 개척하는 영화 「마션」이나 「인터스텔라」도 결국 서부시대에 대한 변주라 할 수 있다.

서부시대를 살아낸 미국인들은 우리끼리의 두 손, 총, 카우보이만의 매너 등으로 사회를 유지해나갈 수 있는 사람들이라는 자부심을 가지고 있었다. 그런데 세상이 현대화되고 법이라는 게 생기면서 여기에 의존하게 되고 독립심과 자존감이 파괴되었다고 믿는 사람들이 많아졌다. 이들은 서부시대를 그리워하며 서부극의 주된 독자층의 기반이 되고 있다.

그렇다면 미국 서부시대의 개척정신이 지금 우리에게 어떤 영향을 주고 도움이 될까? 미국에서는 아이가 뛰어가다가 넘어져도 부모가 일으켜 세워주지 않는다. 대신 아이에게 울지 말고 스스로 일어나라고 말하며 기다린다. 그런데 우리나라에서는 같은 상황에서 아이를 일으켜 세우고 달래는 게 먼저다. 가정에서 부모가 먼저 이 책을 읽고 강인함을 길러주는 것의 중요함을 깨닫고 가끔이라도 아이들이 위험한 환경에서 스스로 헤쳐 나갈 기회를 제공해줘야 한다.

냉정하게 살펴보면 우리나라에서 '생존'이 최우선적인 가치였던 시대는 없었다. 따라서 생존을 위해 싸워야만 했던 서부시대라는 배경이 낯설고 정서상 맞지 않는 부분도 있다. 책 초반에 죄수들의 교수형을 '쇼'라고 표현하는 장면에서는 이질감이 느껴지기도 한다. 누군가의 죽음이 떠들썩한 구경거리이자 쇼가 되는 시대. 우리 정서로서는 있을 수 없는 일들을 이야기하는 이 책을 통해 생존을 위한 삶이 어떤 것인지 조금은 알게 된다.

『트루 그릿』이 서부시대의 생존법을 서술하는 방식은 두 가지다. 주인공 매티의 당돌한 모험담과 그녀와 함께 다니는 두 남자의 생존에 관한 허풍이다. 특히 자신이 어떻게 살아남았는지 장황하게 떠드는 두 남자의 이야기는 강력한 생존 본능과 함께 재미까지 전달한다.

"텍사스 카우보이치고 땅바닥의 말발굽 자국에 고인 물을 핥아먹어본 적 없다는 녀석은 한 명도 못 봤다"고 큰소리치고, 4명의

적과 대치 중인 상황에서도 '지금 너를 죽이거나 판사에게 끌고 가서 교수형을 시키는 방법' 중 무엇이 좋은지 물어보고, 자신을 쫓던 민병대 일곱 명을 처리하려 고삐를 입에 물고 달리면서 커다란 권총 두 자루를 양손에 하나씩 들고 쏘아댔다고 허풍을 떤다.

과묵한 익살꾼 찰스 포티스가 개인주의적이면서도 강인한 미국인의 자존심을 이야기하는 것이 바로 이들이 보여주는 개척자 정신이다. 사실 책을 읽을수록 당돌한 매티의 캐릭터가 우리나라에선 받아들이기 어렵지 않을까 하는 걱정도 든다. 어쩌면 이 책은 아이보다 부모가 읽어야 할지도 모르겠다. 우리나라 학생들의 큰 문제이자 미국 할머니들이 우려하는 것이 바로 부모의 과보호다. 『트루 그릿』의 주인공들처럼 당당하고 그릿 있는 캐릭터가 태어날수 있었던 배경은 무법천지 서부시대에서 맨손으로 살아남을 수밖에 없었던 거친 환경이다.

누구도 아닌 나 자신만을 믿어라

척박한 배경의 서부시대는 사람에 대한 기대가 바닥인 시대이기도 하다. 황량한 환경에서 살아남는 게 중요한 사람들은 졸지에 아버지를 잃은 불쌍한 소녀에게도 절대 호락호락하지 않다. 사건을 의뢰받은 보안관은 귀찮다는 생각에 매티를 떼어놓고 가려고 한다. 매티는 보안관에게 자신이 왜 따라가야 하는지, 그리고 왜 따라가도 되는지 따박따박 설명한다.

"나랑 같이 가면 넌 첫날밤부터 엄마를 찾으며 벌벌 떨고 징징거릴 거다."

"저, 우는 거 그만둔 지 오래됐어요. 애들처럼 낄낄거리는 것도요. 이제 결정하세요. 지금까지 하신 말씀은 못 들은 걸로 할게요. 아저씨는 이 일을 맡는 조건으로 원하는 금액을 말씀하셨고, 저는 그만큼의 돈을 가져왔어요. 이게 바로 그 돈이에요. 저는 톰 채니를 잡는 게 목적이고, 만약 아저씨가 일을 맡기 싫다면 다른 사람을 찾으면 그만이에요. 지금까지 제가 아저씨에 대해 아는 건 모두 말로만 들은 이야기뿐이에요. 실제로 무언가를 하는 모습을 보여 주신 적은 없잖아요. 아, 위스키를 많이 마시고 쥐를 잘 죽인다는 건 알겠어요. 그것 말고는 다 말뿐이었죠. 저는 아저씨가 용기 있는 사람이라는 말을 듣고 아저씨를 찾아온 거예요. 그저 이야기를 들으려고 돈을 낼 생각은 없어요. 모나크 여인숙에 가만히 앉아만 있어도 들을 이야기는 넘쳐나니까요."

나이, 경험과는 상관없이 자신이 고용주이고 보안관은 고용인이라는 것을 내세우며 자신의 권리를 주장할 줄 아는 당차고 똑똑한 소녀다. 이런 당찬 소녀의 이야기를 들은 보안관은 오히려 "너 이 녀석 뺨을 맞아볼 테냐!"라며 나잇값도 못하는 한심한 대응을 한다.

이렇게 똑 부러지게 원하는 것을 당당히 주장하고 결국엔 얻어내는 것이 바로 그릿이다. 자존감이 높은 매티는 어려움에도 주저하지 않고 의연히 대처한다. 결국 사건을 의뢰받은 두 보안관이 매티를 데려가면 귀찮아질 것이라는 생각에 메티를 떼어놓고 가려하자, 말을 탄 채로 급류를 뛰어넘으면서까지 두 사람을 바짝 쫓는다.

매티는 목표를 위해서라면 어떤 일이 닥쳐도 후퇴하지 않는다. 결국 아버지를 죽인 살인범을 잡기 위해 두 명의 보안관과 함께하는 여정을 시작한다. 자신이 불평을 내뱉거나 야외 활동에 익숙지 않다는 사실이 드러나길 기다리는 두 보안관에게 놀림감이 될 만한 꼬투리를 잡히지 않기 위해 아픔도, 배고픔도 참아낸다.

이처럼 극대화된 사회의 냉정함 때문에 역설적으로 소녀의 용기와 자존감은 더욱 빛난다. 누구도 소녀를 실망시킬 수 없다. 이 책은 용기 있게 세상을 마주 볼 준비가 됐음에도 전통적인 여성상을 강요당하는 사회 분위기 때문에 자신의 당당함이 잘못됐다고 생각하는 안타까운 상황에 놓인 소녀들이 꼭 읽었으면 한다. 매티의 모습은 마치 소녀들도 그렇게 생각해도 된다고 말하는 것 같다. 마냥 슬퍼하거나 도움을 기다리지 말고 매티처럼 행동하는 것이 허용되는 일이라고 소설이 대신 이야기해주는 것이다. 물론 시대와 문화의 차이 때문이 우리나라 소녀들이 매티처럼 살 수는 없을 것이다. 하지만 당당하고 주체적인 삶은 스스로 선택할 수 있으며 허용되지 않은 삶은 아니라고 말한다. 또한 이러한 당당함도 상대의 입장에서 오해 없이 받아들인다면 건방짐이 아닌 긍정적인 모습으로 승화할 수 있을 것이다.

사람은 어떤 이야기를 듣고 성장하느냐에 따라 인생이 조금씩 바뀐다. 예를 들어 고대 그리스와 로마 사람들은 어렸을 때부터 아킬레스와 헤라클레스의 이야기를 들으며 살아왔을 것이다. 이런 영웅의 이야기를 듣고 자란 알렉산더 대왕은 정복자가 되었다. 이렇게 어린 시절 들은 이야기나 읽었던 한 편의 소설에 따라 그 사람의 일생이 결정될 수도 있다.

미국의 할머니와 할아버지는 아이들을 독립심과 자존감이 높은 사람으로 키우기 위해 혼자서도 거친 세상을 헤쳐 나가는 다양한 이야기를 들려주거나 읽어준다. 『트루 그릿』의 주인공 매티는 아이의 자존감을 위한 대표적인 롤모델이라 할 수 있다. 14세밖에 되지 않았지만 아버지의 석연치 않은 죽음을 정부나 경찰에 맡기지 않고 직접 총을 들고 나서서 말을 타거나 겨울에 눈밭을 건너는 당찬 모습은 어떤 혹독한 상황에서도 스스로 해결할 수 있는 사람이 되라고 가르쳐주는 것이다. 이것이 바로 개척자 정신이다.

『아직 최선을 다하지 않았을 뿐』
가끔은 한심해도 괜찮아

나이 마흔둘에 만화가가 되겠다는 아빠. 성인업소에서 아빠와 마주친 딸. 이 가족 불편한가? 아니면 궁금한가?

여기 다섯 권짜리 만화책이 있다. 회사를 때려치고 만화가가 되겠다는 중년 아저씨의 이야기 『아직 최선을 다하지 않았을 뿐』은 읽으면 읽을수록 무게감이 생기는 세상 어디에도 없는 아버지와 그의 가족 이야기다. 페이지를 휘리릭 넘길 것 같은 예상과 다르게 좀처럼 속도를 내지 못하게 만드는 만화는 시작부터 한심한 인간이란 무엇인지 제대로 보여준다.

고등학생 딸, 나이 든 아버지와 함께 살고 있는 40대 가장 시즈오는 15년간 다닌 회사를 때려친다. 뭔가 큰 결심이라도 한 것 같지만 "나는 지금 나 자신을 찾고 있다"라며 팬티 바람으로 오락기를 딸깍거리는 모습은 헐렁한 중년 남자의 헐렁한 짓으로만 보인다. 만화가가 되겠다고 선언하고 아이디어를 찾겠다는 핑계로 작은 카페에서 성인잡지를 보다가 므흣한 기분에 곧장 성매매 업소를 찾는 이 아저씨는 확실히 예사롭지 않은 인간이다. 볼일(?)을 마친 다음에는 그곳에서 일하는 딸과 마주기까지 한다. 보통 이런 상황이라면 "야 인마, 내가 너를 어떻게 키웠는데!"라는 기함이 나올 법한데 이 부녀는 대수롭지 않다는 듯 "안녕"이라는 인사를 주고받는다. 이쯤 되면 요령은 없지만 열심히 사는 사람의 이야기가 아니라 대책 없고 한심한 남자와 그의 가족 이야기란 걸 짐작할 수 있다.

하지만 이 만화를 헐렁하게만 볼 수는 없다. 곳곳에 블랙 코미디가 난무하고 실소를 내뿜기 일쑤지만 슬프다가 웃기고, 화나다가 쩡한 복합적인 책이다. 한 마디로 쉽게 볼 책이 아니다. 나이 든 사람일수록 더 재미있게 읽을 수 있는 만화이기도 하다. 실제로 일본에서는 「나는 아직 진심을 내지 않았을 뿐」이라는 영화로도 만들어져 큰 히트를 쳤고, 2013년에는 소설화되기도 했다. 재미있는 것은 만화가가 되겠다며 회사를 때려친 시즈오가 일본의 청년 취업 지원단체의 이미지 캐릭터가 되기도 했다는 사실이다. 물론 '이런 한심한 인간도 노력을 하니까 청년 여러분도 힘내세요!' 하는 느낌으로 말이다.

만화를 그린 아오노 슌주靑野春秋는 일본 만화계에서 조용하게 지지 독자를 확대해가고 있는 신예 만화가다. 지금은 30대지만 이 책을 처음 연재했을 때 그는 20대 중반이었다고 한다. 대체 20대 청년이 어떻게 40대 아저씨의 심리를 잘 그렸을까? 알고 보니 그는 『아직 최선을 다하지 않았을 뿐』의 주인공 시즈오와 비슷한 점이 많다고 한다. 21세에 신인 만화가의 등용문인 치바 테쓰야 상에서 우수 신인상을 수상해 담당 편집자까지 배정되었으나 끝내 데뷔하지 못했다. 만화의 길을 포기하고 공장 노동자로 살아가던 중 25세가 되던 해에는 공장장 제안을 받기도 했는데, 선택의 순간에 다시 한번 만화가가 되기로 결심했다. 공장을 그만두고 아르바이트로 생계를 유지하며 데뷔를 준비하면서는 젊은 작가의 청춘 이야기를 기대하는 편집부의 요구에도 굴하지 않고 꿈을 좇는 중년의 이야기를 그려나갔다.

이뿐만이 아니다. 그는 격렬하게 부인하지만 심지어 외모도 자신의 만화 캐릭터인 시즈오와 닮았다. 40대 아저씨가 주인공이라 그런지 그림체마저도 아저씨스러운데 작가 스스로 만화가로서 그림을 못 그린다는 이미지가 있다고 인터뷰를 하기도 했다. 그러면서 자신은 읽기 쉽고 알아보기 쉽게 신경 쓴 것이라고 주장했다. 최선을 다하면 그림을 엄청 잘 그리는데 '다만, 아직 최선을 다하지 않았을 뿐'이라고.

'각자의 사정이 있다'는 말의 힘

『아직 최선을 다하지 않았을 뿐』의 좋은 점은 가족은 이러해야 한다는 틀에 박힌 주제의식이 없다는 것이다. 가족에게서 많은 위안과 희망을 얻는 사람도 있지만 반대의 경우도 많다. 이 만화는 시즈오의 이야기인 동시에 현대인에게 보여주는 가족의 진짜 얼굴이기도 하다.

가족은 화목한 게 제일이고 서로 이해하는 관계라고 이야기하지만 사실은 남보다 못할 수도 있는 게 가족이기도 하다. 우리나라에는 딸은, 아버지는, 어머니는 이래야 한다는 이상이 있다. 그런데 가족이라는 건 피로 묶이긴 했어도 서로 다른 인격체들이 모여 사는 것이다. 가족이라고 다 내 마음 같을 순 없는 게 당연하다. 아빠하곤 말이 안 통해, 너는 어쩜 그렇게 말을 안 듣니, 엄마는 왜 내 마음을 몰라줘라고 하면서 관계를 포기하는 게 대다수다. 하지만 가족이라는 끈끈함에 서로를 가두려 하지 말고 서로를 나와 또 다른 개인이라고 생각하면 대화하기가 좀 더 수월해진다.

『아직 최선을 다하지 않았을 뿐』의 가족들은 일반적인 관점으로 보면 정상적인 가정은 아니다. 특이해도 너무 특이하다. 집에서 놀고먹는 백수 주제에 다 늦게 만화가를 꿈꾸는 철없는 아빠와 그런 아빠 때문에 어쩌면 일찍 철이 든 딸, 그리고 그나마 정상적인 할아버지까지. 이 만화는 한심한 아버지 때문에 풍비박산 난 집을 보여준다. 그 과정에서 오히려 가족이란 것이 한심한 누군가와 삐뚤어진 누군가가 있을 때, 모든 걸 공유하진 못해도 받아주는 게 진정한 가족의 사랑일 수도 있겠다라는 생각을 들게 해준다.

중년의 도전이 민폐인지 멋진 도약의 시작인지는 누구도 모른다. 하지만 시즈오가 실패할 때마다 시즈오 패밀리는 각기 다른 방식으로 서로를 이해한다.

"넌 도대체 얼마나 인생을 더 꼬이게 만들 셈이냐?"

"너는 몇 살까지 살 생각이냐? 인간은 말이다. 언젠가 죽는다. 넌 이대로 괜찮겠냐? 그러다 인생 끝난다."

"너 같은 걸 잉여 인간이라고 하는 거다."

이 직설적인 비난과 돌직구는 스즈키의 아버지가 그를 볼 때마다 하는 말이다. 딸 스즈코는 그를 아빠라 부르지도, 살가운 말을 건네지도 않지만 힘내라며 아빠를 다독여준다. 남들이 볼 때는 독설 같지만 나름대로 아들과 대화를 하려고 노력하는 아버지와 '유학'이라는 자신의 꿈이 있기에 아빠의 꿈을 지지하는 딸의 모습은 '각자의 사정이 있다'는 말의 힘을 보여준다.

시즈오 패밀리는 다르다고 서로를 무시하거나 피하는 법이 없다. 때로는 상대의 마음에 작은 생채기를 내더라도 대화로 서로를 이해하려고 노력한다. 그들의 모습에서 어쩌면 우리가 그동안 화목한 가족이라는 이상적인 잣대만 가지고 우리 가족을 바라본 것은 아닐까 하는 생각이 든다. 조금 더 마음을 열고 누군가의 엄마도, 아빠도, 자식도 아닌 그 사람 개인이구나 하는 마음으로 바라본다면 가족과 더 친해질 수 있지 않을까? 이 책은 만화이기 전에 '왜 우리 가족은 남들과 다를까?' 하는 생각으로 가족에 상처받고 있는 이들을 위한 낯설지만 익숙한 우리 가족의 이야기다.

꿈은 멋진 선택일까, 민폐일까?

나이 마흔에 자신의 꿈을 찾는다는 것, 확실히 어려운 일이다. 그런데 시즈오는 그 어려운 걸 자꾸 해낸다. 벽에 가득 붙어 있는 '데뷔'라는 단어와 필명까지 지어놓고 말이다. 아직 최선을 다하지 않았다고 하지만 나름 열심히 노력하고 있는 중이다.

하지만 냉정하게 생각하면 시즈오는 아버지가 될 준비가 전혀 안 된 사람이다. 엉겁결에 생물학적 아버지가 돼서 40세까지 엉겁결에 아버지로 살았지만 이제는 그렇게 살고 싶지 않아 직장을 그만둬버린다. 한심하게도 어떻게 살고 싶은지 몰라 엉겁결에 만화가가 되겠다고 선언한다. 만화는 꿈이나 목표보다는 도피처에 해당한다. 사실 이 모습은 수많은 아버지들의 어떤 모습일 수도 있다. 아버지의 역할을 하고는 있지만 실제로 아버지가 뭔지 잘 모르는 사람들인 것이다.

만화에선 시즈오를 굉장히 찌질한 도피자로 표현했지만 어느 누구도 아버지로 살라고 교육받은 적이 없다. 개인으로 살아왔고 그렇게 교육받아왔는데 이제 와서 나보고 아버지로만 살라고 한다면 누가 선뜻 받아들일까. 아마 지금 중년을 지나고 있는 아버지들의 상당수는 가정의 의무를 지고 있지만 동시에 자아의 실현이라는 목표도 따로 가지고 있을 것이다.

중년의 나이에 자기 꿈을 펼치는 시즈오와 가족들의 모습을 보면 우리 시대보다 더 앞선 만화라는 생각이 든다. 이 책에는 우리가 알던 전통적으로 완벽한 가정의 형태는 나오지 않는다. 부족함이 있고 결손이 있고 빈자리가 있는 가족의 모습만 보인다. 어쩌면 지금 우리가 준비해야 하는 가정은 그런 모습이 아닐까?

일본이 사회적으로 우리보다 20~30년 앞서가다 보니 생소해 보일 수 있지만 사실은 우리와 비슷한 문화권이다. 대가족이 같이 살았고 가족주의가 끈끈한 나라였는데, 이것이 해체된다는 트라우마를 심하게 겪었다. 어쩔 수 없는 게 가족이라는 것은 19세기 중후반까지만 해도 경제적인 것과 감정적인 것이 얽혀 있는 어떤 단위였다. 대학을 나온 아버지가 돈을 벌어서 4인 가족을 먹여 살릴 수 있을 때는 그 경제관계와 이해관계가 감정과 얽혀 있어 굉장히 튼튼한 유닛이었다. 그런데 점점 대학을 나온 사람이 많아지고 노동으로 버는 돈이 적어지면서 아버지만 돈을 벌어서는 먹고 살수 없게 됐다. 결국 네 명의 가족이 서로 다른 수익원을 갖고 자기가 하는 일에 따라서 사고방식이나 생활범위를 만들게 됐다. 그러면서 다른 생활범위를 가진 네 사람이 룸메이트처럼 모여 사는 게 이상적인 가족의 모습으로 자리 잡았다.

이 만화는 읽으면서 계속 자기 자신을 대입하게 만든다. 내가 딸이면 어떨까, 내가 아빠면 어떨까, 내가 할아버지면 어떨까 하는 생각이 든다. 마치 개인의 꿈과 가족에 대한 책임감이 충돌할 때 둘 사이에서 어떤 입장을 취해야 하느냐는 질문을 던지는 것 같다.

사람이 꿈을 향해서 나아가는 것은 좋은 일이다. 그런데 꿈이라는 건 기본적으로 이기적이다. 내가 원하는 무엇을 실현하는 데 그것이 남을 누르고 성공하는 것일 수도 있고 가족의 희생이 토대되어야 하는 것일 수도 있다. 하지만 더 중요한 것은 가족에 대한 책임감이 나로부터 비롯됐다는 마음이다. 부모는 나로부터 비롯되지 않았지만 자식은 그렇지 않다. 적어도 성년이 될 때까지 책임을 져야 할 의무가 있다. 성년 이후에 자식은 자기의 삶을 살면 된다.

만일 내 꿈을 이루는 과정에서 미성년인 자식에게 커다란 피해를 준다면 때로는 꿈을 포기할 줄 아는 용기도 필요하다. 19세기 독일에서 활동한 요제프 폰 아이헨도르프Joseph von Eichendorff라는 유명한 시인이 있다. 어려서부터 문장이 뛰어난 그는 시인이 되고 싶었다. 그런데 시인으로 데뷔하려는 나이에 집안이 파산했다. 그 순간 국가고시를 준비해서 공무원이 됐다. 30년간 가족을 부양하고 50대 중반에 공무원을 은퇴했다. 그리고 그제야 시인으로 활동하기 시작했다. 그러면 이런 의문을 가질 수 있다. 만일 아이헨도르프가 꿈을 이루지 못하고 40대 중반에 죽는다면? 가족을 위해 책임을 다하고 떠난 그 자체로 아름답다고 할 수 있지 않을까.

여기까지는 가족에 대한 책임감을 지켜내야 한다고 생각하는 사람들을 위한 변명이다. 이들의 주장에 반박해보자면 30년간 공무원으로 살면서 창작력을 유지한다는 건 불가능에 가까운 일이다. 많은 경우 꿈이 직업이 되는 과정이 길기 때문에 나가떨어지기 십상이다. 그런데 꿈을 갖고 있는 상태에서 포기하고 부모의 삶을 살면서 희생한다는 건 가족의 균열이 시작되는 것이라 볼 수 있다.

여기서 한 가지 의문이 든다. 돈을 번다는 것이 과연 아버지의 의무일까? 하려고 해도 안 될 수도 있는 일인데, 우리 아버지가 오늘부터 돈을 못 벌어온다고 아버지가 의무를 하고 있지 않다고 말할 수 있을까.

중년의 꿈이 민폐인지 멋진 도전인지는 가족의 상황에 따라 달라질 수 있다. 만화 속에서 딸은 꿈이 있다. 유학을 가고 싶은데 지금 상황에선 꿈을 이룰 수 없을 것 같아 성매매업소까지 다니며 돈을 모은다. 게다가 학교에서 따돌림을 당하는 심각한 상태에 놓여 있다. 그런데 아버지는 그 사실도 모른다. 아버지의 꿈과 딸의 꿈이 충돌하는 상황에서 마흔두 살이나 되는 아버지가, 더군다나 그 딸을 세상에 비롯하게 만든 원인인 아버지가 책임을 지지 않는다면 과연 그 꿈을 좋게 볼 수 있느냐는 문제를 제기할 수 있다.

꿈과 책임 사이의 결정은 자기 자신만이 내릴 수 있다. 시즈오는 어렵사리 꿈을 좇기로 결심했고 그의 가족은 저 나름의 방식으로 응원하기도 하고 채찍질을 하기도 한다. 이 만화는 결코 우리 아빠가 아니었으면 하는 시즈오라는 사람이 갖고 있는 비상식적인 행동 덕분에 우리 인생을 다시 돌아보고 동시에 행동하게 만든다.

만화에 등장하는 캐릭터 중에 아프지 않은 사람이 없고 상처받지 않은 사람이 없다. 하지만 모두들 옆에 있어주는 친구 하나만 있다면 그럭저럭 감내하며 살아간다. 그리고 내 이야기를 들어주는 사람만 있어도 산다. 내가 억울하다고 느낄 때 더 강한 누군가에게 같이 대들어주는 친구가 있으면 살고, 또 그냥 묵묵히 용돈을 주는 딸이 있어 산다.

결국 이 책은 어느 가족의 한 사람인 우리를 위한 예방주사다. 미리 '시즈오 균'을 맞으면 아주 강한 항체를 가질 수 있고 세상을 더 뜨겁게 사랑할 수 있으니까.

교과서 밖 상상교실

『백년 동안의 고독』
실수와 비극이 반복되는 마술적 리얼리즘

마법적인 책.

이 말을 들으면 가장 먼저 무엇이 떠오르는가? 아마도 둘 중 한 사람은 『백년 동안의 고독』이라 대답하지 않을까?

20세기 최고의 이야기꾼이라는 칭송이 아깝지 않은 라틴아메리카 문학계의 거장 가브리엘 가르시아 마르케스Gabriel Garcia Marquez. 콜롬비아 출신인 그는 1944년 '집'이라는 소설의 첫 행을 써내려 갔다. 얼마 지나지 않아 자신이 하고 싶은 이야기를 스스로 믿기 위한 준비가 덜 되었다는 생각을 했다. 이 상태로는 작품을 완성할 수 없다는 사실을 깨닫고 23년 동안 생각을 정리하고, 18개월에 걸쳐 글을 쓴다. 그 책이 바로 『백년 동안의 고독』이다.

출간하자마자 독자들과 비평가들의 찬사를 받으며 전 세계 거의 모든 언어로 번역된 이 책은 진짜 이야기에 목말라하던 작가들의 애독서가 되었다. 20세기 후반에 나온 모든 작품 중 가장 영향력 있는 소설이라 평가받는 이 책이 문학사에 미친 영향은 무엇일까?

『백년 동안의 고독』은 1967년 6월 부에노스아이레스에서 출간되었다. 당시는 서구 작가들이 이미 소설의 종말을 예견한 시기였다. 극단적인 실험으로 치달아 읽을 수도 없는 소설이 나오면서 이제 문학이 갈 데까지 갔다고 생각한 것이다. 더는 물러설 곳이 없는 소설이 갈 길은 쇠락밖에 없다고 판단했다.

이럴 때 소설이 가장 잘 다룰 수 있는 것은 무엇일까? 바로 이야기다. 『백년 동안의 고독』은 그 이야기성을 회복한 소설이다. 그 자체로 문학사에서 거대한 의미를 가진다. 마르케스의 이야기성은 여덟 살까지 외가에서 지내는 동안 단단해졌다. 천부적인 이야기꾼인 할아버지와 할머니는 틈 날 때마다 오랜 시간 내려온 신화와 민화, 전설 등을 이야기해주었다. 끊임없이 창조되는 이야기 속에서 그것이 실제인지 환상인지를 구분하기보다 결합시켜 하나의 새로운 이야기를 다시 만들어내는 마법이 시작된 것이다. 실제로 마르케스는 외할머니를 자신에게 영감을 불어 넣어준 뮤즈라 칭했다. 청일전쟁에 참여했던 할아버지의 이야기도 그에게 많은 영감을 주었다. 이들 이야기는 『백년 동안의 고독』에 충분히 반영되어 있다. 그는 이야기성만으로 1960년대 여러 서구 작가들이 예언했던 소위 '소설의 종말'이라는 주장에 반기를 들었다.

"소설은 끝났다"고 탄식하던 이들을 침묵시킨 단 하나의 소설. 우리의 『태백산맥』, 『토지』처럼 언어와 상상력의 예술인 문학이자 시대를 포개놓은 역사의 기록인 것이다.

『백년 동안의 고독』은 소설, 즉 이야기의 부활을 증명해낸 동시에 그간 세계문학의 비주류에 속했던 라틴 아메리카 문학의 역량을 전 세계에 알리는 데 큰 역할을 했다. 유럽 내 많은 국가에서 작가상과 작품상을 휩쓸고 미국에선 1970년대의 가장 훌륭한 12권의 작품 중 하나로 선정됐다. 그리고 마침내 1982년 노벨문학상을 수상하기에 이른다.

마르케스는 노벨문학상 수상 연설에서 독재와 폭력, 마약에 시달리는 라틴 아메리카의 현실을 이야기하면서 자신의 마술적 리얼리즘은 단순한 문학적 표현이 아닌 가공할 만한 현실에서 탄생했다고 말했다. 『백년 동안의 고독』은 이 불행한 삶을 살고 있는 모든 창조물들의 현실이며, 그것은 거의 상상력을 필요로 하지 않는다는 것이다. 라틴 아메리카의 비참하지만 아름다움으로 가득한 현실은 마르케스의 상상력과 창조력의 원동력인 셈이다.

누구의 손을 거친 작품을 읽을 것인가

사촌 간임에도 결혼을 한 호세 아르카디오 부엔디아와 우르슬라. 그들은 엉덩이에 돼지 꼬리를 단 아이가 태어날 것이라는 예언을 듣고 누구도 닿을 수 없는 곳에 새로운 도시 마꼰도를 세운 뒤 마을을 이루고 살아간다. 두 사람을 시작으로 반복되는 근친상간.

그렇게 자신들이 만든 세상에서 백년 동안 고독을 대물림하며 몰락해가는 부엔디아 가문과 예언서 속에 담긴 가문의 비밀에서 밝혀지는 반전은 결말을 향해 달려간다.

　남미 문학을 세계적 반열에 올린 소설 『백년 동안의 고독』. 현대문학의 창세기라 불리며 전 세계 문학사에 어마어마한 영향을 미친 이 작품은 분량이 많은 한 권짜리와 두 권으로 분권한 책이 출간되어 있다. 한 권짜리 책은 문학사상에서 안정효 번역가의 손길을 거쳐 『백년 동안의 고독』이란 제목으로 출간되었고, 두 권짜리 책은 민음사에서 조구호 번역가의 손길을 거쳐 『백년의 고독 1, 2』라는 제목으로 출간되었다. 어떤 책을 읽는 것이 더 나을까?

　이 책은 콜롬비아 출신인 마르케스가 썼기 때문에 스페인어가 원어다. 한국에서 출간된 책 대부분은 스페인어를 영어로 번역한 책을 다시 한국어로 번역한 중역 소설이다. 안정효 번역가의 책도 중역 소설이다. 한마디로 '아미고스'를 '프렌즈'로 번역한 책을 다시 '친구들'로 번역한 책인 셈이다. 비록 두 차례의 번역을 거친 책이지만 안정효 번역가의 손을 거친 책은 국내에서 가장 먼저 번역된 것으로 대중에게 두루 읽히고 있다. 조구호 번역가는 중역이 아닌 스페인어를 원문대로 번역했다. 절판된 도서를 제외하면 현재 판매되는 유일한 직역본이라 할 수 있다.

　두 작품 중 어떤 책이 더 좋다고 말할 수는 없다. 좋은 번역이 어떤 것인지는 번역자마다 의견이 다르다. 자신의 성향에 맞는 책을 골라서 읽는 것이 가장 좋은 방법이라 할 수 있다. 조구호 번역가는 원문에 가장 충실한 방식으로 스페인어를 번역했다. 원문이 한 문장이면 그대로 한 문장으로 번역했다. 때문에 본연의 문장을 그대로 살리기 위해 노력했다는 강점을 가지고 있다. 안정효 번역가는 영어로 번역된 작품을 중역했다. 그는 때에 따라서는 하나의 문장을 나눠서 번역하기도 했다. 안정효 번역가의 작품의 강력한 장점은 쉽고 재미있게 읽히는 가독성이다. 한마디로 직역을 통해 본연의 문장을 살린 책과 중역으로 가독성을 높인 책 중에서 자신의 성향에 더 맞는 책을 고르면 된다.

수월한 선택을 위해 두 책의 첫 문장을 비교해 보는 것도 좋겠다. 조구호 번역가의 민음사판은 다음과 같다.

> 많은 세월이 지난 뒤 총살형 집행 대원들 앞에 선 아우렐리아노 부엔디아 대령은 아버지에 이끌려 얼음 구경을 갔던 먼 옛날 오후를 떠올려야 했다.

안정효 번역가의 문학사상판은 사뭇 분위기가 다르다.

> 몇 년이 지나 총살을 당하게 된 순간 아우렐리아 부엔디아 대령은 오래전 어느 오후에 아버지를 따라 얼음을 찾아나섰던 일이 생각났다.

같은 내용임에도 문장 구조 자체가 완전히 뒤바뀌어 있음을 확인할 수 있다. 번역학계에서 오랜 시간 논쟁을 불러일으킨 말 중에 '부정한 미녀'와 '정숙한 추녀'라는 것이 있다. 매끄럽게 읽히지만 원문을 배반했다는 의미의 '부정한 미녀'와 문장이 다소 매끄럽지 못하고 울퉁불퉁할지라도 원문에 충실했다는 뜻의 '정숙한 추녀'. 번역은 두 극단 중 어느 쪽에 타협할 것인가를 결정하는 작업이기도 하다. 따라서 외국 문학을 선택할 때는 누구의 손을 거쳤는지도 매우 중요한 기준이 된다. 의역을 선호하느냐, 직역을 선호하느냐는 번역사의 영원한 난제인 만큼 꼼꼼히 살펴보고 자신에게 맞는 번역본을 선택하는 것이 좋다.

마술적 리얼리즘이 주는 재미

『백년 동안의 고독』을 읽을수록 떠오르는 또 다른 질문은 주인공들의 이름이 왜 이렇게 비슷하냐는 것이다. 이는 작품을 이해하는 데 혼란을 주는 것임은 분명하다. 이 소설은 읽다가 초반에 포기하는 사람들이 유독 많은데 가장 큰 이유가 비슷하고 어려운 등장인물들의 이름이다. 책의 첫 페이지를 넘기면 등장인물의 가계도가 있다. 보기만 해도 복잡하다. 가계도가 헷갈리는 독자 중에는 이것을 복사해 옆에 두고 슬쩍 보면서 책을 읽어나가는 경우도 있다고 한다.

들리는 이야기에 따르면 등장인물들의 비슷한 이름은 독자들이 헷갈리기를 원하는 작가의 의도가 담긴 것이라고 한다. 작가는 이 작품을 통해 세대는 바뀌지만 똑같은 인생의 실수와 비극은 역사 안에서 매번 반복되는 순환의 과정을 거친다는 것을 보여주고 싶어 했다. 따라서 닮은 운명처럼 이름도 비슷하게 설정한 것이다. 똑같은 실수가 반복되는 만큼 이름이 헷갈려야 그것이 더욱 강력하게 받아들여질 수 있다고 생각한 것이다.

사실 이 책은 이야기 자체가 너무도 흥미롭고 재미있어서 나중에는 이름이 헷갈려도 읽는 데 전혀 방해되지 않는다. 이름과는 상관없이 이야기를 따라서 재미있게 읽을 수 있다.

그럼에도 조금이라도 덜 혼란스럽게 읽기 위한 약간의 팁을 준다면, 남자들의 이름은 크게 두 가지로 나뉜다. 하나는 '호세 아르카디오' 계열이고 다른 하나는 '아울렐리아노'다. 마르케스는 이들의 성격도 이름에 따라 패턴화했다. 계속 반복되는 성격을 보면 호세 아르카디오 계열은 요즘 말로 짐승남에 가깝다. 반면 아우렐리아노 계열의 남자들은 뇌섹남이다. 머리는 매우 영민하지만 내성적인 사람들이다. 이 두 계열이 계속 섞이면서 이야기를 만들어 나간다.

소설의 배경은 부엔디아 가문이 사는 마꼰도라는 가상의 마을이다. 이 마을은 정확한 시작과 끝이 있다. 이주민들이 마꼰도를 형성하는 것으로 시작해 발전을 거듭하다가 어느 순간 쇠퇴하기 시작하면서 마을이 멸망하는 것으로 끝이 난다. 창조에서 쇠퇴와 파괴를 거치는 이러한 직선적(역사적) 시간관은 매우 전형적인 서구적 방식을 따른 것이다. 이 시간 동안 수 대에 걸쳐서 마꼰도에서 살아가는 사람들의 이름은 비슷하며 계속 반복된다. 아우렐리아노 부엔디아. 호세 아르카디오 부엔디, 아르카디오 세군도, 호세 아르카디오, 아마란타 우르슬라, 아우렐리아노 세군도…. 『백년 동안의 고독』에는 이름 외에도 계속해서 반복되는 상황이 패턴을 형성하고 있다. 무언가 자신이 원하는 것을 찾아 떠나는 모험과 그들 중 누군가의 귀향, 그리고 수많은 축제와 신화 등이 그것이다.

즉 역사적 시간의 흐름은 직선적이지만 개인의 삶은 순환적이다. 그런 식으로 직선적 시간관(역사의 시간)과 순환적 시간관(개인의 삶)을 하나의 이야기로 합쳐버리는 것이 이 이야기를 풀어나가는 방식이다. 이런 효과를 준 소설은 헷갈리는 게 당연하다.

『백년 동안의 고독』을 이야기할 때 공통적으로 등장하는 수식어가 바로 '마술적 리얼리즘'이다. 환상적인 마술과 현실적인 리얼리즘은 대비되는 단어인데 어떻게 한 문장 안에서 책을 꾸며주는 수식어가 될 수 있는 것일까?

일반적인 소설은 환상과 현실을 명확히 구분한다. 등장인물이 환상 속에 있는지 현실 속에 있는지를 독자들에게 알려준다. 예를 들어 꿈속의 환상을 보여줄 때는 등장인물이 잠자리에 드는 것을 서술해 이것이 환상임을 드러낸다. 그런데 『백년 동안의 고독』에는 그런 장치가 없다.

소설의 배경이 되는 마을인 '마꼰도'는 마르케스가 어렸을 때 방문한 적이 있는 농장의 이름을 따온 것이다. 실존하는 장소라는 점에서 현실적 공간이라는 의미가 있다. 하지만 작가는 마꼰도를 마치 이 세상에는 존재하지 않는 유토피아를 연상시키듯 묘사했다. 이러한 현실과 환상이 어우려져 마술적 리얼리즘의 토대를 마련했다. 그래서일까. 이야기 속에서는 환상과 실제의 경계가 너무도 모호하게 그려진다. 이 소설 속에 등장하는 환상적인 부분, 꿈속 이야기나 승천하는 등장인물의 모습이 마치 현실인 듯 묘사되고 있다. 그런 식으로 우리가 직접 겪는 현실과 환상을 문질러서 없애버린 것이다. 이는 마술적 리얼리즘의 원조 격인 마르케스만의 문학을 창조해냈다.

그에 대한 예문을 보자.

> 호세 아르카디오가 침실 문을 닫자마자 권총 소리가 집 안을 진동했다. 피가 흘러내려 문 밑으로 새어나와, 거실을 가로질러 바깥 길로 나가서, 울퉁불퉁한 테라스를 곧장 건너서 계단을 흘러내리고, 보도를 지나 터키 사람들의 거리로 뻗어나가 길모퉁이에서 오른쪽으로 돌았다가 다시 왼쪽으로 흘러나가서 곧장 부엔디아 집으로 흘러 닫힌 문 밑으로 들어가서는 응접실을 지나 양탄자를 적시지 않으려고 벽을 타고 가서, 다른 쪽 거실로 갔다가 식당의 식탁을 피해 멀리 한 바퀴 돌아서 베고니아꽃이 핀 현관을 통과하고 아마란타의 의자 밑을 거쳐서, 아우렐리아노 호세에게 산수를 가르치는 아마란타의 눈에 띄지 않고 식기를 둔 방을 빠져나간 다음 우르슬라가 빵을 만들려고 달걀 서른여섯 개를 깨뜨릴 준비를 하고 있는 부엌에 다다랐다.

핏자국이 길을 만들어가는 환상에 가까운 모습을 마치 사람이 평소에 걸어가듯 현실적으로 그려냈다. 마르케스는 환상적인 부분을 그려낼 때 의미와는 반대로 매우 현실적으로 묘사했다.

'공기 속을 헤엄치는 물고기', '아이의 시체를 끄는 세상의 모든 개미떼', '팔팔 끓는 얼음', '돼지 꼬리를 달고 태어난 아이', '죽은 사람과 살아있는 사람이 구분되지 않는 마을'. 이들 묘사는 모두 『백년 동안의 고독』을 남다르게 만드는 마술적 장치다. 이러한 구조는 "작가보다는 마술사가 되고 싶었다"고 말한 마르케스만의 마술적 리얼리즘이 무엇인지 제대로 보여준다.

출간된 지 40년 가까이 된 이 책은 여전히 신비롭고 놀라우며, 많은 사람들에게 이야기를 읽는 즐거움을 알려준다. 어쩌면 마르케스가 『백년 동안의 고독』으로 소설의 종말에 반기를 든 것은 인간이 삶에 관해 진지하게 고민하고 도전하는 것을 멈추는 것에 반기를 든 것인지도 모르겠다.

『반지의 제왕』
세상 모든 신화가
녹아 있는 세계로의 초대

"셰익스피어를 읽으면 16세기를 이해한 것이다. 20세기 영미문학을 이해하기 위해서는 이 책 없이는 안 된다."

영화 「아이언맨」의 주인공 토니 스타크의 실제 모델로 알려진 테슬라모터스의 CEO 엘론 머스크Elon Musk가 책 속의 영웅들을 보면서 세상을 구해야 한다는 의무감을 갖게 되면서 미래의 내 모습을 꿈꿨다고 고백한 책, 바로 『반지의 제왕』이다.

이 책의 위대함을 표현하는 말은 차고 넘친다. 「선데이 타임스」는 이런 말을 했다.

"영어권 사회는 『반지의 제왕』을 읽은 사람들과 이제부터 읽게 될 사람들로 나누어진다."

폴 휴즈Paul Hughes는 "기독교인이 『성서』를 읽지 않은 것은 용서받을 수 있을지 몰라도, 판타지 독자가 『반지의 제왕』을 읽지 않은 것은 용서받을 수 없다"라고 말했다.

『나니아 연대기』, '어스시' 시리즈와 함께 세계 3대 판타지 소설로 꼽히며, 「타임」지가 선정한 20세기 영미문학의 10대 걸작, 출간 이후 38개국 언어로 번역돼 전 세계에서 1억 부 이상 판매된 책, 한마디로 세계 판타지 소설의 바이블이 『반지의 제왕』이다.

한 권의 책을 소개하면서 이렇게 어마어마한 수식어를 가져다 쓰는 데는 이유가 있다. 20세기 문학이 가지고 있는 가장 큰 답답함은 거대 서사를 잃어버렸다는 것이다. 그런데 이 책은 영미문학의 거대 서사를 되찾게 해준 책이다. 대부분의 사람들에게 『반지의 제왕』은 영화의 원작이나 단순한 영어 무협지 정도로 알려졌다. 지금부터 그 편견을 조각조각 깨뜨려보자.

영미 사람들은 우리가 생각하는 것처럼 이 책을 단순한 장르문학으로 여기지 않는다. 영어라는 언어의 근원적인 구절을 뼈대처럼 발라서 그 위에 세상을 지은 언어적 마법이라고 여긴다. 그리고 그 마법에는 위대한 천재의 어마어마한 상상력이 녹아 있다.

J.R.R. 톨킨J.R.R Tolkien은 자신이 쓴 소설 『호빗』의 속편 개념으로 이 책을 썼다. 『호빗』의 주인공이었던 빌보가 고대민족이 만든 반지를 양자인 프로도에게 넘긴다. 사실 그 반지는 악의 제왕 사우론이 만든 것으로 세상을 지배할 수 있는 능력을 지닌 '절대 반지'였다. 간달프는 그 반지가 사악한 힘이 사라진 중간계를 지배하기 위해 사우론이 그토록 찾아 헤매는 절대 반지라는 것을 확인하고 반지를 파괴할 계획을 세운다. 프로도와 간달프, 아라곤 등은 원정대를 결성해 절대 반지를 파괴할 수 있는 유일한 장소인

모르도르의 화산으로 떠난다. 그들 중 프로도가 반지 운반자의 임무를 맡기로 하며 위대한 여정이 시작된다.

전 세계적으로 흥행한 영화 덕분에 대중들은 책의 줄거리를 잘 알고 있다. 그런데 이 이야기는 재미뿐 아니라 문학사적으로, 그리고 책을 쓴 톨킨이라는 천재가 창조한 세계관이 만들어낸 영향력 덕분에 위대한 작품으로 기록된다.

창조의 시작은 언어다

우리는 톨킨을 소설가로 알고 있지만 톨킨의 원래 직업은 언어학자다. 『호빗』을 쓰기 전에는 『옥스퍼드 영어 사전』을 편찬하는 일을 맡기도 했었고, 옥스퍼드 대학에서 교수로 활동했을 정도로 영어의 달인이었다. 톨킨이 얼마나 대단한가 하면 11세에 그리스어를 접하고는 "어렵긴 했지만 그리스어의 유동성과 찬란한 외양은 나를 사로잡았다"라고 말했을 정도다. 그는 영어뿐 아니라 그리스어, 노르웨이어, 스페인어를 넘어 산스크리트어, 고대 페르시아어, 그리고 이미 사라진 게르만 언어(고트어)까지 완벽하게 할 줄 알았다. 톨킨은 고대 신화를 다룬 원서를 다 읽은 전 세계에서 몇 안 되는 인물 중 하나다.

모든 고대 언어를 섭렵한 그는 상상 속에서 어느 고대 마을을 만들었다. 마을의 구조와 체계 등을 만든 다음에는 이 사회가 실제로 존재한다면 어떤 언어를 사용할지 상상했다. 그 과정에서 이 세상에 존재하지 않던 새로운 언어를 창조했다. 그리고 그 언어로 대화하는 사람들을 만들었고, 우리가 알고 있는 소설이 피어났다. 그가 쓴 『호빗』이나 『반지의 제왕』을 읽을 때 지붕의 모양, 벽난로의 위치, 수레바퀴의 모양까지 어느 것 하나 인위적인 것이 없는 이유가 여기에 있다. 모든 것이 수학적 설계처럼 완벽하게 조립된 언어에서 탄생한 문화이기 때문이다. 따라서 톨킨은 예술가이기 전에 장인이라고 할 수 있다. 예술가의 영감이 가지고 있는 인간미보다 장인이 가지고 있는 완벽한 정교함이 극치를 이루는 것이 『반지의 제왕』이다.

판타지에 관심이 있는 사람이라면 한 번쯤 '엘프'라는 단어를 들어봤을 것이다. 하얗고 뽀얀 피부에 귀는 살짝 뾰족한 이미지가 떠오르는 엘프는 톨킨이 『반지의 제왕』에서 새롭게 창조한 캐릭터다. 원래 엘프는 게르만 신화나 민간전승에 나오는 작은 요정일 뿐이었다. 뿐만 아니라 키가 작고 수염이 덥수룩한 '드워프', 요즘은 못생김의 대명사처럼 쓰이는 '오크' 등도 톨킨의 창조물이다. 이들 종족의 특징부터 동네 지도, 언어, 시간 개념까지 모두 한 사람의 머릿속에서 상상력으로 탄생했다.

지금 나오는 다양한 판타지 소설이나 영화에서 흔히 쓰이는 '중간계'라는 단어도 사실은 『반지의 제왕』에서 가장 먼저 쓴 것이다. 물론 원조를 찾자면 북유럽 신화에서 나오는 개념이긴 하지만, 잊혀진 개념에 상상력을 더해 완전히 새로운 세상을 만들어냈다. 여기에 왕국과 부족이 싸우고, 마법과 변신술이 등장하는 등 판타지 소설의 정형이 이 책에서 만들어졌다.

『반지의 제왕』이 세계 문학에 행사한 막강한 영향력을 잘 보여주는 말이 있다.

"현재 페이퍼백으로 출간된 모든 소설의 10분의 1이 『반지의 제왕』에 빚을 지고 있다. 그리고 현재까지 나온 모든 판타지 소설의 10분의 9가 『반지의 제왕』의 영향을 받았다!"

사실 어학자들의 야심은 소설을 쓰는 게 아니라 고어를 가지고 과거의 대화를 재연하는 것이다. 톨킨은 13세가 되던 해 아예 밖으로 나갈 수 없는 기숙 학교에 입학한다. 17세까지 그곳에서 지내며 고대 그리스어와 라틴어를 배웠다. 언어적 능력이 탁월한 그로서는 한두 번 수업을 듣고 나니 이미 어떤 언어인지 깨우치게 됐다. 그날 이후 모든 수업이 지루해진 톨킨은 수업시간에 상상으로 라틴어와 고대 그리스어로 된 연극을 쓰기로 했다. 그런데 이미 모든 구조를 알고 있으니 이 마저도 재미없어지고 만다. 그때부터 고대 그리스어와 라틴어의 문법 구조를 바꾸기 시작했다.

시간이 지나자 새로운 언어로 만든 대화가 쌓였다. 이것을 기반으로 세계를 구체화시켜 보니 『반지의 제왕』의 배경이 된 '중간계'라는 마을이 어학적 논리 안에서 피어났다. 새로운 언어를 만들면서 새로운 인물이 만들어지고, 그들을 가리키는 호칭과 엘프와 호빗 등의 부족이 탄생하고, 함께 생활하는 공간을 위해 건축부터 규율까지 만들고 나니 중간계가 만들어졌다. 언어부터 문화, 건축,

정치, 심지어는 그 민족의 역사도 있다. 결국 언어를 창조한다는 것은 곧 새로운 세상을 창조하는 것과 같은 행위인 셈이다.

기존 문학가들이 이미 세상에 존재하는 언어를 재해석하고 재구성해 이야기를 만들어냈다면, 톨킨은 문학을 만드는 도구인 언어 자체를 새로 창조해 완전히 다른 세계를 창조해버렸다.

움베르트 에코Umberto Eco도 이런 문학가에 가깝다. 그의 소설 세계는 기본적으로 고어의 완벽한 숙달에서 나온다. 그의 작품이 "이것은 필사본입니다"라는 말로 시작되는 것은 제대로 라틴어를 배우지 못한 사람이 갈겨쓴 것 같은 어떤 글에서 소설이 출발하는 경우가 많기 때문이다. 즉 '고어를 공부하면서 라틴어를 가져온 사람이 이런 상황에 빠진다면 어떻게 될까' 하는 생각에서 하나의 세계를 가져다 놓고 소설을 만드는 것이다.

무한한 상상력이 만든 톨킨의 놀이터

『반지의 제왕』처럼 어학적인 측면에서 문학에 접근할 수도 있지만 안타깝게도 우리나라에서는 이런 방식이 제대로 발전하지 못했다. 아마도 많은 사람들이 '상상한다는 것'에 대해 상상 이상으로 익숙하지 않기 때문일 것이다. 상상은 몸의 한계를 넘어 넓은 곳으로 정신을 해방시킬 수 있는 방법이다. 톨킨은 머릿속에 나만의 놀이터를 만들며 살았다. 그런데 요즘에는 스마트폰이나 TV

등 이미 남들이 다 만들어놓은 놀이터에서 놀기에 바쁘다.

『반지의 제왕』에는 우리가 잃어버린 상상력을 자극하는 문장이 많다. 아무래도 새로운 언어를 창조할 만큼 꼼꼼한 설정이 깔려 있기 때문이다.

> 샤이어의 호빗들로 말하자면, 자신들이 평화와 번영을 누리던 시기에 그들은 유쾌한 족속이었다. 하지만 신발은 거의 신지 않았는데, 그 까닭은 그들의 발이 딱딱하고 질긴 발바닥에다 머리카락과 유사한 굵고 곱슬곱슬한 털로 뒤덮였기 때문이다. 털은 대체로 갈색이었다. 그래서 그들 사이에 거의 연마하지 않는 유일한 기술이 바로 제화 기술이었다.

그들의 집은 대개 길쭉하고 나지막하고 안락했다. 사실 아주 오래된 집들은 스미알을 흉내 내서 지은 것에 불과하고, 마른 풀이나 짚, 아니면 떼로 지붕을 얹었고, 벽도 다시 불룩하게 만들었다. 둥근 창문, 심지어 출입문까지도 둥근 모양을 선호하는 것이 호빗 건축술에 남은 중요한 특징이었다.

영화를 보지 않아도 단 몇 문장만으로도 주인공 프로도의 왕발이 그려지고, 호빗들이 사는 집의 모양이 떠오른다. 어쩌면 우리가 살고 있는 현실에는 없는 모습이기에 더 많이 상상할 수도 있다.

책에는 톨킨이 창조한 약 20여 개의 종족이 등장한다. 각각의 종족마다 말하는 습관, 사용하는 도구, 심지어는 머리를 땋은 모양까지 다르다. 번역본에서는 잘 표현되지 않았지만 원어로 읽으면 같은 종족이어도 왕정을 채택했느냐, 아니면 부족생활을 하느냐, 그것도 아니면 떠돌이 생활을 하느냐에 따라 서로 다른 사투리를 쓴다.

이 위대한 천재가 쓴 이 책의 꽃이라 할 수 있는 것 중 하나가 중간중간 들어가 있는 민속 가요나 시문이다. 부족마다 좋아하는 리듬이 다른데 톨킨은 각기 다른 리듬에 맞춰 그 부족의 민속 악기를 묘사한다.

또 한 가지 재미있는 것은 이 책이나 영화를 보면 아주 유명한 온라인 게임이 떠오르는 사람이 있다는 사실이다. 리니지와 같은 이런 MMORPG 게임 역시 언어의 창조에서 시작됐기 때문이다. 게임은 가장 먼저 컴퓨터 언어를 만들어 실험하고 그 과정에서 새로운 세계를 창조하면서 개발된다. 결국 우리가 생각하는 상상의 지평은 언어의 끝에 있는 것이다.

언어를 넘어서 확장시켜야만 새로운 상상이 가능하다. 상상력의 한계, 세상을 이해하는 넓이를 제한하는 가장 큰 장애물이 바로 언어다. 『반지의 제왕』을 단순한 재미보다 스스로 세계를 창조해 가는 누군가의 발자취로서 접해보길 권한다. 전혀 몰랐던 세계에 관해 여러 가지 생각을 하면서 언어라는 것이 내 지평을 넓혀 주는 경험을 하게 될 것이다. 그때가 바로 당신만의 '상상 놀이터'가 창조되는 순간이다.

『스키너의 심리상자 열기』
인간 본성의 개념을 완전히 뒤엎은 실험들

엘리베이터를 기다리다 보면 지금 엘리베이터가 몇 층에 있는지 수시로 확인하면서 계속 버튼을 누르는 사람들이 종종 눈에 띈다. 그 사람은 분명 버튼을 한 번 더 누른다고 해서 엘리베이터가 더 빨리 오지 않는다는 사실을 알고 있다. 그런데 왜 계속 버튼을 누를까?

이 작은 일상의 호기심에서 출발한 책이 『스키너의 심리상자 열기』다. 책을 쓴 저자 로렌 슬레이터Lauren Slater 는 사람들이 엘리베이터 앞에서 보이는 어리석은 행동이 어쩌면 인간에 관한 본성을 이야기해주는 것은 아닐까 하고 생각했다. 그리고 인간의 본성에 대한 개념을 완전히 뒤엎은 10명의 심리학자와 정신의학자의 실험을 역추적해 '인간은 무엇이고, 인간을 인간답게 만드는 것은 무엇인가?'라는 질문의 답을 찾고자 했다.

하버드 대학과 보스턴 대학에서 심리학을 공부한 심리학자이자 작가인 로렌 슬레이터는 훌륭한 심리실험은 인간의 경험을 압축시켜 우아한 본질만 남도록 걸러낸 인생 그 자체라고 생각했다. 위대한 심리실험은 정신없이 돌아가는 우리 삶에 가려진 한 부분을 확대해 보여주는 렌즈이며, 그것을 들여다보면 우리 자신이 보인다는 것이다.

그녀는 보상과 처벌로 인간의 행동을 결정짓는다고 주장한 스키너B. F. Skinner를 비롯해 권위에 대한 복종을 실험한 스탠리 밀그램Stanley Milgram, 해리 할로Harry Harlow의 애착 실험, 브루스 알렉산더Bruce Alexander의 마약 중독 실험 등 역사에 이름을 남긴 유명 심리학자와 실험에 관한 이야기를 취재했다.

그녀는 무엇보다 미국의 신행동주의 심리학자인 스키너에 주목했다. 스키너는 '심리상자'라는 통제된 실험조건에 쥐를 가두고 행동을 관찰하고 기록했다. 지렛대를 누르면 음식이 나오는 실험을 통해 모든 유기체의 행동은 보상을 강화함으로써 통제할 수 있으며 모든 인간의 행동도 과학적으로 통제하면 이상적 사회를 만들 수 있다고 주장했다. 실제로 이런 원리를 적용해 고양이에게 피아노를 가르치고 비둘기에게 탁구를, 개에게 숨바꼭질을 가르쳤다.

하지만 1930년대에 인간의 개별성을 묵살하고 자유의지를 부정한 스키너의 주장은 많은 비판을 받았다. 특히 스키너가 보상과 처벌에 관한 실험을 위해 자신의 딸 데보라마저 심리상자에 가두어 키웠다는 괴소문까지 퍼졌다. 실험을 견디지 못한 딸이 결국 자살했다는 이야기도 들려왔다.

로렌 슬레이터는 스키너에 관한 소문의 진상을 확인하기 위해 그의 연대기를 끈질기게 추적했다. 그리고 끝내 데보라의 언니인 줄리를 만나 스키너를 둘러싼 이야기의 진실을 파헤쳤다. 실제로 『스키너의 심리상자 열기』가 출간된 직후 스키너의 딸은 영국 일간지 「가디언」에 자신의 아버지는 결코 자녀에게 끔찍한 실험을 하지 않았다는 글을 기고하기도 했다.

인간으로서의 심리학자

책에 나온 실험들은 대중 심리학서에 여러 번 등장해 이미 널리 알려진 심리실험이다. 그것들 중 의미 있는 실험을 엄선해 저자가 취재한 것이다. 익숙한 실험임에도 이 책이 신선하게 다가오는 이유는 실험뿐 아니라 심리학자들의 인생에 관해서도 이야기하기 때문이다. 우리는 심리학자들의 삶이 얼마나 고뇌스러운지 알지 못한다. 그런데 『스키너의 심리상자 열기』는 실험뿐 아니라 실험자들의 고뇌와 삶을 기록했다.

심리학자의 입장에서 실험을 할 때 피실험체를 단순히 실험 대상으로만 볼 것인지 아니면 같은 인간으로서 볼 것인지와 같은 윤리적 판단이 요구되는 결정을 내려야 할 순간이 온다. 우리에겐 심리학자들이 이렇게 예민한 경계점에 서 있는 사람이라는 생각을 해볼 기회가 없었다. 사실 과거 심리학자들이 진행한 실험 중에는 대중을 굉장히 불편하게 만들 수도 있는 것들이 많았다. 때문에 심리학자의 인생은 과학자나 의학자 등에 비해 잘 알려지지 않았다. 이 책은 실험 결과보다 그 과정을 아는 것이 얼마나 중요한지를 환기시켜준다. 실험 이후의 뒷이야기도 있어 기존의 심리학 도서와 달리 인간적인 심리학자들의 모습을 확인할 수도 있다.

이 책은 군인들이 많이 읽는 책 중 하나다. 군대야말로 인간의 심리에 관해 알고 싶은 욕구가 생겨나는 곳이기 때문이다. 우리나라 청년들은 다른 나라의 청년에 비해 독립이 조금 늦은 편이다. 군대는 부모 품을 떠나 처음 보는 사람들과 공동생활을 하는 첫 경험이나 마찬가지다. 대한민국 곳곳에서 온 개성 강한 사람들의 집합소라 할 수 있다. 그들은 이제껏 자신의 마음을 다 헤아려주는 부모와 함께 생활해왔다. 그런데 타인과 생활하다 보면 내 마음을 모르는 사람이 수두룩하다. 내가 먼저 상대의 마음을 헤아려주지 않으면 상대가 먼저 알아서 내 마음을 헤아려주지는 않는다. 이런 상황에서 인간 심리에 대해 관심이 생기는 것은 당연하다. '저 사람은 왜 저렇게 착할까?', '저 사람은 왜 저렇게 못됐을까?' 하는 의문이 든다.

> 나는 한 개인의 도덕적이거나 비도덕적인 행동이 고정된 성격적 특성 때문이라고 생각하지 않는다. 그것은 그가 언제, 어디서, 누구와 함께 있는가가 훨씬 더 중요하다.

이는 불합리한 권위에 대한 복종에 관한 실험을 설명하는 문장인데, 군대에서의 가장 큰 고민 또한 이와 같다. 불합리하다고 느끼지만 권위에 무조건 복종해야 하는 곳이 군대다. 내가 원하지 않지만 어쩔 수 없이 총을 들어야 하고, 내가 원하지 않지만 다른 사람을 괴롭혀야 할 때도 있다. 의지와 상관없이 명령에 따라야 하는 순간에 이 문장에서 답을 얻을 수 있다. 군대는 처음으로 개인에서 집단의 입장에 서게 되는 곳이기도 하다. 집단 경험이 부족한 사람에게도 이 책은 많은 해답을 준다. 특히 초반의 스키너, 밀그램, 달리와 라타네Darley & Latane 실험들이 그러하다.

스탠리 밀그램의 불합리한 권위에 대한 복종 실험은 분노와 살인이 무관할 수 있다는 것을 증명한다. 1961년 미국 예일 대학 조교수인 스탠리 밀그램은 인간이 권위에 어떻게 복종하는가를 알기 위해 가짜 전기 충격기를 이용한 끔찍한 실험을 한다. '시간당 4달러, 기억에 관한 연구에 참여할 사람 구함'이라는 광고를 내건다. 실험에 참여한 사람에게는 "당신은 상대방이 문제를 틀릴 때마다 점점 높은 전기 충격을 가하게 됩니다"라고 설명한다. 지원자들은 자신이 버튼을 누를 때마다 점점 더 고통스러워하는 타인의 모습을 보면서 실험 중단을 요청했다. 이때 실험자는 권위적인 음성으로 "고통스러울 수는 있지만 위험하지는 않다"라고 말한다. "저 사람에게 무슨 일이 생기면 어떡하느냐"는 지원자. 그러나 확신에 찬 목소리로 계속하라는 실험자의 명령이 이어지자 지원자의 60% 이상이 타인의 고통을 보고도 최강의 전기 충격을 가한다.

이러한 밀그램의 실험은 미국 교과서에도 실렸다. 역사 시간에 제2차 세계대전에 관해 배울 때면 미국 학생들이 으레 이런 질문을 던지기 때문이다. 히틀러Adolf Hitler 같은 독재자가 나온 것은 독일인들이 복종적이기 때문이 아니냐는 것이다. 그러면서 카우보이의 전통이 있고 자유로운 환경에서 자란 미국인은 독일인과 근본적으로 다르기 때문에 독재자가 나올 수 없다고도 말한다.

이때 교사들은 밀그램의 실험을 보여주면서 미국에서도 충분히 그런 일이 일어날 수 있다고 말한다. 밀그램의 전기 충격 실험을 녹화한 영상에는 타인에게 고통을 주는 일에 복종하는 미국인들의 모습이 고스란히 담겨 있다. 영상을 본 학생 중 일부는 화장실로 달려가 구토를 하기도 한다. 이제껏 자신이 알아온 인간에 관한 근본적인 생각이 뒤집혔기 때문이다. 독일의 히틀러처럼 특정 시대의 특정 인물이 아니어도 누구나 잔혹한 인간이 될 수 있다는 것을 알게 된 학생들은 큰 충격을 받는다. 밀그램의 실험은 민주 시민으로서 선택이 얼마나 중요한지를 강조하고 가르쳐주는 데 유용한 교육자료다.

『스키너의 심리상자 열기』를 읽을 때 주의해야 할 점이 있다. 이 책이 취재한 실험의 의도를 제대로 이해할 필요가 있다는 것이다. 밀그램이나 스키너의 실험에 관해 들은 사람들은 대부분 "역시 모든 인간은 악마적 본성을 가졌다"라고 말한다. 하지만 이들 실험이 진짜로 말하는 것은 인간의 마음에는 선함과 악함이 모두 있을 수 있는데, 복종 체계가 고착화 된 특정한 조건에서는 선과 악의 판단이 없이 무조건 명령을 따르는 것이 인간의 본성이라는 것이다.

중요한 것은 이런 실험 결과를 사회에 적용해 인간의 어리석은 본성이 덜 나오는 사회 환경과 시스템을 만들 방법을 찾는 것이다.

실험 뒤에 숨겨진 이야기

저자는 스키너에 대한 오해와 스키너의 본질적 목적이 무엇이었는지 확인하기 위해 끈질기게 취재하며 실험 뒤에 숨겨진 이야기를 찾아냈다.

스키너 실험의 조작적 조건 형성은 상자 안에 쥐를 넣고 지렛대를 누르면 먹이가 나오도록 설계한 것이다. 이는 인간의 행동은 자유의지가 아닌 보상과 처벌에 의해 만들어진다는 것을 증명한다. 이 실험은 인간에게 긍정적인 강화를 하라는 뜻으로 해석할 수 있다. 인간을 상자 안에 넣고 어떤 상황이 주어지든 그 환경에 길들일 수 있다는 것이다. 그렇기 때문에 인간에게 더 나은, 창의적이고 적응력을 키울 수 있는 환경을 주어야 한다고 말한다. 즉 환경이 인간을 정한다는 결과로 끝나는 것이 아니라, 좋은 환경을 만들기 위해 노력하는 것이 중요하다는 것이 스키너가 한 실험의 본질적 목적이다.

집단의 오해와 왜곡, 모순 등을 경험하고 나면 누구나 이런 생각을 한다. '이 집단을 더 좋게 만들 방법은 없을까?' 이것이 인간의 보편적인 고민이다. 동시에 스키너의 실험 뒤에 숨겨진 메시지이자 이 책의 저자가 말하고 싶었던 것이다. 그녀가 스키너라는 심리상자를 열었던 이유이기도 하다.

미국 애니메이션 「심슨 가족」에 등장하는 교장 선생의 이름은 '시모어 스키너'다. 이 스키너 교장의 천적은 창의력 대장인 바트 심슨이다. 학교에서 늘 말썽만 피우지만 창의적인 바트를 학교라는 상자에 넣어 모범생으로 만들려는 교장 스키너의 이름은 B. F. 스키너 박사에서 따온 것이다.

이 책은 비정하고 비인간적인 실험만 보여주지는 않는다. 인간의 감성을 건드리는 실험도 있다. 특히 해리 할로의 '사랑과 애착에 관한 실험'이 그러하다. 실험 내용은 간단히 말해 아주 어린 새끼 원숭이를 실험 단계에서 부모와 강제로 격리시킨다. 그다음 가짜 어미에 해당하는 두 개의 인형을 설치한다. 하나는 젖이 나오는 철사로 만든 인형이다. 다른 하나는 수유의 기능은 전혀 없지만 겉은 부드럽게 천으로 감싸서 모양만 어미인 인형이다. 이 책의 처음에 나오는 스키너의 보상과 강화의 시스템의 행동으로 본다면 새끼 원숭이는 먹이를 위해 철사로 만든 인형으로 달려갈 것으로 추측할 수 있다. 그런데 놀랍게도 새끼 원숭이는 그렇게 행동하지 않는다. 젖을 먹을 때만 철사로 만든 인형에게 가고 나머지 모든 순간에는 부드러운 천으로 만든 인형을 찾아가 스킨십을 했다. 해리 할로는 이 잔인한 실험을 비틀어 더욱 잔인하게 만들었다.

그는 실험의 조건을 다양하게 변화시켰다. 어떤 철의 여인은 얼어붙을 만큼 찬 물을 새끼들에게 퍼부었고, 어떤 여인은 뾰족한 것으로 새끼들을 찔렀다. 하지만 새끼들은 어떤 고문을 당해도 어미 곁을 떠나려 하지 않았다. 그들은 어떤 일이 있어도 어미를 단념하지 않았다. 좌절도 하지 않았다. 사랑이라는 이름의 신은 강인했다. 아무리 상처를 입어도 새끼들은 다시 기어왔고, 아무리 추워도 엉뚱한 곳에서 따뜻함을 구했다.

얼핏 생각하면 아이가 태어났을 때 잘 보살펴주고 좋은 보육 환경을 제공하면 사랑이 없어도 무리 없이 잘 자랄 것 같다. 하지만 해리 할로의 애착 실험은 사람이든 동물이든 사랑이 반드시 필요하다는 것을 보여준다. 특히 어린 단계에서는 스킨십, 흔들어줌, 감정적 보살핌 등이 있어야 한다는 것이다. 이 실험은 사람의 마음을 뭉클하게 만들고 부모와 자식의 관계에 대해 많은 생각을 하게 해준다. 특히 부모라면 아이를 키운다는 것은 과연 무엇인가에 관해 다시 한번 생각해볼 계기가 될 것이다.

이 외에도 '엽기 살인사건과 38명의 증인들' 실험도 충격적이다. 1946년 뉴욕, 캐서린 제노비스라는 여성이 귀가 중에 살해됐다. 그녀는 "도와주세요! 칼에 찔렸어요!"라면서 도움을 요청했다. 하지만 사건이 발생한 35분 동안 주민 38명 중 누구도 경찰에 신고조차 하지 않았다. 이 사건으로 미국 전역은 도덕성 문제로 들썩였다.

누구나 이렇게 도움이 필요한 순간을 외면한 경험이 있을 것이다. 가령 길에 쓰러져 자고 있는 취객을 봐도 대부분 '누군가는 도와주겠지?'라는 생각에 모르는 척 가던 길을 간다. 하지만 이 책에 쓰인 실험 내용을 본 다음에는 자신도 모르게 신고 정신이 투철해질지도 모른다.

방관자 효과로 많이 알려진 달리와 라타네의 책임 분산 실험은 최근에는 군대에서 배우는 CPR(심폐소생술교육)에 응용되고 있다. 예전에서는 누군가 쓰러져서 도움을 요청할 때 "사람이 쓰러졌어요. 도와주세요!"라고 소리를 지르도록 교육했다. 그런데 방관자효과가 증명된 뒤에는 교육 방식이 달라졌다. 그렇게 도움을 요청해서는 다른 사람이 도와주겠지라는 생각에 아무도 도움을 주지 않는다는 것이 입증되었기 때문이다. 이제는 특정인을 지목해 도움을 요청하도록 교육한다. "거기 빨간 안경 쓰신 분, 119에 전화해서 얘기 좀 해주세요"라고 말이다. 이는 이 책에 나온 실험들이 굉장히 유명한 실험인 동시에 의료나 교육제도 등 우리 삶의 많은 부분을 바꾼 위대한 실험임을 뜻한다. 실제로 이러한 실험들이 우리 삶과 얼마나 밀접하게 연관되어 있는지 책을 읽다 보면 깨달을 것이다.

이 책이 읽을 만한 가치가 있는 또 한 가지 이유는 뛰어난 문학성까지 겸비한 심리학서라는 사실이다. 사실 저자는 종종 독특한 행동을 보이기도 한다. 예를 들어 스키너의 큰 딸을 찾아가 인터뷰를 하면서 스키너의 유품 중 하나인 초콜릿을 보더니 결심한 듯 자신의 입에 가져가는 장면이 그것이다. 그 초콜릿은 혼수상태의 스키너가 죽기 전에 마지막으로 깨물어 잇자국이 남아 있는 초콜릿이다. 저자는 그걸 가만히 보더니 자신의 이로 살짝 깨물고는 이런 말을 한다.

> 눈에 보이지 않는 어떤 끈, 내게 오라고 결코 생각하지 못한 신호에 이끌려, 아니면 순수한 나의 자유 의지에 이끌려 초콜릿을 나의 입에 가져갔다.

이 문학적인 표현은 자신의 행동이 스키너의 어떤 신호에 의한 것인지, 자신의 순수한 자유의지에 의한 것인지 의문을 나타낸다. 이 두 가지는 스키너가 심리학에서 던지는 질문 중 하나다. 심리학 책 답지 않게 문학적인 표현으로 그 장의 내용이 마무리된다.

각 실험의 내용은 작가의 뛰어난 감성과 만나 더욱 의미 있어진다. 매 챕터의 마지막인 저자의 감성을 보면 심리학서가 아닌 문학 작품을 읽은 것 같은 착각도 든다.

『교수와 광인』
천재는 타고나는 것인가, 만들어지는 것인가

편찬에 걸린 시간 71년,

수록된 어휘 41만 4,825개,

수록된 인용문 182만 7,306개,

수록된 전체 활자의 길이 285km,

20세기에 영어로 쓰인 가장 위대한 책.

1928년 초판이 발간된 『옥스퍼드 영어 사전』이다. 지금처럼 인터넷이 발달하기 전까지만 해도 학생들이 교과서보다 더 자주 본 책이기도 하다. 그런데 최고 권위의 『옥스퍼드 영어 사전』 편찬에 미치광이 살인자가 참여했다는 사실을 알고 있는가?

사전 편찬의 최고 책임자인 제임스 머리James Murray 교수와 살인 후 정신병자가 되어버린 비운의 천재 윌리엄 체스터 마이너William Chester Minor의 너무도 다른 인생. 사전 편찬에 평생을 바친 두 남자의 소설보다 더 소설 같은 이야기 『교수와 광인』.

책을 쓴 사이먼 윈체스터Simon Winchester는 30년간 저널리스트로 활동하며 여러 차례 상을 받기도 한 베테랑이자 베스트셀러 작가다. 그가 1998년 『교수와 광인』을 출간하자 단숨에 영국과 미국에서 베스트셀러에 진입했다. 영화배우 멜 깁슨Mel Gibson은 책을 읽자마자 영화로 만들기 위해 판권을 사기도 했다. 이후 뤽 베송Luc Besson 감독이 영화로 만들 뻔했지만 무산되기도 했다. 최근 판권을 산 지 20년 만에 멜 깁슨과 숀 펜Sean Penn이 영화에 출연하기로 결정했다고 하니 책을 읽고 오랜 시간 기다린 팬들에겐 무엇보다 기쁜 소식일 것이다.

우리가 매일 사용하는 다양한 단어들, 그리고 단어에 대한 기준이 되는 사전. 우리는 말의 정확한 뜻을 찾고 싶을 때 사전을 찾는다. 사전이란 것이 없던 시대에는 중요한 계약서를 쓰거나 약속을 글로 남길 때 단어의 의미가 지역마다, 사람마다 달라서 자주 헷갈리고 의견이 분분했다. 1857년 11월 15일 영국의 런던 언어학회는 영국에서 쓰이는 모든 단어를 알파벳 순으로 모아서 찾을 수 있는 '대사전'을 만들기로 결정했다. 이후 『옥스퍼드 영어 사전』 편찬에는 장장 70여 년이 소요됐고 1928년 초판 12권이 출간됐다.

『교수와 광인』에는 제목 그대로 교수와 광인, 두 사람이 등장한다. 우선 교수인 제임스 머리는 옥스퍼드 대사전 편찬위원회에서 가장 주도적인 역할을 한 최대 공헌자다. 이 어마어마한 프로젝트를 구현하고 실현해낸 그가 없었다면 『옥스퍼드 영어 사전』 이후 모든 나라들이 표준어 사전을 만들게 되는 일도 없었을 것이며, 세상은 지금보다 더욱 혼란스러웠을 것이다.

영국 언어학회는 사전 편찬에 참여할 자원봉사자를 모집했다. 그중 빼어난 예문을 보내오는 마이너의 편지는 단연 눈에 띄었다. 머리는 수차례 마이너를 옥스퍼드로 초대했지만 번번이 거절당했다. 그 후 20년간 두 사람은 오직 편지만 주고받았다. 마이너가 보낸 편지에는 사전을 편찬하는 데 필요한 어학자료들이 들어 있었다. 그러던 어느 날 마이너가 살인을 저지르고 정신병원에 수용돼 있으며 편지도 그곳에서 온 것이라는 사실이 알려진다. 사전 편찬에 가장 큰 영향을 끼친 자원봉사자가 광인이었던 것이다.

사실 이 책의 제목이 가지고 있는 중의성은 굉장히 중요하다. 정신병원 구금 중에 사전 편찬에 힘썼던 광인 윌리엄 마이너와 제임스 머리 교수. 이렇게 두 사람을 지칭하는 『교수와 광인』이라는 의미와 더불어 교수와 광인이 한 인물이라는 해석도 가능하다. 어떠한 학업에 빠진 인물들은 광인과 크게 다르지 않기 때문이다. 책을 읽으면 한 사람이 교수이자 광인인 것인지, 아니면 교수와 광인 두 사람의 이야기인지 잘 분간이 가지 않는다. 결국 교수와 광인은 한 끗 차이라는 것이다.

『교수와 광인』은 소설을 읽는 듯 뛰어난 언어와 풍부한 상상력이 춤을 추는 책이지만 머리와 마이너의 행적을 기록한 전기에 가깝다. 세상에는 다양한 위인전이 많지만 우리나라에서 출간된 위인전은 천편일률적이다. 위대한 학자에 관한 위인전이 별로 없거니와 대체로 뛰어난 업적을 남긴 모범생들의 이야기 위주로 구성되어 있다. 사실 위대한 학자일수록 어릴 때 유별나고 엉뚱했던 경유가 대부분이다. 그런데 그런 부분은 쏙 빠지고 어른들 입맛에 맞는 공부 잘하고, 예의 바르고, 단정한 위인에 치중하는 경우가 많다. 다른 나라에서는 인생의 롤모델을 찾기 위해 위인전을 읽는데 우리가 읽는 위인전은 롤모델이 아니라 그냥 훌륭한 인물에 대해 배우는 것에 그치는 수준이다.

사전 편찬을 포함해 정교한 작업에 평생을 바친 사람들은 사회의 전통적인 기준으로 보면 조금 이상해보이는 사람들이 많다. 그렇기 때문에 일반적인 기준으로는 그들의 잠재적 가능성을 부모나 선생이 못 알아보기 쉽다. 그런 아이들이 교수가 되지 못하면, 즉 재능을 발전시키지 못하면 광인이 될 수도 있다. 우리나라는 특출난 재능을 가졌거나 보통의 일반적인 기준에서 벗어난 사람들을 마치 광인처럼 취급하는 경향이 강하다. 『교수와 광인』은 사회적 업적을 이룰 기회를 주지 않으면 천재를 미치광이로 만들 수 있다는 경고의 의미이자 불운을 막기 위한 책이다.

가족의 믿음으로 빛나거나

포목상의 아들로 태어난 제임스 머리는 학업을 중단해야 할 만큼 가난했다. 그래도 포기하지 않고 학교에 다니는 것보다 '아는 것' 자체에 대한 열망으로 독학으로 학문을 이어나갔다. 특히 언어적 재능이 뛰어나 15세에 이미 라틴어, 프랑스어, 이탈리아어, 독일어, 그리스어에 정통했다. 궁금한 것을 직접 확인해보기 전까지 참지 못해 역사책을 읽고 직접 삽을 들고 가서 유물을 발굴하려는 시도를 할 만큼 배움 자체에 몰두했다.

제임스는 점점 더 많은 지식을 쌓았고, (그가 인정하다시피) '아는 것' 자체를 위해 공부해나갔다. 때로는 어처구니 없는 기이한 방식을 취하기도 했지만 말이다.

예를 들면 그는 스코틀랜드 접경 지대 전역의 유적지 발굴에 열정적으로 참여하기도(하드리아누스 성벽 부근은 보물급 고대 유물이 매장되어 있었다) 했고, 또 그는 소 떼에게 라틴어로 부름에 대답하도록 가르치기도 했다. 그리고 그는 등잔 불빛 아래 모여 있는 가족들을 위해 테오도르 아그리파 도빈네라는 위대한 프랑스 작가의 글을 번역해서 읽어주곤 했다. 그러면 가족들은 그 이야기에 흠뻑 빠져들곤 했다.

언어에 타고난 재능을 가진 머리가 광인이 아닌 교수가 될 수 있었던 것은 그의 가족들 덕분이었다. "그러면 가족들은 그 이야기에 흠뻑 빠져들곤 했다." 이 한 문장이 머리와 그의 가족을 말해준다. 사실 어린 머리에게 고전 프랑스어는 번역하기 어려운 글이다. 과연 어린아이가 그것을 번역해 가족에게 읽어줬을 때 가족들은 재미있었을까? 아무래도 재미있는 척 들어주며 무조건 칭찬과 긍정을 주었을 것이다.

우리나라에도 잠재적 가능성을 가진 아이들이 많다. 그 아이들이 다양한 분야에서 활동하지 못하고 가능성을 실현하지 못하는 이유는 불행하게도 자신의 일기에 "가족들은 그 이야기에 흠뻑 빠져들었다"라고 쓸 수 있는 환경이 마련되지 않았기 때문이다. 직접 유물을 발굴하러 나서고 소 떼에게 라틴어를 가르치는 모습은 학습지를 풀고 여러 학원에 다녀야 하는 교육환경에서 자라는 우리나라 아이들에게는 낯선 풍경일 뿐이다.

머리의 부모는 돈이 없어서 아들을 학교에 보낼 수는 없지만 독학으로 공부할 수 있으리라고 믿었다. 머리는 당시 영국에 살던 가난한 집 아이들이 대개 그랬듯이 14세에 학교를 그만뒀지만 타고난 근면성으로, 그리고 부모의 희망대로 홀로 공부했다.

분야를 가리지 않고 공부해 향토 지질학과 원예학을 독학으로 익혔고, 지구본으로 지리학을 배웠다. 머리는 주변의 자연현상도 허투루 흘려보내지 않았다. 모든 현상을 관찰하고 기억하려 노력했다. 별자리를 관찰한 머리가 궤도와 모양을 예상하면 며칠 뒤 가족들은 늦은 밤에 졸린 눈을 비비면서도 그의 예상이 정확히 맞아떨어진 것을 기뻐했다. 머리의 재능은 가족의 믿음으로 시간이 지날수록 더욱 밝게 빛났다.

가족의 믿음 덕분이기도 하지만 머리는 타고난 천재이기도 했다. 머리처럼 천재적 재능을 가진 아이들은 우리 생각보다 훨씬 많다. 다만 잠재적 재능을 확인하고 키울 기회를 얻지 못할 뿐이다. 천재는 주변의 관심과 반응에 따라 결정된다. "그런 생각을 하다니 대단하구나!"라는 말과 "왜 그렇게 이상한 생각만 하니!"라는 말에 따라 아이는 천재와 광인 사이를 오간다. 일부 어른들은 아이들의 튀는 행동에 대해서 다름을 인정하기보다 틀림을 지적한다. 하지만 그것이 어른들은 보지 못하는 새로움을 만드는 특별한 시각일 수도 있다.

가족의 무관심으로 미치거나

한편 마이너는 가난했던 머리와 달리 부유한 집안에서 자랐다. 명문 예일 대학 의과대학 출신으로 촉망받는 군의관 장교인 그는 남북전쟁에 참전했다. 전쟁 중 탈영병인 아일랜드인의 얼굴에 낙인을 찍는 일을 겪으면서 정신적 충격으로 군대를 제대했다. 이후 런던 빈민가에서 편집증으로 인한 망상으로 한 남자를 총으로 살해하고 영국의 정신병 범죄자 수용소에 갇힌다. 수감 중 옥스퍼드 사전 편찬위원회가 자원봉사자를 찾는다는 소식을 접하고 사전에 실릴 어휘의 용례를 찾아 보냈다. 그는 비록 자원봉사자였지만 사전에 막대한 영향을 끼친 인물 중 한 사람이 되었다.

전 세계 사람들이 보는 『옥스퍼드 영어 사전』을 정신병원에 있는 사람이 만들었다고 하니 놀랍고도 섬뜩하다. 사실 마이너가 광인이 된 데는 그의 가정환경 탓이 크다. 마이너의 가족은 싱가포르에 거주했다. 사춘기 시절을 보내고 있던 마이너는 그곳의 여성들을 보면서 이성의 호기심에 눈을 떴다. 하지만 청교도적인 믿음이 강했던 마이너의 부모는 그의 호기심을 음란하다고 생각해 미국으로 보내버린다.

마이너의 친어머니는 그가 세 살 때 폐병으로 세상을 떠났다. 2년 후, 아버지는 어린 두 아이를 데리고 말레이 반도로 여행을 떠났다. 그곳 선교사 중에 둘째 부인으로 알맞은 사람이 있을까 해서 떠난 여행이었다.

엄마의 사랑도 제대로 받지 못한 마이너가 의지할 수 있는 유일한 어른인 아버지는 종교적 엄격함에 바탕을 둔 전형적인 가부장적인 인물이었다. 마이너의 부모는 아이가 조금이라도 튀는 행동을 하거나 실수를 하면 용납하지 못하고 미국의 청교도 학교에 가두다시피 했다. 이런 부모 밑에서 자라면서 아버지의 엄격한 기준에 맞춰 자연스러운 감정도 죄책감으로 느끼게 됐다. 아름다운 여성을 보고 남성으로서 연모를 품는 것조차 음란하고 더러운 것은 아닐까 하는 죄책감을 가졌다. 성인이 돼서 의대에 진학하고 전쟁에도 참전했지만 죄책감이 쌓일수록 편집증도 심해졌다. 결국 마이너는 광인이 되고 말았다. 아버지의 무관심한 양육 방식이 불러온 끔찍한 결과였다.

사실 마이너도 머리 교수 못지않게 천재적 재능을 가졌다. 특히 언어 능력이 뛰어났다. 스리랑카에서 사용하는 싱할라어를 썩 잘했고 버마어(미얀마어)도 잘 구사했다. 힌디어와 타밀어, 중국 여러

지방의 말도 어느 정도 할줄 알았다. 지리에도 밝아 싱가포르, 방콕, 랑군, 피낭 섬 일대를 훤히 알았다. 마차 여행을 하면서 몇 번들은 외국어나 부족들의 언어를 능숙하게 구사할 정도의 재능을 가진 아이였다.

이렇게 호기심이 많은 아이이니 사춘기 시절 누구나 갖게 되는 성적 호기심이 없을 리 없었다. 외국어에 능숙하고 관심이 많다는 것은 이국적 풍경에 대한 관심도 높다는 것을 뜻한다. 사춘기 시절이라면 이국적인 관심은 자연히 이국적 여성에게 향할 수 있다. 지극히 정상적인 반응이다. 하지만 아버지의 설부른 걱정이 마이너를 미국으로 보내는 순간 마이너는 무너지기 시작하며 광적인 삶을 살게 된다.

시간이 지나 만나게 된 두 사람은 마치 거울을 보고 있는 것처럼 닮은 외모에 깜짝 놀랐다고 한다. 같은 시대에 태어나 비슷한 재능과 닮은 외모를 가졌지만 가정환경과 주변의 반응에 따라 서로 다른 길을 걷게 된 것이다. 흥미로운 점은 가난한 집에서 태어난 천재는 교수가 되었지만, 부유한 집에서 태어난 천재는 광인이 되었다는 사실이다.

과연 천재는 타고나는 것일까, 아니면 만들어지는 것일까? 사실 천재라는 말을 너무 많이 사용하는 사회는 반이성적인 사회라고 볼 수도 있다. 우리가 어떤 사람을 천재라고 결정짓는 순간 그 사람에 대한 탐구가 어려워진다. 하지만 천재라고 결정짓지 않으면 그의 엄청난 재능과 노력에 대한 탐구와 그것을 설명하려는 시도를 계속해서 할 수 있다. 예를 들어 A라는 사람이 특출한 행동과 생각을 할 때 우리가 그를 천재라고 여기지 않는다면 그가 왜 그런 생각과 행동을 했는지 알려하고 설명하려 할 것이다. 그런데 A를 천재라고 인정하며 경탄하고 무릎 꿇으면 그 순간부터 그를 탐구할 필요가 없어진다. 결국 그의 숨은 재능은 천재라는 수식어에 묻히고 만다.

우리는 천재라는 말을 지나치게 많이 사용한다. 그럴 때 천재라는 단어는 굉장히 반지성적이고, 반이성적인 부분이 없지 않다. 천재가 타고나는 것이라고 믿는 사람들은 생각보다 천재가 많다고도 믿는다.

그런 의미에서 『교수와 광인』은 학생들보다 우리나라의 부모에게 권하고 싶다. 이 책은 결국 재능에 관한 것이 아니라 재능을 가진 사람의 주변 환경과 사람에 관한 이야기다. 이것은 두 사람이 만들어낸 결과가 아니다. 두 사람의 삶을 좌우한 것이 바로 가족이었다. 마이너는 또 다른 의미의 머리였을 수 있고 머리는 잘못하면 마이너가 됐을 수도 있었다는 이야기다.

사실 머리는 생각보다 특출난 인물이 아니다. 천재적 재능이라는 것은 어떤 형태로든 누구나 가질 수 있는 것이기 때문이다. 하지만 그렇다고 모두 천재가 되는 것은 아니다. 누구나 조금씩은 가지고 태어나는 기질이자 천재적인 재능을 어떻게 받아들이고 보살펴주느냐에 따라 머리처럼 교수가 될 수도, 마이너처럼 광인이 될 수도 있다. 안타깝지만 우리나라에서 이런 아이를 보고 천재적 재능을 가졌다며 미리 알아봐주는 머리의 아버지 같은 부모는 극히 드물다. 우리 주변에 분명히 천재는 있다. 그들에겐 우리의 격려가 필요하다.

● 3교시

사랑은 왜 어려운가?

『위대한 개츠비』
그 사람을 사랑하는 것은 삶의 이유다

가난한 농부의 아들로 태어난 한 남자가 있었다. 명망 있는 가문의 자제로 사랑받아온 여자가 있었다. 남자는 여자의 마음을 얻으려 성공을 향해 지독하게 달렸다. 그리고 자신의 일생과 닮아 있는 소설로 미국 문학을 대표하는 작가가 됐다. 자본화된 20세기 이후 모든 사랑 이야기의 원전이 된, 인류 역사상 가장 위대한 사랑꾼 이야기를 그려낸 『위대한 개츠비』다.

이 책은 1925년도에 출간되어 미국인들이 가장 즐겨 읽는 고전으로 알려져 있다. 전 세계의 42개 나라에 번역되어 지금도 매년 30만 권 정도가 판매될 정도로 사랑받는 책이다. 추천 도서 리스트에는 빠지지 않고 들어가는 이 위대한 책은 의외로 작가의 젊은 시절에 완성되었다. F. 스콧 피츠제럴드F. Scott Fitzgerald는 28세에 이 책을 펴냈다.

『위대한 개츠비』는 '개츠비적이다'라는 신조어가 만들어질 만큼 스타일리시한 작품으로 꼽는다. 미국이 대공황을 겪기 직전 그야말로 풍요의 시절에 쓰여 아메리칸 드림이라는 허상을 보여준다. 계급을 다룬 미국 소설 중 가장 위대한 작품으로 꼽히는, 그럼에도 정말 슬픈 사랑을 담고 있는 소설이다.

미국 자본주의가 급속하게 발전한 1920년대를 '도금시대'라고도 표현한다. 겉은 금색이지만 내용물은 전혀 그렇지 않다는 뜻이다. 피츠제럴드는 도금시대와 가장 잘 어울리는 인생을 산 인물이다. 20대에『위대한 개츠비』로 문학적 성공을 이루지만 방탕한 생활에 빠져 재산을 탕진하고 알코올 중독에 빠진다. 그는 1940년 유작「최후의 제군」을 집필하던 중 심장마비로 사망한다.

피츠제럴드에게 가장 중요한 것은 한 여자였고, 그녀가 피츠제럴드를 어떤 방향으로 몰고 간 것은 분명하다.『위대한 개츠비』는 자전적인 소설이라고 평가받기도 하는데 그의 인생에서 큰 부분을 차지하는 젤다 세이어Zelda Sayre와의 관계 때문이다. 평범한 집안에서 태어난 피츠제럴드와 달리 젤다는 굉장히 부유한 가문에서 태어났다. 결코 넘볼 수 없는 여자였지만 피츠제럴드는 젤다를 향해 직진했다. 사랑을 고백할 때마다 가난하다는 이유로 거절당한 피츠제럴드는 열심히 책을 썼다.

데뷔작『낙원의 이편』은 좋은 평가를 받았고『위대한 개츠비』를 통해 작가로서 인정받았다. 그 과정에서 비로소 젤다의 사랑을 얻는다. 당시에는 문인들이 예술계를 끌어나가는 인물이었으므로 젤다와 피츠제럴드는 할리우드의 스타 못지않은 유명한 커플이 되었다. 하지만 두 사람 모두 버는 것보다 쓰는 게 많았다. 화려한 인생을 살았던 여자와 화려한 인생을 꿈꿨던 남자는 돈과 인생을 낭비했다.

피츠제럴드는 세인트폴이라는 보수적인 시골 출신이었다. 이곳 중산층의 윤리관은 남자는 끝까지 단추를 채운 와이셔츠에 넥타이를 매고 올곧은 자세로 앉아 있는 것이었다. 그에 반해 젤다는 부유한 집에서 자유분방하게 자랐다. 그녀는 피츠제럴드에게 당신은 가진 것 없는 촌놈이어서 놀 줄 모른다고 자극하며 일탈을 강요했다.

호텔 바에서 술을 마시다가 분위기에 취한 젤다가 함께 무대 위에 올라가 춤을 추자고 하면 피츠제럴드는 거절하기 일쑤였다. 그럴 때면 젤다는 시골 사람은 어쩔 수 없다며 그의 콤플렉스를 자극해 무대 위로 끌어올렸다. 뉴욕 유니언 스퀘어의 커다란 분수에 같이 뛰어들어 사람들의 이목을 끌기도 했다. 햇빛이 좋은 날이면 택시 지붕 위에 올라타 사인 등을 붙잡고 달리기도 했다. 한번은 예쁜 드레스를 입고 고급 샴페인 한 병을 들고 샹젤리제 거리 한가운데를 걸어내려가고 싶다는 젤다의 소원을 들어주기도 했다. 덕분에 두 사람이 8차선 도로 가운데서 한 손은 서로의 손을 잡고 다른 한 손에는 샴페인 잔을 들고 걸으며 오가는 차를 막았다는 이야기가 전설처럼 전해진다.

어디까지가 진실이고 어디까지가 지어낸 이야기인지는 모른다. 하지만 두 사람의 기행과 방탕한 생활이 여러 사람의 입에 오르내린 것만 봐도 끝까지 자유로움을 불태워야 성이 차는 커플이었던 것만은 분명하다.

시골에서 자란 청년은 뉴욕에서 만난 여자에게 매력적으로 보이기 위해 자신의 모습을 지우고 뉴요커의 화려한 삶을 살기 위해 노력했다. 그는 돈이 떨어지면 글을 쓰고, 다시 화려한 생활을 즐기는 인생을 반복했다. 그리고 결국 『위대한 개츠비』를 뛰어넘는 작품을 남기지 못하고 생을 마감했다. 이러한 사실은 말년에 『노인과 바다』와 같은 강렬한 작품을 써내려간 헤밍웨이와 대비되기도 한다.

사랑꾼, 개츠비와 피츠제럴드 사이

피츠제럴드와 젤다의 이야기는 『위대한 개츠비』의 캐릭터와 흡사하다. 실제로 많은 사람들이 작가 스스로 자신의 삶을 소설에 일정 부분 녹여냈다고 평가한다.

소설은 닉 캐러웨이가 옆집 갑부 개츠비의 일을 회상하며 쓴 관찰자 시점의 글이다. 어느 날 닉은 개츠비의 초대로 파티에 참석하면서 그와 인연을 맺는다. 과거 개츠비와 자신의 친척인 데이지가 연인 사이였으며 개츠비가 데이지를 되찾기 위해 그녀의 집이 보이는 곳에 저택을 구입하고 파티를 연다는 사실도 알게 된다. 개츠비는 부자인 톰과 결혼한 데이지를 되찾기 위해 불법적으로 부를 축적했고 결국 개츠비와 데이지는 다시 사랑에 빠진다. 하지만 데이지는 다시 개츠비와 남편을 두고 저울질하던 중 자동차 사고를 낸다. 개츠비는 자신이 사고를 낸 것으로 데이지의 잘못을 뒤집어쓰지만 그녀는 끝내 남편의 품으로 돌아가버린다.

책을 읽다 보면 왜 개츠비가 아닌 닉의 시점에서 이야기가 진행되는지 궁금해진다. 레오나르도 디카프리오가 주연한 영화에서는 닉과 같은 화자가 따로 존재하지 않고 개츠비가 정신병원에서 구술하는 방식으로 진행된다. 그런데 소설에서는 닉이 화자로 등장하면서 개츠비가 생각보다 늦게 등장한다. 소설의 핵심은 개츠비라는 인물을 어떻게 볼 것인가다. 그런데 개츠비가 등장하기 전까지 개츠비에 대한 무성한 소문만이 그의 존재를 드러낸다.

그런 면에서 개츠비가 직접 화자로 나서면 자신의 사랑이 얼마나 장대하고 아름답고 화려했으며, 그럼에도 결국은 비참하게 끝났음에 집중하는 도취적인 소설이 될 수밖에 없었을 것이다. 그런데 그것을 바깥의 화자로 끌어냄으로써 그 사랑의 아름다움 혹은 화려함 혹은 비참함에만 집중하지 않고 사랑의 맥락을 보게 된다.

그렇다면 사랑하는 여자가 화자일 수도 있고, 그 여자의 남편이 화자일 수도 있는데 왜 하필이면 상대적으로 덜 중요한 닉일까? 소설에서 닉은 가장 시니컬한 사람 중 하나다. 그래서 소설이 절정으로 치닫는 상황에서도 그것을 막지 않고 방황하는 인물이기도 하다. 냉소적이면서도 관찰자에 해당하는 닉에게 개츠비의 이야기를 기술하게 함으로써 이야기는 어느 쪽에도 편중되지 않고 이어진다.

　미국인이 『위대한 개츠비』를 읽었을 때 먼저 느끼는 것은 러브 스토리가 아니라 시골 청년 상경기라는 사실이다. 시골에서 뉴욕으로 올라온 가난한 청년이 사랑에 빠져 뉴요커로서 변모해가는 이야기를 가장 중요하고 직접적으로 받아들이는 것이다.

　피츠제럴드를 투영한 캐릭터라 할 수 있는 개츠비는 뉴욕 어퍼 클래스에 입성하면서 자신이 원래 가지고 있던 윤리관을 완전히 없애버린다. 대신 미드웨스트에서 온 전형적인 중산층인 닉을 화자로 두면서 자신이 잃어버린 자아를 찾으려 한다. 즉 피츠제럴드는 뉴욕 사교계에 입성한 자아로 개츠비를 내세우는 동시에 시골에서 꿈을 가지고 올라온 촌놈으로서의 자아로 닉을 내세운 것이다. 한 권의 책에 자신을 관찰하는 또 다른 자아까지 두 개의 자아가 존재하는 셈이다.

　영화에서도 그렇고 책에서도 가장 유명한 장면은 부두 끝에서 조그맣게 반짝이는 그린 라이트를 바라보는 개츠비의 모습이다. 이 초록 불빛은 『위대한 개츠비』에서 가장 중요한 상징이기도 하다. 사랑이라고 하는 감정의 본질은 선망이다. 내가 갖지 못한 것을 갖고 싶은 것이다. 그걸 갖기 위해 열심히 일하고 노력하는 방법도 있고, 회사에서 승진하는 방법도 있고, 주식에 투자하는 방법도 있겠지만 사랑을 통해서도 이룰 수 있다. 우리는 그것을 아름답고 순수한 감정이라고 포장한다.

　유사 이래 인간 사이에 사랑이라는 건 신분이나 계급의 M&A

였다. 『위대한 개츠비』는 그런 방식이 녹슬어버린 시기에 쓰여졌다. 그 이전 시대에는 신분 상승이라는 것이 보편화되지 않았다. 계층이 분할돼 있었지만 계층 간 이동이 거의 불가능한 명확한 계급사회였기 때문이다. 하지만 자본주의가 발달하고 미국처럼 신흥 갑부들이 등장하면서 뉴 머니가 올드 머니의 계급과 신분을 선망하기 시작했다. 올드 머니의 입장에서 보면 우습고 비웃음이 나오지만 개츠비의 입장에서 보면 데이지는 선망의 대상 중 하나다. 그녀는 올드 머니와 뉴 머니 사이에 있다. 이스트와 웨스트 사이에 있고, 남편이 존재하는데 남편은 유럽의 상징이자 올드 머니의 상징이라고 할 수 있는 계보를 가진 인물이다. 결국 데이지와 개츠비는 사랑놀음이라는 이름을 한 계층과 돈의 M&A를 벌인 것이다.

소설이 쓰여진 1920년대에 개츠비의 사랑은 경제적 계층, 혈통적 신분을 뛰어넘어야 하는 혁명적인 사랑이었다. 그리고 이는 지금도 계속된다. 이렇게 사랑은 늘 자본주의를 넘을 수 있느냐 없느냐의 갈림길에 선다. 사랑의 본질은 계급과 계급의 사다리다. 늘 낭만으로 포장될 뿐 속물적인 사랑을 얻기 위한 세속적인 권력, 유명세를 이용하는 것은 이 시대 사랑의 본질이다.

『위대한 개츠비』는 사랑의 본질을 너무 적나라하게, 그렇다고 너무 냉소적이지도 않게 너무 로맨틱하지도 않게 그 중간 지점에서 잘 풀어냈다. '자본'이라는 것은 이별의 사유로 충분하고 요즘에는 결혼을 못 하는 가장 큰 이유가 되기도 한다. 사랑과 자본주의의 관계는 그만큼 긴밀하고 사랑은 속물적 경향을 벗어나기 힘들다. 하지만 『위대한 개츠비』가 말해주듯이 자본에 굴복하는 이들의 결말은 불행하다.

어쩌면 물질에 눈이 멀어 순수한 감정을 잃어버린, 지나치게 재고 따지는 현대인에게 사랑이야말로 유일한 탈출구가 아닐까 하는 생각을 전해주는 책이 아닌가 싶다.

직진 사랑, 낭만과 부담 사이

개츠비의 가장 큰 특징은 이상주의자며 낭만주의자라는 것이다. 그는 만 건너편에 데이지가 산다는 이유만으로 저택을 사고, 언젠가 그녀가 자신이 여는 파티에 우연히 들르기를 바라면서 매일 저녁 파티를 열었다. 그리고 파티에 참석한 사람들에게 데이지를 아는지 집요하게 물었다.

이런 방식이 잘못된 사랑이라는 것을 개츠비는 잘 모른다. 그는 사랑에 있어서만은 지나치게 순수했다. 순수하다는 건 불순물이 없다는 것인데, 이는 오직 하나만 생각한다는 것이다. 좋게 말하면 열렬히 사랑하는 것이지만 나쁘게 말하면 상대에 대한 배려가 없다는 이야기다. 각자의 방식대로 사랑하는 두 사람이 만났을 때는 제3의 방식으로 사랑을 해야 그 사랑이 이루어진다. 그런데 개츠비는 자기만의 방식으로만 사랑하려 했다. 데이지를 충분히 사랑할 가치가 있는 여자라고 생각한 다음부터는 그녀에게 모든 걸

걸었다. 그러니 내 방식대로 사랑할 자격이 있다고 착각한 것이다. 어떻게 보면 데이지를 사랑했다기보다는 데이지를 이토록 사랑하는 나를 사랑하는 것처럼 보이기도 한다.

결국 개츠비는 노력이든 시간이든 자신이 투자한 만큼 상대방이 애정으로 되돌려주지 않으면 사랑이 아니라고 생각했다. 때문에 데이지의 마음을 되돌리는 데서 만족하지 않고 그녀의 남편에게 100% 이기고 싶어 했고, 그녀에게 남편을 한 번도 사랑한 적이 없다고 말할 것을 강요했다. 그러니까 이 남자는 남편이 보는 앞에서 모욕적인 말을 하도록 요구한 것이다. 아무리 남편에 대한 애정이 없다고 해도 그 말을 한다는 건 여자에게 너무 힘든 숙제를 주는 것과 같다.

개츠비는 데이지를 사랑한다. 그래서 데이지가 원하는 것을 다 해주면 결국은 자신을 사랑하고 다시 돌아올 것이라 생각한다. 결정적인 사건이 바로 교통사고다. 데이지가 자신의 차를 몰고 나가 일으킨 교통사고에서 그녀의 허물을 덮어써준다. 그러나 데이지의 선택은 개츠비의 생각과 달랐다.

개츠비가 얼마나 사랑에 대해서 순진무구한지 알 수 있는 내용이다. 사랑하는 마음이 있다면 내가 그녀에게 해준 것만큼 똑같이 나에게 보답해줄 것이라고 생각하는 것보다 더 큰 착각이 있을까. 개츠비는 돈, 명예, 화려한 파티까지 모든 걸 다 줬지만 사랑을 얻지 못했다. 결국 데이지를 가질 수 있는 마지막 순간의 방법은 살인의 책임까지 뒤집어써서 그녀를 지켜주는 존재가 되는 것이라 생각했다. 그것이 개츠비에게는 사랑의 완성이었으나 데이지에게 는 그렇지 않았다.

개츠비는 데이지에게 해주고 싶은 것만 이야기할 뿐 그녀에게서 원하는 것을 말하는 법이 없다. 개츠비와 데이지의 러브 스토리가 끝난 뒤 소설은 개츠비가 알고 보면 개츠라는 사람이었고 그가 어떤 사람인지 발견하게 되는 단서를 제공한다. 이때 책의 진면목이 드러난다. 그것은 일종의 자기계발 신화에 대한 직격탄이다.

개츠비가 어린 시절 일기처럼 쓴 책을 보면 아침 일찍 일어나 공부와 운동, 발명 등 얼마나 열심히 하루의 계획을 세웠는지 확인할 수 있다. 그가 짠 계획표에는 자기계발에 도움이 안 되는 시간이 하나도 없다. 거기에 권련과 담배를 삼가고 이틀에 한 번 목욕을 하고, 매주 유익한 책과 잡지를 읽으며, 저축을 하는 등의 결심을 한 걸 보면 미국의 청교도적인 아메리칸 드림을 꿈꾼 사실이 보인다. 결국 『위대한 개츠비』의 또 다른 핵심은 미국이라는 신자본주의의 사회에서 열심히 노력하면 원하는 것을 얻을 것이라 배운 아이가 현실은 그렇지 않다는 것을 깨달으면서 죽어버리는 이야기다. 어쩌면 그조차도 깨닫지 못하고 죽었을지도 모른다.

그런 의미에서 이 책이 사랑에 빠진 혹은 빠지고 싶은 사람에게 주는 메시지는 개츠비가 될 때까지 기다리지 말라는 것이다. 데이지를 바라보지 말고 미네소타 촌놈일 때 옆을 지켜주는 사랑을 찾으라고 말한다.

그럼에도 개츠비가 오랜 시간 인류 역사상 가장 위대한 사랑꾼으로 여겨지는 것은 책을 읽고 나면 나도 이렇게 열정을 다해서 사랑해봤을까 하는 생각이 들기 때문일 것이다. 아마도 일생에 한 번쯤은 모든 것을 다 던진 개츠비처럼 사랑해볼 필요가 있는 것은 아닐까?

『커플』
사랑의 백과사전

　우리가 가장 관심 있게 즐기는 이야기 중 하나는 스캔들이다. 연예인이 누구와 만나고 헤어지는지, 주변 사람 중 누가 연애를 하는지, 이런 이야기들이다.

　독일의 저널리스트 바르바라 지히터만Barbara Sichtermann이 쓴 『커플』은 문학, 음악, 미술, 역사, 종교 등 각 분야에서 한 시대를 풍미했던 커플들의 삶을 엿볼 수 있게 해준다. 지금으로 치면 「디스패치」에서 따라다니면서 취재했을 법한 가장 핫한 커플인 아담과 이브, 영화 「타이타닉」의 잭과 로즈, 마릴린 먼로와 아서 밀러Arthur Miller 등 실제 커플부터 신화, 영화 속 커플까지 50쌍의 연애 스토리다.

　독일 저널리스트가 쓴 커플 이야기라고 하면 사랑의 기원, 연애의 본질 같은 지루한 주제를 늘어놓을 것 같지만 이 책은 생각 외로 읽는 재미가 크다. 우리가 술자리에서나 차를 마실 때 혹은 쉴

때 가장 많이 이야기하는 게 남들의 연애다. 남녀상열지사가 제일 재미있는 주제인데 그것도 누가 하느냐에 따라서 매우 다르다. 지히터만이 인류 역사상 사랑과 관련해서 가장 많은 사람들 입에 오르내렸다고 판단한 50 커플을 골라냈으니 재미없을 수가 없는 책이다. 책날개를 펼치면 연대표가 나오는데 연대별로 어떤 커플이 언제 만나서 언제 헤어졌는지 보여준다. 또 커플마다 명성, 영향력, 애정도 등을 숫자나 별점으로 평가하거나 관련 영화를 소개하는 방식이 마치 여행 가이드북 같기도 하다.

50 커플의 이야기를 읽고 나면 드는 생각은 역시 사랑에는 정답이 '있다'는 것이다. 어떤 커플은 A라는 이유로, 다른 커플은 B라는 이유로 저마다 다른 이유로 사랑이 깨진다. 결국 사랑이 무엇인지를 알려주기보다 사랑은 스스로 해내는 것이라는 해답을 알려주기 때문이다.

아마도 이 책은 작가의 나라인 독일과 우리나라에서 받아들이는 방식이 조금은 다를 듯하다. 유럽인들은 대화할 때 무언가 인용하는 것을 좋아한다. 예를 들어 죽일 듯 싸우면서도 금새 불타오르고, 파격적인 행동도 서슴지 않는 커플을 보면 "저 사람들은 마치 보니와 클라이드 같군" 하고 말한다. 자신의 생각을 무언가에 빗대어 표현하는 것을 좋아하는 습성 때문에 독일에서는 이 책을 대화에 참여하거나 자신의 지식을 뽐내기 좋은 책으로 여긴다.

반면 우리나라에선 다른 이유로 읽을 수 있다. 우리나라에도 보니와 클라이드 같은 커플이 있지만 튀는 것을 좋아하지 않는 사회

분위기 탓에 수군거리기 일쑤다. 그럴 때 이 책을 읽은 사람이라면 그들을 사랑을 가리켜 보니와 클라이드 같다고 이해할 수 있을 것이다. 우리에겐 50가지 유형의 평범하지 않은 사랑을 인정할 수 있는 기준이 생기는 책이 되어준다.

다양한 사랑의 얼굴

가장 눈길을 끌었던 커플은 마릴린 먼로와 아서 밀러다. 마릴린 먼로는 평생 세 번 결혼했다. 첫 번째 결혼은 고아원에 가지 않기 위한 것이었다. 양육할 사람이 없어 결혼하지 않으면 고아원으로 끌려갈 상황에서 동네 오빠와 사랑 없는 결혼을 했다. 두 번째 결혼 상대는 잘 알려졌다시피 유명한 메이저리그 스타였던 야구선수 조 디마지오Joe DiMaggio다. 그는 훌륭한 남자였고 아내를 매우 사랑했지만 한 가지 엄청난 잘못을 저질렀다. 아내를 폭행한 것이다. 이혼의 결정적 계기 역시 폭행이었다.

책에는 나오지 않지만 마릴린 먼로가 이혼을 결심한 사건이 있다. 그녀의 이름을 들으면 가장 먼저 떠오르는 것은 영화 「7년 만의 외출」 속 지하철 통풍구에서 올라오는 바람에 스커트가 펄럭이는 장면이다. 그 장면을 찍을 당시 이미 스타였던 마릴린 먼로 주변에는 어마어마한 구경꾼들이 몰려들었다. 더군다나 바람에 치마가 펄럭이는 장면이었으니 평소보다 더 많은 사람들이 넋을 잃고 그녀를 볼 수밖에. 그런데 먼로의 남편 디마지오가 멀리서 그 모습을 보고 불같이 화를 냈다. 사람들에 둘러싸여 치마를 펄럭이는 모습이 못마땅한 그는 이 문제로 먼로와 다투다 화를 참지 못해 아내를 폭행하고 만다. 이 일로 먼로와 디마지오는 끝내 이혼한다.

먼로의 세 번째 남편은 『세일즈맨의 죽음』을 집필한 소설가이자 극작가인 아서 밀러였다. 언론은 두 사람의 만남을 지성과 미모의 결합이라고 평가했다. 하지만 행복은 짧았다. 먼로는 아서 밀러와의 결혼을 최악이라고 평가했다. 밀러와의 결혼생활은 동등한 부부관계가 아니었기 때문이다.

밀러는 먼로를 삶의 동반자로 받아들인 것이 아니라 자신이 쓰려는 작품의 소재나 장난감으로 여겼다. 섹시한 대중 여배우라는 먼로의 이미지를 자신이 취하는 것에만 관심이 있었다. 2012년 개봉한 영화 「마릴린 먼로와 함께 한 일주일」에도 이런 부분들이 나온다. 밀러에게 한 여인, 한 인간이고 싶었지만 그는 먼로의 지적 능력을 폄훼하고 무시했다.

두 사람은 예쁜 여자와 똑똑한 남자의 전형적인 사랑을 보여준다. 예쁜 여자는 자라면서 주변 사람들의 많은 관심을 받지만 동시에 질투도 받는다. 질투 중에는 얼굴만 예쁠 뿐 머리는 비었을 것이라는 편견도 섞여 있다. 이런 여자들은 지성인을 향한 동경을 키운다. 반면 강한 지성을 가졌지만 별다른 주목을 못 받고 자란 남자들은 나중에 유명한 사람이 돼서 저런 아름다운 여성을 내

것으로 만들겠다는 생각을 한다. 이 전형적인 패턴은 시작부터 잘못된 만남이다.

밀러는 마치 세계에서 굉장히 진귀한 페르시안 고양이를 얻었지만 어쩌지 못하는 것과 같았다. 고양이는 밀러에게 자신은 고양이가 아니라 한 사람의 여성이라고, 인간 대 인간으로 관계를 맺고 싶다고 울부짖었다. 두 사람 모두 서로를 채워주기는커녕 부딪히며 상처를 줄 뿐이었다. 최고의 미모를 가진 여배우와 최고의 지성을 가진 작가의 사랑은 끝내 파국을 맞이했다. 몇 년 뒤 먼로가 급작스럽게 사망했을 때 밀러가 장례식 참석을 거부할 만큼 두 사람의 결혼생활은 끔찍했다.

겉으로 보기엔 이상적인 관계 같지만 속을 들여다보면 사랑의 잔혹사를 써내려간 커플도 있다. 바로 피아니스트 로베르트 슈만Robert Schumann과 클라라 비크Clara Wieck의 이야기다. 슈만은 엄격한 선생님인 프리드리히 비크Friedrich Wieck에게 피아노를 배웠는데 혼날 때마다 선생님의 딸인 클라라가 그를 위로해줬다. 두 사람은 사랑에 빠졌지만 선생님이자 아버지의 반대로 만날 수 없었다. 슈만은 자살까지 생각할 정도로 심한 우울증에 빠졌고 결국 두 사람은 어렵게 허락받아 결혼에 골인했다.

그런 두 사람 사이에도 문제는 있었다. 슈만보다 클라라의 피아노 실력이 월등했던 것이다. 슈만은 사랑하는 여자보다 피아노를 못 칠 수는 없다는 생각에 모든 시간을 연습에 투자했다. 하지만 지나친 연습 탓에 그의 세 번째 손가락 관절에 이상이 생기고 그는 평생 피아노를 칠 수 없게 된다. 결국 두 사람은 슈만이 작곡을 하고 클라라가 연주를 하는, 서로가 없으면 안 되는 관계로 발전했다.

이들의 이야기는 아름다운 부부간의 사랑을 상징할 만큼 유명하다. 하지만 조금만 더 가까이 다가가서 보면 한 여인의 잔혹사처럼 들린다. 당시 클라라는 연주 실력을 인정받는 잘나가는 음악가였다. 그녀는 어느새 슈만의 명성을 앞질렀고, 심지어는 "남편이 음악가야?"라는 말을 듣기도 했다.

하지만 가난한 그들에게는 피아노가 한 대뿐이었다. 두 사람 모두 연습을 해야 했지만 우선권은 늘 남편이 먼저 가졌다. 슈만이 연습을 다 하고 남는 시간에 클라라는 간신히 피아노를 칠 수 있었다. 더군다나 클라라는 8명의 아이를 낳았다. 그녀는 아이들을 양육하면서 연주회를 다니고, 학생들을 가르치며 돈을 벌었다. 슈만이 하는 일은 단지 클라라가 연주할 곡을 만드는 것뿐이었다.

클라라가 제대로 연습할 수 있는 환경에서 태어났다면 그녀는 더욱 만개한 예술가가 되었을 것이다. 하지만 시대적 배경에 갇혀 여성이라는 이유로 재능이 사그라지고 말았다. 그녀는 정신병 때문에 병원에 입원한 슈만과의 마지막 포옹을 온갖 보물을 다 준다고 해도 바꾸지 않을 것이라고 말할 정도로 남편을 사랑했다. 비록 음악가로서의 삶은 멀어졌지만 모든 것을 내려놓을 만큼 헌신적인 사랑이 그녀에게는 무엇보다 소중했던 것이다.

『커플』에는 비극적이거나, 사회 통념상 허락되지 않거나, 너무도 신화적인 사랑이 가득하다. 이 책을 읽으면 과연 사랑이 무엇인지 알 수 있을까? 사랑에 실패하거나 사랑을 잘 못하는 사람들은 판타지와 관련이 있다. 판타지가 너무 크면 그 기준에서 조금이라도 벗어난 사랑을 허락하지 않는다. 이들은 사랑이 힘들 수밖에 없다. 하지만 이 책을 읽으면 사랑이라는 것의 밑바닥까지 볼 수 있다. 좋은 말로 포장하자면 '전쟁 같은 사랑'인데, 이 책에는 사랑에 대한 폐허 같은 게 굉장히 많이 담겨 있다. 아마도 50 커플의 이야기를 다 읽었을 즈음에는 사랑에 관한 판타지가 많이 줄어들지도 모르겠다.

게다가 책에 등장하는 사랑은 너무도 잘나고 똑똑한 사람들의 이야기다. 그런데 그들 대부분이 사랑에 실패한다. 아무리 잘나고 매력적인 사람도 사랑에 실패하기 마련이라는 사실을 알게 된다면 오히려 편하게 커플이 되는 것을 시도할 수 있지 않을까.

사랑은 가장 세속적인 선택

책을 보면 드는 또 다른 생각은 우리는 사랑을 생리적인 감정이라고 생각하지만, 사실 사랑으로부터 얻어지는 결과는 권력의 결합이거나 집안 또는 돈의 결합이라는 것이다.

나폴레옹에게 관심도 없던 조세핀은 나폴레옹이 권력을 가질수록 성적 매력을 느낀다. 클레오파트라가 안토니오에게 매력적으로 다가갈 수 있었던 것도 이집트라는 대제국을 손에 쥔 권력에서 나왔다. 우리는 누군가에게 사랑을 느끼는 것을 굉장히 낭만적인 언어를 채택해 표현하지만 본질은 훨씬 세속적이다.

책에는 에드워드 8세Edward Ⅷ와 월리스 심프슨Wallis Simpson 커플의 이야기도 나온다. 에드워드 8세는 영화 「킹스 스피치」에서 더듬거리는 왕의 형의 실존인물이다. 그는 이혼녀와 사랑에 빠졌지만 왕실에서 결혼을 허락하지 않고 국민도 동의하지 않자 인터뷰를 통해 왕권을 내려놓고 사랑을 택한 로맨티시스트로 알려져 있다. 그런데 그는 정말 사랑 때문에 왕위를 내려놓았을까?

사실 에드워드 8세의 선택에는 정치적 목적이 존재한다. 제2차 세계대전 당시 에드워드 8세는 나치즘에 일정 정도의 지지를 보였다. 영국 정치 안에서 에드워드 8세가 왕이라는 사실은 제2차 세계대전을 치르는 데 약점으로 작용했다. 그는 왕이라는 자신의 지위가 허울뿐이며 정치적 영향력도 상당히 제약을 받고 있다는 사실을 알고 있었다. 때문에 진짜 왕이 아닌 왕 역할을 하면서 살고 있었다.

그런 상황에 놓인 에드워드 8세는 훨씬 자유롭고 화려한 삶을 살고 싶었다. 왕이라는 허울을 내려놓는 것을 사랑으로 포장할 수 있었고, 그 선택이 경제적으로 생존에 위협을 가하는 것도 아니었다. 그에게는 지긋지긋한 꼭두각시 노릇을 벗어버리고 사랑과 자유 모두를 손에 넣을 수 있는 최고의 기회였던 셈이다.

에드워드 8세는 라디오를 통해서 왕위를 내려놓으면서 이렇게 말했다.

"내가 무거운 책임을 받아들이면서 오로지 왕에게만 부여되는 의무를 자신이 사랑하는 이 여성의 도움과 후원 없이는 수행할 수 없다고 말한다면 여러분은 그 말을 믿어야만 합니다."

로맨틱하면서도 그가 원하는 것을 얻을 수 있는 말이다.

에드워드 8세와 심프슨은 20세기 신화가 된 가장 유명한 커플 중 하나다. 그런데 에드워드 8세가 왕위를 내려놓은 지 3년 뒤에 제2차 세계대전이 일어났다. 정치적으로 본다면 그런 중차대한 시기에 에드워드 8세처럼 무능하고 왕으로서 최소한의 책임도 지지 못한 사람도 없다. 그런 그의 행동을 낭만적인 사랑으로 본다는 것은 엄청난 일이다. 물론 에드워드 8세가 왕으로서 무능했고, 그의 결심이 전략적이라고 해서 그의 사랑을 의심할 필요는 없다. 사랑은 많은 것을 빼앗기도 하지만 누군가를 완전하게 만들어주기도 한다. 월리스 심프슨은 에드워드 8세를 완벽하게 만들어주었고 두 사람은 죽을 때까지 함께했다.

이런 측면에서 볼 때 사랑은 가장 세속적인 선택이다. 여기에 낭만이라는 프레임을 씌우면 자신의 선택을 정당화하는 굉장히 좋은 핑곗거리가 된다. 모든 로맨스에는 계산이 존재한다. 학벌이나 능력을 보기도 하고 집안의 권력이나 재력을 보기도 한다. 그렇다고 해서 모든 우리가 계산만 가지고 결혼한다고 이야기할 수도 없다. 계산이 맞다면 예를 들어 눈을 감았을 때 '나는 이 사람과 키스할 수 있는가?', '이 사람과 같이 아침밥을 맛있게 먹을 수 있는가?', '같이 잠들을 수 있는가?'와 같은 감성적인 조건까지 충족돼야 결혼까지 할 수 있는 것이다. 결국 사랑은 하나로 정의할 수 없는 것이다.

『커플』은 다양한 사랑을 나누었던 사람들의 이야기를 통해 우리가 앞으로 만나고 사랑하게 될 사람의 다름을 인정할 수 있도록 도와준다. 이 책은 혼자 읽으면 재미있지만 누군가와 같이 읽는다면 심장에 마중물이 될 것 같다. 책장을 펼치는 순간 적어도 사랑에 대한 마중물 한 바가지는 부었을 테니 그다음에는 열심히 펌프질을 해보자.

『백석 평전』
모던 보이의 뜨거운 연애담

1930년대 함흥, 양복 차림의 모던 보이가 학교 교문으로 성큼 성큼 들어와 운동장을 가로질렀다. 머리를 빗어 올린 올백 머리를 한 그는 광택이 나는 구두에 비싸 보이는 양복을 입고 있었다. 학생들은 창틀에 매달려 모던 보이에게 함성을 보냈다. 시골에선 이런 멋쟁이를 좀처럼 볼일이 없으니 그럴 법도 했다. 이 모던 보이는 서울에서도 눈길을 끌었다. 그가 검은 웨이브 머리를 휘날리며 지나가면 광화문 사거리가 환해질 정도였다. 조선 최고의 모던 보이이자 천재 시인이었던 백석, 그는 누구라도 잊을 수 없는 남자였다.

그렇다고 백석이 겉모습에만 치중하는 남자는 아니었다. 그는 멋진 외모보다 뛰어난 감수성, 언제나 가득한 자신감, 유창한 외국어 실력까지 갖춘 시인이었다. 1936년 1월 그가 펴낸 처음이자 마지막 시집 『사슴』은 한국 문단에 큰 포탄을 던졌다. 그리고 지금은 시인들의 시인, 우리 시대 가장 위대한 시인으로 가슴에 남았다.

그리고 처음 보는 그의 시에 반해버린 또 한 사람의 시인이 있다. "연탄재 함부로 발로 차지 마라. 너는 누구에게 한 번이라도 뜨거운 사람이었느냐!"라는 시구로 많은 사람들의 가슴을 뜨겁게 만든 시인 안도현이다. 스무 살 무렵부터 백석을 흠모해온 그는 백석의 시를 따라잡으려 노력했다. 첫 시집 『모닥불』은 백석의 시 「모닥불」에서 빌려온 제목이고, 1994년 펴낸 시집 『외롭고 높고 쓸쓸한』 역시 백석의 「흰 바람벽이 있어」의 시구에서 가져왔다. 이런 안도현이 자신만의 감성으로 백석의 삶과 문학세계를 돌아보고 백석에게 세상에서 가장 긴 러브레터를 바쳤다. 바로 『백석 평전』이다.

그동안 우리에게 백석의 시는 많이 알려졌지만 그의 생애에 대해 아는 사람은 드물다. 안도현은 2년에 걸쳐 꼼꼼하게 자료 조사와 취재를 해 백석의 시뿐 아니라 오산고보 시절부터 분단 이후 북한에서의 백석의 모습까지 재구성했다. 책을 읽다 보면 마치 살아 있는 백석을 만나는 듯한 느낌이 든다.

저자 역시 시인이기에 감수성 짙은 문장으로 평전 자체가 하나의 문학 같다. 백석의 시도 좋지만 그것을 풀어내는 안도현의 시각과 문체도 아름답다. 문학 평전은 재미없고 지루하다는 편견이 있다. 문단의 기준에 맞춰 시를 해석하려는 접근이 대부분인데 안도현은 그 틀을 과감히 탈피했다. 『백석 평전』에는 극적인 표현이 종종 보이는데 한 시인의 인생을 우리가 실제로 보는 것처럼 극적으로 재구성한 것이다. 이는 '사실의 재구성'이라고 하는 우리나라에서는 생소한 장르다. 미국은 논픽션 장르가 상당히 발달했지만 그동안 한국에선 이런 식의 표현이 잘 등장하지 않았다.

이러한 방식은 어쩌면 안도현이 시인이기에 가능한 일일지도 모르겠다. 평전은 보통 소설가나 수필가가 쓰는 일이 많다. 소설가와 시인은 장르의 특성 때문인지 작품을 쓰는 방식이 다르다. 소설가는 캐릭터를 만들고 그들의 복잡한 수식을 수학적으로 계산하는 측면이 있다. 반면 시인은 보다 직물적이고 직관적으로 솔직하게 써내려간다. 덕분에 안도현이 쓴 백석의 에피소드나 대사에는 기존의 평전보다 짙은 감성이 배어 있다. 앞서 이야기한 것처럼 『백석 평전』은 안도현이 시인 백석에게 바치는 러브레터이기도 하지만 세상에서 가장 긴 시이기도 하다.

가난한 내가 아름다운 나타샤를 사랑해서

백석 하면 가장 유명한 것이 잘생긴 얼굴과 「나와 나타샤와 흰 당나귀」란 시다. 이런 아름다운 시를 쓴 백석 시인은 우리나라에서는 1988년 재북 작가로 해금되면서 알려지기 시작했다. 지금은 김소월, 윤동주와 함께 가장 많은 사랑을 받는 시인이다.

지금은 위쪽 땅이 되어버렸지만 북한땅에 있는 시인의 계보가 있다. 처음에는 김옥, 그다음에 김소월이 있다. 그리고 백석이 있고 윤동주가 있다. 이 계보는 한국시 사회의 가장 찬란한 풍경 같기도 하다. 백석은 1912년 평안남도 정주에서 탄생했는데 시를 쓰기 전에는 학생 모던으로도 굉장히 유명했다. 2008년 개봉한 영화 「모던 보이」에서 주인공 이해명을 연기한 배우 박해일을 보면 백석을 모델로 삼은 것은 아닐까 싶을 정도로 스타일이 닮았다.

잘생긴 얼굴과 스타일로 먼저 유명했지만 사실 백석의 시는 우리말이 얼마나 아름다운가를 보여주는 작품으로 널리 알려졌다. 그가 펴낸 시집은 『사슴』이 유일한데, 우리가 알고 있는 백석의 시는 대부분 1935년부터 1941년 사이, 다시 말해 24세부터 30세까지 쓴 것이다. 그 이후에 쓴 향토적이면서 빛나는 서정적인 시들은 신경림, 안도현 등 많은 후배 시인들에게 건강한 영향을 미쳤다. 그 외에도 백석에게서 영향을 받았다고 고백하는 시인들이 한둘이 아닐 정도로 한국 시 사회에 거대한 영향을 미친 시인 중에 시인이라고 말할 수 있다.

특히 「나와 나타샤와 흰 당나귀」는 불멸의 연애가 무엇인지 보여주는 작품이다. '가난한 내가 아름다운 나타샤를 사랑해서 오늘 밤은 푹푹 눈이 나린다'로 시작하는 이 시는 백석이 '자야'라는 애인에게 준 시다. 부모의 강요로 다른 여자에게 장가를 든 백석은 몇 달 만에 만난 자야와 꿈같은 하룻밤을 보낸다. 당시 학생들을 가르치던 백석은 다음날 출근을 위해 함흥으로 가야 했다. 집을 나서기 전 백석이 자야에게 건넨 봉투에 적힌 글이 바로 「나와 나타샤와 흰 당나귀」다.

사실 「나와 나타샤와 흰 당나귀」는 읽자마자 이미지가 바로 다가오는 시는 아니다. 하지만 백석의 결혼에 상처받고 경성 청진동에 꼭꼭 숨어 지내던 자야의 집을 수소문 끝에 알아낸 백석이 재회한 뒤 만들어진 작품이라는 『백석 평전』 속 이야기를 읽고서 다시 음미해보면 전혀 다른 작품으로 다가온다. 읽자마자 두 사람의 연민과 시구가 만들어낸 애틋함과 아련함이 더욱 와닿는 특별한 경험을 할 수 있다.

재미있게도 「나와 나타샤와 흰 당나귀」가 백석을 대표할 정도로 유명하다 보니 관련해 여러 이야기가 떠돈다. 백석이 너무도 사랑했던 기생 출신의 자야에게 건넨 시라는 게 정설처럼 알려졌지만 한편으로는 백석이 소설가 최정희에게 바친 시라는 이야기도 있다. 1930년대 경성은 유명한 예술계 인사들이 모여 서로 영감을 주고받던 1920년대의 파리나 비엔날레 같은 분위기였다. 여기에 소설가 최정희가 있었다. 그녀는 문단의 사교 모임에서 중심적인 역할을 하기도 했던 인물로 김동환 시인과 결혼했지만 여러 문인의 구애를 받았다. 그녀의 딸인 소설가 김채원은 백석이 자신의 어머니에게 바치는 시가 바로 「나와 나타샤와 흰 당나귀」라고 주장하기도 했다.

백석은 연애의 황제였다. 그는 누군가를 사랑하게 되면 우선 이름을 지어 주었다. 백석이 평생 사랑한 두 여자는 박경련과 김영한이었다. 백석은 박경련에게는 '난'이라는 애칭을, 김영한에게는 '자야'라는 애칭을 붙여주었다. 자야는 밤 11시부터 새벽 1시 사이를 말하는 '자시子時'라는 뜻이다. 연인에게 밤 11시부터 새벽 1시에 해당하는 시간을 애칭으로 붙여준다는 건 너무 시적이다. 김춘수 식으로 이야기하자면 그 순간 자야는 백석에게 와서 꽃이 되는 것이다.

백석은 자야와 만나는 긴 기간 동안 두 번 결혼했다. 아직 봉건적 관념에 사로잡혀 있던 당시에는 기생과 결혼하는 것이 용납되지 않았다. 자야는 비록 기생이었지만 조선총독부에서 발행한 관광엽서에 모델로 등장할 정도로 한국을 대표하는 춤과 노래 실력을 갖춘 여성이었다. 백석은 고향에서 전언이 오면 고향으로 내려가 결혼을 하고 올라와 다시 자야를 찾았다. 과연 자야의 마음은 어땠을까? 그런 상황에서 전쟁이 일어나고 백석은 북한에, 자야는 남쪽에 남게 된다. 이후 자야는 요정으로 큰돈을 벌게 되고 훗날 그 요정을 헌납한다. 성북동에 있는 사찰인 길상사가 그것이다. 자야는 금싸라기 땅을 헌납하는 것이 아깝지 않느냐는 물음에 "내 모든 재산을 통틀어도 백석의 한 줄 시의 값어치가 없다"라는 말로 대답을 대신했다.

백석이 평생 사랑한 또 다른 여인 박경련은 영원히 가까이 다가갈 수 없는 먼 짝사랑의 상징이다. 백석은 자신의 가장 친한 친구인 소설가 허준의 결혼식 피로연에서 이화 고등여학교에 다니는 통영 출신 박경련을 보고 첫눈에 반한다. 그는 박경련을 보기 위해 신문사 동료 신현중과 함께 통영행에 나선다. 통영으로 가는 배에서 백석은 신현중에게 우리가 내일 만날 통영의 박경련이 내 눈에는 '난'이로 보인다고 말한다. 신현중이 의아해하며 왜 난이냐고 묻자 "앞으로 세상에서 예쁘고 아름다운 것은 다 난이라고 부를 걸세"라고 빙긋이 웃으며 대답한다.

이후 백석은 박경련의 사랑을 얻기 위해 몇 차례 통영을 찾는다. 하지만 완전히 사랑에 빠진 백석과 달리 박경련은 그를 무덤덤히 여겼다. 세 번째 통영 방문에서 박경련의 어머니를 찾아 정식으로 혼인을 청하지만 완강한 반대에 부딪혀 끝내 되돌아오고 말았다. 그리고 몇 개월 후 박경련이 결혼을 한다는 소식이 들려온다. 놀랍게도 그녀의 결혼 상대는 자신과 함께 통영을 찾았던 신문사 동료 신현중이었다. 늘 그리워하고 이루어지지 못함을 슬퍼했던 백석의 짝사랑은 이렇게 끝났다.

모던 보이의 토속적인 시

1945년 우리 민족은 해방이 되자마자 분단이라는 비극을 맞이한다. 이 시기는 백석에게도 삶의 변환점이 생긴 해이기도 하다. 천재 시인 백석의 생애에서 빛나는 시간은 단 7년이었다. 1935년부터 1941년까지 백석은 많은 시를 썼고, 『사슴』을 발표했고, 아름다운 몇몇의 여인들과 독약처럼 치명적인 사랑도 나눴다. 우리가 백석의 시와 삶을 제대로 아는 것은 단지 이 7년의 세월뿐이다. 해방 후 북한의 고향에 남은 백석의 삶과 문학세계는 잘 알려져 있지 않다. 다만 안도현이 『백석 평전』에서 북한에서의 삶을 재구성해 어렴풋이 추측만 할 뿐이다.

백석은 특히 고향을 그리워하는 시를 많이 남겼는데, 고향의 쓸쓸한 정서에 관해 자주 써내려갈 만큼 고향에 대한 애정이 깊었다. 해방 이후 나라가 남과 북으로 나누어졌을 때 그가 가족과 친구들이 있는 북한을 선택한 것은 당연한 일이었다. 백석은 이념에 따라 움직이던 사람이 아니었다. 그가 살던 시대는 좌우 양 끝의 사람만을 진리이고, 선으로 여겼다. 극단적인 사람의 삶만이 기억되는 그런 시대에 백석은 윤동주나 이육사, 한용운 같은 독립투사는 아니었다. 그렇다고 이광수, 모윤숙과 같은 친일 문인도 아니었다. 일본으로 유학까지 다녀왔지만 일본어로 된 시를 한 편도 쓰지 않았고, 일본의 조선어 말살정책이 극심해졌을 때는 붓을 꺾었다. 조용히 자신의 위치에서 할 수 있는 만큼 시대에 항거했다.

평소에도 북한 사투리를 썼던 백석의 시는 그의 모던한 외모와 달리 향토성이 짙다. 『사슴』이라는 시집이 처음 나왔을 때 사람들은 일본에서 유학하고 돌아온 모던 보이의 시를 굉장히 궁금해했다. 그런데 막상 시집을 펼치고 보니 당시 경성에서도 이해하기 힘든 함경도 방언과 향토색 물씬 풍기는 시가 가득해 많은 사람들이 깜짝 놀랐다. 당대의 유명 시인인 김기림은 당혹감을 표현하기도 했다.

사실 백석이 방언을 사용한 것은 단순한 황토 색채를 보여주기 위한 것이 아니다. 방언을 사용한 백석의 시는 근대사에 저항하는 것으로 볼 수 있다. 근대시대는 표준어를 사용해 통일성과 효율성을 꾀하고자 했다. 하지만 당시 고향에 가면 아무도 표준어를 쓰지 않았기 때문에 표준어는 관념적인 언어였고 상대적으로 방언은 구체적인 언어였다. 이런 삶의 구체적인 한 시대에 표준어로 된 시를 쓴다는 것은 일본 제국주의에서 근대성을 강요하는 것과 같았다. 그런 면에서 백석은 방언을 사용한 시를 씀으로써 사상적인 시인으로서 응대한 것이다.

이런 식으로 저항한 백석은 세계적으로 앞서 나간 시인이었을 것이다. 향토적인 시를 통해 근대성이나 근대적 독자에 반항하는 것으로 알려진 문학가는 이탈리아의 시인이자 영화감독인 피에르 파올로 파졸리니Pier Paolo Pasolini가 있다. 그는 베니토 무솔리니Benito Mussolini가 정권을 잡으며 모든 권력을 쉽게 통치하기 위해 현대 이탈리아어를 사용할 것을 강요하자 트리에스테라는 시골의 사투리를 배워 시를 쓰며 저항했다. 백석은 유럽의 파졸리니보다 앞서 향토성 짙은 작품으로 자신만의 저항 정신을 드러냈다.

백석이 빛나는 재능을 발휘한 시간이 7년밖에 되지 않는다는 사실은 그의 비극이기도 하지만 한국 현대사의 비극이기도 하다. 그가 서른 살이 되자마자 일본은 조선어 말살정책을 펼쳤다. 당시 많은 친일 문인들은 일제의 황국신민화 정책에 참여해 일본어로 시와 소설을 썼다. 하지만 백석은 끝까지 침묵으로 맞서며 일본어로 된 시를 단 한 편도 남기지 않았다. 비록 윤동주나 이육사처럼 적극적으로 저항의 시를 남기지는 않았지만 완강하게 제국주의에 저항하는 방식으로 침묵을 택했다고 할 수 있다.

그렇게 4년 정도 시를 쓰지 않고 지내던 중 남한과 북한이 분단되었다. 당시 그는 신념과는 상관없이 가족과 친구들이 있는 고향인 북한에 그대로 남았다. 그에게는 굳이 남쪽으로 내려갈 필요가 없었을 뿐이었다.

그런데 시간이 지날수록 남한과 북한은 서로 다른 이데올로기를 갖게 되었다. 공산주의 체제에서 버티기 위해 백석은 일절 창작활동을 하지 않고 번역으로 생계를 이어나갔다. 하지만 생활이 여의치 않았다. 결국 그는 김일성 찬양문을 쓰고 심지어는 반성문도 쓰면서 북한에서의 삶을 지속했다. 백석이 북한에서 보낸 40여 년의 삶을 우리는 제대로 알지 못한다. 그가 끝내 시를 쓰지 못하고 삼수갑산이라는 오지 중의 오지로 가서 농부로 살았다는 기록은 마치 현대사의 비극을 압축해놓은 삶과 같다. 시적 인간으로서의 정체성을 가진 시인이 시를 쓰지 못한다는 것이 어떤 마음일지 짐작조차 가지 않지만 백석의 불행은 한국사의 불행을 고스란히 안고 있다.

하지만 『백석 평전』을 읽고 나면 우리가 백석의 삶이 불행했을 것이라고 함부로 속단할 수는 없다는 생각이 든다. 그저 예술이 그의 삶에서 어떻게 나타났는지, 그의 시가 얼마나 아름다웠는지만 기억하면 될 것이다.

그래서일까 백석의 시는 시인의 삶처럼 유난히 아름답지만 쓸쓸한 정서가 깊게 남아 있다. 우리가 평소에 쓰는 단어도 아니고, 여전히 생소한 어투이지만 읽는 순간 시 자체가 그림처럼 다가온다. '가난한 내가 아름다운 나타샤를 사랑해서 오늘 밤은 푹푹 눈이 내린다'는 문장을 읽다 보면 흰 눈이 질퍽하게 떨어져서 하얗게 가라앉는 느낌이 피부에 스미는 것 같다. 어떤 설명이 따르거나 상황을 공유하지 않아도 시어 자체로 마음이 움직이는 것을 느낄 수 있다.

『찌질한 위인전』
우리가 사랑한 위인들의 민낯

어린 시절 수많은 위인전을 읽으며 나도 훌륭한 사람이 될 거라 다짐했던 때가 있었다. 하지만 그저 평범한 사람이 되기조차 쉽지 않았고 찌질하기만 한 내 모습에 점점 익숙해져 간다. 그럴 때마다 이런 생각이 든다.

'위대한 위인들의 삶은 나와 달랐겠지?'

비범했을 것 같은 위인들의 삶. 그러나 그들이 비록 위대했을지는 몰라도 우리와 같은 사람이었을 뿐이다. 때로는 비겁하고, 못나고, 변변찮았던 위인들의 진짜 삶이 우리만큼, 어쩌면 우리보다 더 찌질했음을 알려주는 책이 있다.

『찌질한 위인전』은 의도와 달리 위인전에 속은 어른들을 위로한다. 그동안 우리가 읽어온 위인전에는 위인들의 훌륭한 성품과 학문에 조예가 깊었다는 둥의 이야기는 가득하지만 그 이면, 즉 위인들의 진짜 모습은 나와 있지 않다.

하지만 『찌질한 위인전』은 다르다. 이 책에 등장하는 위인 중에는 문학가도 있고, 화가도 있으며, CEO도 있다. 모두 각자의 분야에서 최고가 된 사람들이다. 그런데 우리가 사랑해 마지않던 위인들의 민낯을 보면 해도 해도 너무 찌질해 당황스러울 정도다. 헤밍웨이Ernest Hemingway, 김수영, 간디Mahatma Gandhi, 스티브 잡스Steve Jobs까지. 이름만 들으면 어린이 위인전집에 당당하게 한자리 차지해야 할 것 같은 엄청난 사람들이 대체 어떻게 찌질했던 걸까?

사랑 앞에선 그들도 찌질하다

헤밍웨이의 찌질함부터 이야기해보자. 미국 문학을 말할 때 빼놓을 수 없는 이름이 바로 노벨문학상, 퓰리처상 수상 작가인 어니스트 헤밍웨이다. 『무기여 잘 있어라』, 『노인과 바다』와 같은 책을 통해 본 헤밍웨이는 지적인 이미지가 강하고, 인터넷 검색으로 찾아본 헤밍웨이는 멋있고 남성다운 마초 이미지가 강하다. 그런데 이런 헤밍웨이가 책임 회피와 떠넘기기의 일인자였다고 한다.

수차례의 결혼과 이혼을 반복한 헤밍웨이의 여자관계는 이미 널리 알려져 있다. 허나 부부관계를 정리하는 과정에서 그가 얼마나 너저분했는지는 잘 알려져 있지 않다. 그는 아내가 자신을 떠나게 만들어놓고는 이혼의 원인이 전 부인에게 있었던 것처럼 소문을 내고 덮어씌우고 떠넘기기 일쑤였다. 피해자 행세를 하는 동시에 아내였던 사람을 공격하는 방법을 사용했다. 간통으로 아내를 버리고 다른 여자와 결혼했으면서 버림받은 아내에게 '창녀 같은 여자'라는 욕을 막힘 없이 내뱉었다. 잔인하면서도 치졸한, 지나치게 뻔뻔한 모습이었다. 이쯤이면 디졸브dissolve의 달인이라 부를 만하다.

미국 플로리다 키웨스트에는 헤밍웨이가 여생을 마친 집이 있다. 그곳 수영장 근처 바닥에는 동전 하나가 박혀 있다. 이와 관련해 유명한 일화가 있다. 원래 수영장이 있던 자리에는 복싱 링이 있었다. 당시 키웨스트에는 부자들이 많이 살았지만 수영장이 딸린 집은 없었다. 집을 마련하고 얼마 지나지 않아 헤밍웨이는 스페인 내전에 종군기자로 참전하느라 그곳을 떠났다. 그런데 스페인에서 함께 전장을 누비던 동료 종군기자 마서 겔혼Martha Gellhorn과 사랑에 빠지고 만다. 그 이야기를 들은 헤밍웨이의 두 번째 부인인 폴린 파이퍼Pauline Pfeiffer는 너무도 화가 난 나머지 헤밍웨이가 아끼던 복싱 링을 없애버리고 엄청난 돈을 들여 수영장을 만들었다.

당시(1938년)의 키웨스트는 물을 운반하는 파이프 시설이 설치되지 않아 물이 귀했다. 이런 사실을 알고 있는 폴린은 헤밍웨이의 은행계좌에서 모든 돈을 뽑아 수영장 만드는 데 썼다. 쏟아부은 돈답게 그곳의 수영장은 키웨스트에 있는 최초이자 최대의 개인 수영장이라고 한다. 길이는 약 20m, 수심은 274.32cm에 한쪽 끝에는 다이빙 보드까지 있다.

스페인에서 돌아온 헤밍웨이는 공사 비용이 적힌 명세서를 보고 놀라지 않을 수 없었다. 폴린이 수영장을 만드는 데 쓴 돈은 무려 2만 달러였다. 헤밍웨이가 키웨스트에 구입한 대저택의 가격이 8,000달러였으니 남편이 다른 여자와 사랑에 빠졌다는 이야기를 들은 아내의 무시무시한 복수였던 셈이다. 가진 돈을 다 끌어모아도 공사 비용이 모자라 빚을 져야 할 판이었다. 화가 난 헤밍웨이는 주머니에 남아 있는 마지막 동전 하나를 던지면서 "내 전재산을 다 써버렸으니 마지막 남은 이 동전까지 다 가져가 버리지 그래?"라고 말했다. 그런데 폴린도 결코 만만치 않은 여자였다. 그녀는 좋은 생각이라며 헤밍웨이가 던진 동전을 수영장 기둥 옆 시멘트에 박아버렸다.

헤밍웨이 같은 사람을 가리켜 에고이스트egoist라고 한다. 이기주의적이고 자기중심적인 사람이다. 미국인들에게서 유독 많이 보이는 인간형 중 하나가 에고이스트인데, 이들은 스스로가 부푼 풍선이라는 걸 알고 있다. 때문에 바늘 끝만 닿아도 빵 터질 것이 두려워 터질 때까지 계속해서 자신을 부풀린다. 미국인들은 이런 유형의 사람에게 열광한다. 헤밍웨이의 찌질함을 모르는 게 아니라 어마어마한 에고와 그로 인해 파멸로 갈 수밖에 없었던 찌질함 자체가 미국인의 카우보이 같은 본능을 건드리는 것이다.

하지만 이런 찌질함이 아무리 서양 정서에 맞는다고 해도 헤밍웨이의 책임 회피와 전가는 그의 가족들도 피하지 못했다. 헤밍웨이는 자신의 아버지가 권총 자살로 생을 마감한 이유를 어머니의 탓으로 돌렸다. 어머니에 대한 적개심을 주체하지 못한 그는 사람들이 보는 앞에서 그녀를 가리켜 '늙은 암캐'라고 부르기까지 했다.

누군가에게 받은 도움과 사랑을 비아냥거리고, 상대로 하여금 자신을 떠나지 않을 수 없게 만들고도 오히려 자신을 버리고 떠났다며 원망한 헤밍웨이의 말년은 신경쇠약과 피해망상에 시달리는 노인이었다. 비록 헤밍웨이의 찌질함이 그의 글을 빛나게 해주었을지는 몰라도 사랑하는 사람과 가족에게는 상실이라는 큰 상처만을 남겼다.

사랑에 있어 찌질했던 문학가는 우리나라에도 있다. 김수영 시인이다. 대표작 「풀」이 교과서에 실릴 정도로 손꼽히는 대문호인 김수영 시인은 문단에서 저항 시인이자 혁명가로 평가받는다. 끊임없이 자유를 노래한 그가 1950~60년대에 남긴 찬란한 시들은 누구라도 감탄하지 않을 수 없다. 하지만 그가 아내 김현경에게 남편으로서, 남자로서 얼마나 못나고 찌질했는지는 작품과 별개의 문제다.

김수영은 부인에 관한 시를 몇 편 남겼는데 주로 자기 비판적이고 자기 반성적이다. 1958년에 쓰인 시 「죄와 벌」에는 우산대로 아내를 때려눕히는 모습이 고스란히 드러난다. 아버지의 폭력에 쓰러진 엄마를 보고 우는 아이와 그 광경을 보기 위해 모여든 수십 명의 취객. 하지만 가장 충격적인 것은 그다음이다. 아내를 실컷 때리고 돌아선 김수영은 아내에 대한 미안함보다 아는 사람이 자신의 모습을 본 것은 아닌가 하는 걱정이 앞선다고 말한다. 그러고는 이내 그보다도 먼저 우산을 현장에 버리고 온 일이 아깝다고 자책한다. 그의 시에는 두들겨 맞은 아내에 대한 죄책감이나 미안함이 없다.

김수영이 김현경에게 이렇게 못난 남자가 된 데는 사연이 있다. 김수영은 결혼 후 6·25전쟁이 터지면서 의용군이 되어 인민군에 끌려가고 말았다. 간신히 탈출했지만 다시 유엔군에 붙잡혀 거제도 포로수용소에서 반공 포로 생활을 했다. 그곳은 친공 포로와 반공 포로 사이의 대립과 갈등과 폭동으로 유혈이 낭자한 잔인하고 참혹한 현장이었다. 지옥보다 끔찍한 고통의 나날을 견디고 악착같이 살아남은 김수영이 겨우 수용소에서 벗어났을 때 그에게 또다시 끔찍한 일이 벌어진다.

아내가 부산에 살고 있다는 소식을 듣고 찾아간 곳에서 그녀가 자신의 절친한 선배 이종구와 함께 살고 있는 모습을 목격한 것이다. 김수영은 한국 사회에서 이념 대립이 가장 극렬할 때 인민군 포로로 잡혀가 국군을 물리치자고 소리 질렀고, 탈출 후 다시 유엔군 포로로 잡혀갔을 때는 정반대의 이야기를 하면서 스스로를 변호했다. 그런 과정에서 분열적인 감정을 느끼고 분노가 형성된 것이다. 이는 그의 가장 가까운 사람, 아내이자 아이의 엄마인 김현경에게로 향했다.

이종구와 살고 있는 아내를 본 김수영은 자신과 같이 돌아가자고 말한다. 하지만 김현경은 그럴 수 없다며 거절한다. 그 순간 희미하게나마 이어져 있던 희망의 끈이 툭 하고 끊어져버렸다. 1년 뒤 이종구와 헤어진 김현경이 돌아왔지만 그녀에게서 받은 상처를 지울 수는 없었다. 김수영은 결국 가정폭력을 휘두르는 가장이 되었다.

우리는 그의 시가 왜 「죄와 벌」인지 생각해 볼 필요가 있다. 시를 읽어보면 김수영은 자신의 죄가 무엇인지 알고 있다. 부인을 백주대낮에 폭행하는 한심한 폭력을 저질러놓고 우산을 두고 온 것. 사람들이 욕하지 않을까 하는 걱정만 한 자신에 대한 반성이 스며 있다. 스스로 그것이 너무나 한심하고 잘못된 행동이라고 인지한 것이다. 그러니까 묘사된 게 없음에도 불구하고 그것을 죄라고 명명한다.

그럼 벌은 무엇일까? 그의 시에는 벌이 없다. 하지만 그가 '죄'와 '벌'이라는 단어를 가져다 붙인 데는 분명 이유가 있을 것이다. 그는 시를 쓰는 행위 자체가 자신을 벌주는 일이라고 생각했다. 스스로 죄를 지었다는 사실을 명확하게 인지했고 시로서 반성한 것이다. 시를 쓰면서 정말 반성해야 할 내용, 다시 말해 아내를 때렸다는 행동에 대한 고통스러운 자기반성을 촉구한 셈이다. 다만 시에서는 그 내용을 언급하지 않았을 뿐이다.

물론 이런 뒷이야기가 있다고 해서 김수영이 아내를 때린 것을 용납할 수는 없다. 그는 사랑 앞에서만은 찌질하고 못난 남자였다. 아마도 김수영은 자신과 함께 돌아가자는 제안을 뿌리친 김현경에게서 지울 수 없는 분노를 느꼈을 것이다. 하지만 그녀의 상황도 한 번쯤은 생각해볼 필요가 있다.

전쟁이 일어났고 남편은 끌려갔다. 생사를 확인할 수 없는 남편이 죽은 줄 아는 상황에서 어린아이가 딸린 자신을 보호해주는 남자가 있다. 게다가 그 남자는 자신이 인간적으로 존경하는 사람이다. 결국 막막한 상황에서 김현경은 이종구와 새로운 살림을 차리기로 한다. 전쟁이라는 극한 상황에서 아이와 함께 살아남아야만 했던 그녀에게 돌을 던질 수는 없다.

그런데 죽은 줄만 알았던 남편이 살아 돌아왔다. 과연 김현경은 이종구에게 "남편이 돌아왔어요. 그동안 고마웠어요"라고 말하고 바로 돌아서야 했을까? 이종구와도 헤어지는 시간이 필요했을 것이다. 그녀가 1년 뒤 김수영에게 돌아간 것처럼. 결국 김수영과 김현경, 이종구 이 세 사람 중 누구의 잘잘못도 따질 수 없다. 세상이, 전쟁이, 상황이, 시대가 그들을 그렇게 만들었다.

다만 남자의 입장에서 김현경의 행동을 아무런 상처나 분노 없이 받아들이기는 어렵다. 그런 것들이 쌓여 백주대낮에 우산으로 아내를 때렸겠지만 결코 용서받지 못할 행동이다. 이 과격하고 못난 시인은 제대로 용서를 빌지 못하고 굳이 시를 써서 스스로를 벌준다. 그것도 자신의 인생에서 가장 중요한 시를 통해서 말이다. 그의 작품에 담긴 자조와 분개, 그리고 옹졸함은 결국 뛰어난 문학가이기 전에 찌질한 인간이었던 김수영에게서 나온 것이다.

책을 읽다 보면 저자가 과연 어떤 사람인지 궁금해진다. 김수영 시인과 자신을 일치화시킨다는 느낌이 많이 들기 때문이다. 아마도 국어국문과를 졸업한 저자는 젊은 시절에 시인의 꿈을 키우지 않았을까. 위인전은 대게 거리를 두고 쓰는 경향이 강한데 저자는 마치 자기 고백처럼 글을 썼다. 그 글이 예쁘다.

> 그러나 스스로의 굴레에서 자유로워지려면 완전히 벌거 벗은 상태로 거울 앞에 서서 자신의 온몸을 정면으로 응시할 수 있어야 한다. 물론 그것은 정말 고통스러운 일이다. 하지만 그럴 수 있을 때가 되어서야 비로소 자신과 화해를 하든, 시원하게 욕을 쏟아내든, 최소한 그 모순의 실체를 발견이라도 할 수 있지 않을까. 자신의 그림자를 똑바로 바라볼 수 있을 때 등 뒤에서 나를 비추는 빛을 발견하게 될지도 모른다. (중략)
> 인간 김수영 그 자신 또한 바로 보려고 했다는 것이다. 그 고통스럽고 처절한 작업. 자기 스스로를 바로 보는 일. 그것을 통해 김수영은 자신을 통한 모든 것에서 자유로울 수 있었다.
> 김수영은 어떻게 그럴 수 있었을까? 자신의 트라우마와 상처를 물리적 폭력으로 해소할 수밖에 없던 그가, 평범한 사람과 다를 수 없었던 그가 어떻게…:

이렇게 절규하듯 타인의 인생을 쓰기는 쉽지가 않다. 『찌질한 위인전』이 묘한 것은 단순한 평전이 아니라 모든 챕터의 끝에 저자 자신의 이야기를 실어 자기 고백을 했다는 데 있다. 위인을 통해 나의 찌질함을 발견하고 극복할 기회를 얻는 방식이다. 이 책에서 언급하는 위인이 모두 남자라는 것, 그리고 남자라면 누구나 인정하거나 스스로 고백할 수밖에 없는 시련이 존재하는 것도 그

때문이다.

찌질하니까 사람이다

『찌질한 위인전』에서 흥미로운 또 다른 인물이 바로 간디와 스티브 잡스다.

간디의 이야기는 몇몇 군데에서 충격적이기까지 하다. 우선 그는 정치적으로 일제강점기 시대의 친일파 같은 태도를 보였다. 인도가 영국의 지배를 받고 있을 때 인도의 국민들이 영국의 식민지로서 제국의 전쟁에 참여해야 한다는 말을 하기도 했다. 또한 인도의 독립보다는 영국의 틀 안에서 자신이 자치를 꿈꿨다. 우리가 간디라는 인물에게서 가지고 있는 정치적 처지를 생각해볼 때, 그의 행동은 변절자라는 비난을 받아도 충분하다.

더 충격적인 이야기는 비폭력이라는 정치적 입장을 가진 간디의 말이다. 제2차 세계대전 당시 나치의 유대인 학살 소식을 접한 간디는 "유대인들은 도살자의 칼에 자신들을 바쳐야 했다"라고 말했다. 뿐만 아니라 "절벽에서 바다로 뛰어내려야 했다. 그랬다면 전 세계사람들과 독립 민중들을 깨어나게 했을 것"이라고도 말한다. 그에게는 학살당한 이들에게 비폭력 저항을 요구할 권리가 없었다. 당시의 유대인들은 폭력적 저항 대신 비폭력적 저항을 선택한 것이 아니라 아무런 저항도 할 수 없는 처지였다.

정치인, 그리고 우리가 위인이라고 부르는 사람들의 이야기는 사망한 이후에 굉장히 미화되는 경우가 많다. 그 이야기가 널리 퍼질수록 특정한 의미를 상징하는 인물로 역사에 남는다. 실제로 간디는 살아 있을 때보다 사망한 뒤에 인도의 통합이나 정치에 상당히 이용되었다. 이러한 사실을 기억한다면 우리가 알고 있는 혹은 이야기하는 위인들의 모습은 진실이 아닐 가능성이 크다.

이때 재미있는 것이 스티브 잡스의 고백이다. 그는 죽기 전에 자신의 찌질함을 모두 고백했다. 헤밍웨이가 자신의 찌질함을 철저히 감추자 다른 사람들이 다 캐낸 것과는 정반대의 상황이다. 그렇게 보면 잡스의 찌질함은 조금 특이해보인다.

잡스의 찌질함은 아이러니하게도 남의 아이디어를 뺏는 것이었다. 그는 안드로이드가 처음 나왔을 때 자신이 만든 iOS를 따라 했다며 박살 낼 것이라고 선언했다. 하지만 그런 그도 내가 하면 로맨스 남이 하면 불륜이라는 '내로남불'의 전형적인 찌질남이었다.

잡스는 일본 과학자와 밥을 먹는 자리에서 애플의 그래픽 사용자 인터페이스인 GUI가 제록스의 PARC라는 아이디어를 훔친 것이라는 말을 들었다. 일본에서 특허를 먼저 내지 않았을 뿐 기술을 먼저 개발한 것은 사실이었고 이는 잡스도 어느 정도 인정한 부분이다. 하지만 잡스는 "좋은 예술가는 모방하고 위대한 예술가는 훔친다"라는 피카소의 말을 인용해 자신의 잘못을 포장했다. 훌륭한 아이디어를 훔치는 자신은 위대한 예술가라 할 수 있지만 다른 사람이 자신의 아이디어를 훔쳐 더 훌륭한 것을 만드는 것은 용납할 수 없다는 논리다.

잡스의 이런 이분법적 시각은 직원들과의 관계에서도 고스란히 나타났다. 그는 종종 팀원이 내놓은 아이디어를 혹평하고서는 며칠 지나지 않아 같은 아이디어를 마치 자신이 생각해낸 것처럼 자랑스레 이야기했다. 그것도 자신이 혹평했던 바로 그 당사자에게.

재미있는 건 이 이야기가 잡스의 고백에 근거하고 있다는 것이다. 잡스는 생의 마지막 순간에 간디처럼 거짓을 통한 상징이 되는 것을 어떤 식으로든 거부했다. 월터 아이작슨Walter Isaacson과의 평전 작업을 통해 자신의 적나라한 인생을 다 드러내놓고 갔다.

『찌질한 위인전』에 등장하는 위인들은 큰 업적을 남긴 사람들이다. 그런 사람들의 찌질한 면모를 보면서 불편하기도 하고 실망할 수도 있다. 저자는 프롤로그에서 위인의 뒷면을 이야기한 것은 우리가 완전한 사람이 아니기 때문이라고 말한다. 위인전을 읽으면서 우리는 그들의 위대함에 감동하기도 하지만 동시에 자신의 밑바닥을 발견하고 반복해서 자신에게 실망하는 찌질함의 굴레에 빠진다. 하지만 우리가 완전한 사람이 아니듯 위인전의 주인공들도 완전하지 않았다. 위인이기 전에 그들도 찌질함을 지닌 인간이었다. 나만 찌질하지 않다는 것, 동경해 마지않을 사람에게도 찌질함이 숨어 있었다는 사실은 평범해서 불안한 현재를 살아가는 우리에게 적잖은 위로를 건넨다.

● 4교시

우리가 사는 세상

『정의란 무엇인가』
옳고 그름의 기준을 찾아서

어느 날 인터넷에 올라온 광고 글 하나.

"나에게 먹힐 18세에서 30세 사이의 건장한 남성 구함."

이 광고는 금전적 보상은 없으며 오직 체험만 가능하다는 단서 조항도 함께였다. 광고를 올린 사람은 독일의 컴퓨터 기술자인 42세의 아르민 마이베스Armin Meiwes. 그의 광고를 본 약 200명의 사람이 연락해왔다. 그중 네 사람은 마이베스가 살던 농장을 직접 찾기도 했다. 하지만 그들 모두 결국 관심이 없다며 돌아갔다. 그러던 중 피학증을 가지고 있던 베를린 출신의 컴퓨터 엔지니어 베른트 유르겐 브란데스Bernd Jürgen Brandes가 마이베스를 찾아왔다. 함께 커피를 마시던 브란데스는 마이베스의 제안을 듣고 식인 체험에 동의했다. 브란데스는 이미 마지막 유서까지 남기고 마이베스를 찾은 것이다.

마이베스는 별다른 망설임도 없이 브란데스를 살해했다. 그의 시신은 여러 조각으로 토막 낸 뒤 비닐봉지에 담아 냉장고에 넣어 두었다. 그러고는 시간 날 때마다 브란데스의 시신을 먹었다. 몇 년 뒤 그는 또 다른 지원자를 구하기 위해 인터넷에 광고를 올렸다. 이를 본 오스트리아의 대학생이 경찰에 신고하면서 그가 저지른 끔찍한 살인사건이 세상에 알려졌다. 마이베스가 살인 혐의로 체포되었을 당시 그는 브란데스의 시신을 올리브 기름과 마늘로 요리해 무려 20kg이나 먹어치운 뒤였다. 그의 집에서는 브란데스를 살해하기 전에 나눈 대화와 살해 과정, 식인 과정을 담은 2시간짜리 비디오가 발견돼 많은 사람들을 경악게 했다.

마이베스의 변호인은 비디오테이프를 증거로 그가 브란데스를 살해한 것이 아니라 죽고 싶다는 그의 요구를 도와준 것이며, 희생자는 자신의 죽음에 동참한 것일 뿐이라고 주장했다. 살인이 아니라 일종의 안락사 범죄라는 것이다.

누군가를 살해한 뒤 식인을 하고 싶은 사람과 그런 사람에게 잡아먹히는 것에 동의한 다른 사람. 과연 두 사람 사이에 상호협의된 살인은 정당한 것일까?

이 질문은 하버드 역사상 가장 많은 학생들이 청강한 강좌 중 하나인 'JUSTICE'에서 교수가 던진 질문이다. 이 강좌를 이끄는 마이클 샌델Michael Sandel은 1980년 27세에 하버드 대학 최연소 교수로 발탁된 이래 지금까지 정치철학 강의를 하고 있다. 그의 'JUSTICE' 강의는 지난 20년간 1만 명이 넘는 학생들이 수강해 하버드 역사상 가장 많은 수강생을 기록했다. 강의 내용을 그대로 옮긴 책 『정의란 무엇인가』는 우리나라에서 인문학 서적으로는 이례적으로 밀리언셀러를 기록하며 국내외에 정의 열풍을 몰고 왔다.

아리스토텔레스Aristoteles 철학부터 칸트Immanuel Kant, 제러미 벤담 Jeremy Bentham, 존 롤스John Rawls까지 고대부터 근현대 철학의 흐름 속에서 여러 철학자들의 정의에 관한 이론을 소개한다. 이론만 있는 것이 아니라 독자들에게 어떻게 판단하는 것이 정의로운가에 관해서 실질적인 사례를 통해 묻는다. 이론보다는 사례 중심으로 질문에 대해 직접 생각하고 판단하게 하는 책이다.

샌델 교수는 왜 나에게 질문을 던지는가?

샌델 교수가 던진 "상호협의된 살인은 정당한 것일까?"라는 질문에 관한 대답이 될지 모르겠지만 살인과 식인 행위를 저지른 마이베스는 원심에서 8년 6개월 형을 받았다. 독일 재판부는 살인에 관한 피해자의 동의가 있었고 식인 행위를 처벌할 규정이 없다는 점을 들어 살인이 아닌 촉탁 살인에 준하는 형을 선고했다. 이에 검찰은 곧바로 대법원에 상고했고 끝내 살인 혐의를 인정받아 종신형을 선고받았다.

결코 가볍지 않은 주제 때문에 『정의란 무엇인가』는 사놓고 책꽂이에 꽂혀 있기만 한 책을 꼽으라면 단연 가장 많은 선택을 받을 책으로 꼽히기도 했다. 하지만 오랜 시간 이어진 정의 열풍 속에서 이 책은 서울대생이 도서관에서 가장 많이 대출한, 동시에 대출 예약을 한 책이기도 하다. 서울대생은 왜 정의에 열광했을까?

그들에겐 학창시절 무엇이 옳은지를 생각할 여유가 없었다. 좋은 대학에 가야 한다는 목표만을 향해 달려왔고 열심히 공부했다. 하지만 막상 우리나라에서 가장 좋은 대학에 들어가고 나니 그제야 비로소 무엇이 옳고 그른지를 스스로 결정해야 한다는 고민이 시작된 것이다. 아마도 옳은 것과 바른 것을 계속해서 찾는 과정에 있는 그들이 고민에 대한 답을 책에서 발견하려는 것일지도 모르겠다.

사회가 워낙 빠르게 변화하면서 가치관이라는 것은 스스로 추구하는 것으로 여겨진다. 불과 20~30년 전만 해도 부모가 자녀에게 돈 많이 벌라는 말을 지금처럼 자주 하지는 않았다. 하지만 지금은 어렸을 때부터 아이를 경제학 교실에 보내거나 직업에 따른 연봉을 운운하면서 돈이 우선이라는 인식을 심어준다. 그러는 사이 1980년대 초등학생의 장래희망은 대통령, 과학자, 군인 순이었지만 2016년에는 연예인, 교육전문가, 공무원으로 바뀌었다. 직업의 기준이 돈과 안정성으로 바뀐 것이다.

빠르게 변화하는 사회에 맞춰 가치관도 빠르게 변해가기 마련이다. 특히 우리나라는 냄비근성이 매우 강한데 여기에 따라 옳고 그름의 기준도 빠르게 바뀐다. 과거 돈이 터부시되었다가 지금은 황금만능주의가 우리나라를 휩쓸면서 무엇이 옳고 그른지에 대한 기준점도 없는 상태다. 이런 상태에서 『정의란 무엇인가』에 열광하는 것은 변화한 우리를 다듬이질해 보자는 것이 아닐까 싶다.

그런데 책을 읽다 보면 문득 이런 생각이 든다. '샌델 교수는 나에게 왜 이렇게 많은 질문을 던질까?' 정의가 무엇인지 궁금해 책을 읽는 것인데 도리어 저자의 수많은 질문에 대답할 말을 생각하느라 정신이 없을 정도다.

실제로 샌델 교수는 강의에서 수천 명의 학생을 모아놓고 첫 번째 질문을 던진다.

"어떻게 해야 옳을까요?"

그에 관해 학생이 답을 하면 곧바로 다른 질문을 던진다.

"왜 그런가요?" "이유가 뭐죠?"

서양의 수업 방식은 선생이 학생에게 무언가를 가르쳐주기보다는 묻고 답하며 생각과 지식을 쌓는 방식이다. 질문을 통해 하지 않았던 생각을 하게 만드는 것이 교육이라고 생각한다. 하버드 대학의 수업 역시 마찬가지다. 강의 내용을 그대로 담은 이 책은 일종의 강의 노트이기 때문에 실제 수업 방식과 유사하게 질문이 많을 수밖에 없다. 과연 샌델 교수는 책 속에서 어떤 질문을 던졌을까?

당신은 시속 100km로 폭주하는 기관차의 기관사다. 저 앞에는 작업자 다섯 명이 기관차가 오는 줄도 모른 채 일을 하고 있다. 당신은 기관차를 멈추려 해보지만 브레이크는 이미 고장 난 상태다. 이 속도로 계속 달리면 다섯 명의 작업자가 모두 죽을 것이 뻔하기 때문에 더욱 절망적이다. 이때 갑자기 당신은 오른쪽으로 갈라져 나온 특수한 철로가 있음을 발견하게 된다. 그곳에는 작업자가 단 한 명밖에 없다. 과연 이 상황에서 당신은 어떤 판단을 내릴 것인가?

누구를 살릴 것인지 극단적인 선택을 요구하는 질문이다. 다섯 명이냐 한 사람이냐의 목숨을 놓고 선택을 요구하는 이 질문을 듣고 나면 수많은 생각이 떠오를 것이다.

'한 사람의 목숨을 선택할 권리와 다섯 명의 목숨을 선택할 권리는 과연 어디에서 오는 것인가?'

'한 사람의 목숨값과 다섯 명의 목숨값을 비교할 수 있을까?'

'보험사의 입장에서 보면 한 사람이 평생 벌 수 있는 소득과 다섯 명이 평생 벌 소득을 비교해야 하는 것은 아닐까?'

별의별 질문이 줄줄이 사탕으로 나올 것이다. 하지만 화두가 된 질문만을 놓고 본다면 여러 고민 끝에 다섯 명을 구하겠다는 답이 나올 가능성이 높다. 그렇지만 같은 상황에 다른 조건을 제시해본다면 선택은 달라질 수 있다.

만일 다섯 명의 작업자는 당신이 전혀 모르는 사람이고, 다른 철로에 있는 한 사람은 당신이 사랑하는 사람이라면 어떤 선택을 할 것인가? 다섯 명의 목숨 대신 사랑하는 한 사람의 목숨을 구할 것이란 선택을 할 수도 있다.

이 같은 상황에 빠졌을 때의 선택은 마이클 샌델이 제시한 것이 아니라 아주 오래전부터 이미 유명한 윤리적 딜레마다. 1960년대 중반 영국의 여성 철학자 필리파 푸트Philippa Foot가 제시한 '트롤리 딜레마Trolley Dilemma'가 이것이다. 이 딜레마는 다양한 조건 변화에 따라 그 선택이 달라지는 매우 흥미로운 토론 주제이다. 더욱 재미있는 것은 트롤리 딜레마가 등장한 지 20년 정도 지났을 무렵 또다른 사람이 이 윤리학적 사고 실험을 조금 더 바꿔보자는 생각에 두 번째 실험을 제안했다. 샌델 교수는 이 실험에서 정의의 기준을 논하려 한다.

판단의 기준이란 무엇일까?

이번에도 빠른 속도로 달리는 기관차가 등장한다. 저 멀리 기관차가 달리는 철로에 다섯 명의 사람들이 묶여 있다. 그 상황에서 기관차가 그냥 달린다면 다섯 명은 죽을 수밖에 없다. 그리고 역시 기관차의 브레이크는 고장 나 통제할 수 없다. 이때 당신은 기관차가 통과하는 다리 위에서 그 광경을 바라보고 있다. 기관차가 지나갈 때 누군가 다리 위에서 뛰어내린다면 다섯 명을 살릴 수 있는 상황이다. 하지만 당신은 몸무게가 작아 역부족이다. 혼자서 뛰어내려서는 전차를 막을 수 없는 것이다. 그런데 하필이면 우연히 고개를 돌려 옆을 보니 집채만 한 거구의 한 남자가 서 있는 모습이 보인다. 당신 옆의 이 남자를 밀어서 철로로 떨어뜨리면 기관차를 막아서 다섯 명을 살릴 수 있다. 이때 당신은 어떻게 해야 할까? 옆에 서 있는 남자를 밀어서 다섯 명의 목숨을 살릴까? 아니면 다섯 명이 죽는 대신 다리 위의 누구도 희생하지 않도록 할 것인가?

앞서 이야기한 첫 번째 상황에선 대부분 최대 다수의 최대 행복을 추구하는 공리주의 관점으로 해석해 한 사람의 희생으로 다섯 사람을 살리는 선택을 할 것이다. 한 사람과 다섯 명은 숫자적 차이밖에 없으니 당연히 적은 희생을 따를 수밖에 없다.

그런데 두 번째 딜레마처럼 상황이 바뀌면 선택도 바뀐다. 사람들은 대부분 "옆에 서 있는 남자를 철로로 미는 것은 몹쓸 짓이다. 그건 당연히 옳지 않다"라고 말할 것이다. 처음 상황처럼 공리주의로 판단한다면 거구의 남자 한 사람이 희생해서 다섯 명을 구한다는 점에서 결과는 같다. 그런데 왜 안 되는 것일까?

두 번째 상황에서 사람들이 한 사람의 희생을 반대하는 이유는 무엇일까? 본질적으로 다른 사람의 생명을 어떤 것의 도구로 사용하면 안 된다는 것을 도덕이라고 생각하고 그러한 관념을 지키려 하기 때문이다. 그렇다면 같은 상황인데 왜 공리적인 판단과 도덕적 의무에 따른 판단으로 나뉘는 걸까? 사람들이 이렇게 매번 다른 판단을 하게 하는 그 기준은 무엇일까?

그 차이가 무엇일까를 궁금해하는 것이 바로 이 거대한 책 『정의란 무엇인가』의 시작이다. 이 책에는 기준점이 되는 다양한 철학적 관점이 담겨 있다. 기준점을 찾기 위해 자유론을 이야기하고 제러미 벤담의 공리주의부터 아리스토텔레스의 미덕까지 이야기하며 도덕적 딜레마에 관해 고민하게 만든다.

스스로 정립된 가치관이 조금 부족한 사람이라면 이 책을 통해 정의가 무엇인지 생각하는 과정을 거치며 자기 성찰을 하고 나라는 사람을 알아가는 계기가 되기도 할 것이다. 마치 거울을 보는 것처럼. 이를 테면 배가 고프면 먹고 졸리면 자는 것이 자유라고 생각하던 사람이 칸트가 말하는 자유에 관해 읽고 나면 그것이 자유가 아닌 본능에 복종한 것임을 깨달을 것이다. 그 과정에서 나의 수많은 행동과 생각을 다시 돌아보게 되는 책이다. 그리고 이것이 바로 철학의 목적이다.

『정의란 무엇인가』는 서양식 수업인 토론 방식을 그래도 가져다 쓴 것이기 때문에 토론에 익숙하지 않은 우리에게는 어려울 수밖에 없다. 따라서 혼자 읽고 혼자 고민하기보다는 책이 제시하는 질문을 가지고 여럿이서 토론을 하고 의견을 나누면 책의 본질에 더욱 가까이 다가갈 수 있다. 또한 이 책의 가치는 다양한 가치관이 토론을 통해 주목받을 수 있다는 데에도 있다. 일상적인 이야기를 나누는 것만으로는 우리가 서로 다른 사람임을 느끼지 못한다. 하지만 개인의 가치관이 반영되는 이러한 주제를 놓고 이야기를 하다 보면 어떤 철학적 설득을 통해서 자신의 가치관을 드러내는지 알 수 있다. 그 과정에서 서로 할 말이 정말 많다는 것을 깨닫고 대화의 풍성함을 확인할 수 있다.

『전쟁은 여자의 얼굴을 하지 않았다』
소설보다 아픈 현실

2016년 노벨문학상은 미국의 전설적인 포크 가수 밥 딜런Bob Dylan이 수상했다. 116년의 노벨문학상 역사에서 대중가수가 수상한 것은 처음이었다. 노벨상 수상자를 선정하는 스웨덴 한림원의 결정을 두고 많은 말들이 오갔다. 밥 딜런의 가사가 지닌 문학성이 평가받았다면서 이번 수상을 계기로 문학의 영역이 확장되었다고 받아들인 사람들이 있는가 하면, 단순히 대중의 관심을 끌기 위해 문학인이 아닌 음악계의 스타에게 상을 줬다고 비판하는 사람들도 있다.

하지만 노벨문학상의 파격적인 행보는 밥 딜런의 수상이 처음은 아니다. 스웨덴 한림원은 한 해 전에 벨라루스의 언론인이자 르포작가인 스베틀라나 알렉시예비치Svetlana Alexievich에게 노벨문학상을 수여했다. 그녀가 노벨문학상을 받는다는 소식이 알려졌을 때 대중은 그녀가 논픽션 작가라는 사실에 주목했다. 알렉시예비치는 전쟁, 체르노빌 원전 등 끔찍한 시대의 민낯을 경험한 사람들의 목소리를 글로 풀어내 논픽션을 문학의 경지에 올린 작가다.

알렉시예비치는 우리에겐 생소한 작가이지만 1999년 국제헤르더상, 2001년 에리히 마리아 레마르크 평화상, 2006년 미국비평가협회상 등 노벨문학상 수상 이전에도 수많은 상을 수상한 세계적인 저널리스트다. 그녀가 써내려간 증언의 목소리 중 전쟁에 참여한 200여 명 여성들의 목소리를 기록한 『전쟁은 여자의 얼굴을 하지 않았다』는 장르 초월, 형식 파괴, 시대의 고통과 용기를 담아낸 기념비적 문학으로 평가받는다. 그런 의미에서 그녀의 작품이 소설이냐 소설이 아니냐는 중요한 문제가 아니다. 역사에서 지워지고 존재를 부정당했음에도 자신의 소리를 내지 못하던 사람들의 목소리를 우리에게 들려주었다는 사실이 중요하다.

알렉시예비치가 이런 이야기를 쓴 것은 그녀의 집안 내력과 무관하지 않다. 그녀의 할머니는 빨치산이었으며, 아버지는 형제들 중 유일하게 전쟁에 참여했다가 살아남았다. 어쩌면 그녀의 유전자 속 깊이 전쟁의 참혹함이 각인되었을지 모르겠다.

한 아이의 엄마, 한 가정의 딸, 누군가에겐 사랑하는 여인이었던 이들의 평범한 삶을 바꿔놓은 전쟁의 기억들. 수많은 여인들이 제2차 세계대전에 여자가 아닌 저격수로, 전투기 조종사로, 간호병으로 전쟁에 참여했다. 하지만 그녀들의 이야기는 기억되지 못했다. 여자의 전쟁에는 여자만의 색깔과 냄새, 여자만의 해석과 여자만이 느끼는 공간이 있다. 그리고 여자만의 언어가 있다. 이 책은 지금껏 전쟁에서 철저히 배제되었던 여자들의 이야기가 가득하다. 침묵을 강요당했던 그녀들의 눈물과 절규의 목소리는 남자들은 몰랐던 전쟁의 민낯에 대해 들려준다.

문학보다 앞서는 삶을 기록하다

우리나라에서는 미국, 영국, 프랑스처럼 다른 나라를 침략한 역사가 많은 강대국 작가들의 책이 많이 팔린다. 이들 대부분은 우리와 역사적 공통점이 적은 나라다. 그들의 책을 읽고 우리나라 사람들의 삶을 생각해보면 비참해보이고 한이 많은 것도 같다. 하지만 알고 보면 미국, 영국, 프랑스 같은 나라를 제외한 대부분의 나라가 우리나라와 비슷한 역사를 가지고 있다. 침략당하고 좌익과 우익이 내전을 일으킨 역사가 있기 때문이다. 이들의 역사와 상황을 보여주는 책을 통해 우리를 한국의 역사와 더불어 인류의 비극을 공유한 세계의 공통체로 인식했으면 좋겠다.

대체로 노벨문학상은 순수문학 작가가 수상해왔다. 하지만 어떻게 보면 기록물이라 할 수 있는 책을 쓴 작가가 수상한 것은 이례적이다. 하지만 노벨문학상은 작품이 아닌 작가에게 주는 상이다. 여기서 우리는 우리가 생각하는 문학의 범위에 관해 짚고 넘어갈 필요가 있다. 문학이라고 인정하는 범위가 지나치게 야박하고 협소하다고 생각하지는 않는가? 이 책을 읽다 보면 일반 소설에서는 느끼지 못한 문학적 충격을 느낄 수 있다. 문학이라는 좁은 범위에 갇히지 않았기 때문에 가능한 것이다. 알렉시예비치는 전쟁에 참여한 여자들의 울음과 비명을 극화함으로써 사실보다 그 사실에 기반한 드라마가 더 중요해지는 것을 경계한다. '삶' 대신 '문학'이 그 자리를 차지해버리지 않도록, 즉 문학보다 앞서는 삶을 기록하기 위해 스스로 형식을 파괴한 것이다. 그러니까 그녀는 범주를 넘어서는 업적을 남겼고 『전쟁은 여자의 얼굴을 하지 않았다』는 그러한 가치를 담은 작품이다.

알렉시예비치는 직접 인터뷰이의 육성을 담아내고 편집했다. 작품은 저마다의 인터뷰를 나열하듯 적고 있지만, 그 개별의 인터뷰들이 모여 하나의 큰 역사적 사실이 된다. 그림으로 치면 후기 인상주의의 점묘법 같다. 가까이에서 보면 하나의 점이지만 멀리서 보면 커다란 그림이 된다. 그 점들은 굉장히 정교해서 하나의 커다란 사건을 기술하는 것보다 더 뚜렷하게 역사적 사실을 그려낸다. 이 훌륭한 방식의 글쓰기는 저널리즘이라는 범주를 넘어 문학적 깊이가 어디까지 연결될 수 있는지를 보여준다.

작가는 인터뷰를 다큐멘터리처럼 구성한 자신만의 특유한 문학 형식을 가리켜 '소설-코러스'라고 부른다. 우리말로 표현하자면 '목소리 소설' 정도가 되겠다. 덕분에 책을 읽다 보면 시각이 아닌 청각이 끊임없이 자극받는다. 마치 책에 등장하는 200여 명의 여성이 자신의 목소리로 자신의 이야기를 나에게 직접 증언하는 것 같은데 이는 책에서는 얻기 힘든 놀라운 경험이다. 이런 경험은 결국 작가가 쓰는 것을 넘어 듣는 사람일 수도 있음을 보여준다.

이 책에는 거의 모든 페이지에 말 줄임표가 등장한다. 기존에 노벨문학상을 받은 대문장가들은 자신의 작품에 말 줄임표를 많이 사용하지 않는다. 이는 아마도 인터뷰이가 자신의 증언을 주저하는 마음과 그 행간에 스며든 아픔을 작가가 말 줄임표로 표현한 것은 아닐까. 그녀만의 방식으로 어떤 말로도 표현할 수 없는 감정을 전달하는 것이다.

사람들은 문학이라는 것을 스토리와 캐릭터를 전체를 발명해서 구성하는 것이라고만 생각한다. 하지만 문학이란 같은 이야기를 앞에서 볼 것인지, 뒤에서 볼 것인지, 옆에서 볼 것인지를 선택하는 중요한 결정에 따라 각기 다른 이야기와 의미를 갖는다. 그런 의미에서 이 책은 충분한 문학적 가치를 지녔다.

작가는 고대 그리스 스파르타의 역사에서 자신이 알고 싶은 것은 전쟁 그 자체가 아니라고 말한다. 그녀는 당시 사람들이 전쟁터에 나가기 전날 사랑하는 사람들과 마지막 밤을 보내면서 무슨 이야기를 주고받았으며, 전사들을 전쟁터에 보낸 사람들은 어떤 마음으로 그들을 기다렸는가 하는 평범한 젊은이들의 이야기가 듣고 싶다고 말한다. 그런 '하찮은 이야기'는 분명 존재했을 것이고 그것이 바로 평범한 사람들이 겪은 전쟁이었기 때문이다.

지금까지 우리가 알고 있는 스파르타의 이야기나 이미지는 건장한 남자 영웅들의 그리스 전쟁 영웅담이다. 하지만 작가는 그 이야기를 궁금해하지 않는다. 그녀가 궁금한 것은 영웅이나 장군의 이야기가 아닌 평범한 젊은이들의 일상이다. 이러한 시각에서 전쟁을 그리겠다고 하는 순간 그 이야기는 문학이 된다. 즉 같은 이야기라도 관점을 달리해서 이야기하는 것이 바로 문학이다.

이 책에는 '모든 것은 문학이 될 수 있다'라는 구절이 있다. 서양인들이 그들 문학의 효시라고 생각하는 작가가 바로 호메로스 Homeros다. 그의 작품 『일리아스』와 『오디세이아』를 가장 우선으로 생각한다. 그런데 사람들이 잘 모르는 사실이 있다. 호메로스는 글을 쓴 적이 없다. 그의 문학을 후대의 사람들이 오랜 기간 읽고 있는데 글로 쓴 적이 없다는 것은 무슨 뜻일까? 호메로스의 시대에는 그리스어가 없었다. 그럼 우리가 읽고 있는 작품은 어떻게 생겨난 것일까? 사실 호메로스는 글이 아닌 말로 이야기했다. 그것을 후대에 전해 글로 남긴 것이 우리가 읽고 있는 『일리아스』와 『오디세이아』다. 이는 문학 이전에 목소리가 있었기에 가능한 것이다. 그렇게 생각한다면 목소리를 담은 이 작품은 문학으로서의 가치가 충분하다. 이것이 어떻게 문학이 될 수 있느냐는 질문 역시 어리석을 뿐이다.

전쟁은 남자의 얼굴을 했다

많은 여성이 전쟁을 남성의 이야기, 남성의 전유물이라 생각한다. 그래서일까, 전쟁 소설이나 영화 등을 접하면 본능적으로 귀가

닫히거나 멀리하는 모습을 보이기도 한다. 나는 잘 모르는 이야기라고 생각하기 때문이다. 하지만 『전쟁은 여자의 얼굴을 하지 않았다』는 다르다. 이 책을 읽다 보면 자연히 '아, 남자들은 이런 걸 잘 모르겠지'라는 생각이 드는 것이다. 전쟁 이야기임에도 여자들의 목소리로 채워진 이 작품에서 전쟁의 아픔을 공유하다 보면 남자들은 모를 법한, 그리고 여자이기 때문에 공감 가능한 이야기들에 눈과 마음이 열리고 집중된다. 그 기분을 느끼는 것은 또 다른 신기한 경험이 될 것이다.

책에 등장하는 대부분의 여자 병사들은 제2차 세계대전에 참여했던 어린 소녀들이다. 가장 찬란한 시절을 전쟁터에서 보낸, 누구보다 예뻤던 꽃다운 청춘의 시절에 어린 소녀들은 전쟁터에서 남성의 역할을 강요받는다. 그럼에도 언제나 여자이고 싶어 했던 그녀들의 모습은 뭉클하다. 화장을 허락받고 너무도 행복해하는 모습, 귀걸이를 하는 작은 일에도 감사해하며, 혼날 것을 알면서도 열심히 눈썹을 물들이는 모습 등은 남자의 생과 여자의 생이라는 '두 개의 생'을 살아내는 치열함이 어떤 것인지 보여준다.

결국 이 책은 문학이기 전에 기록이다. 책이라는 존재에는 여러 역할이 있겠지만 책이 세상을 보여주는 창문이라면 이 책만큼 세상을 세세하게 보여주는 것도 없을 것이다. 작가가 이 책을 처음 쓴 것은 1983년이었다. 하지만 전쟁의 영웅적인 이야기가 아닌 아픔과 고통의 이야기라는 이유로 출판되지 못했다. 2년 뒤 겨우 출간되었지만 1992년에는 신화화되고 영웅시되던 전쟁에 모습에 이의를 제기했다며 재판에 회부되었다. 다행히 시민들의 노력으로 재판은 종결되었고 『전쟁은 여자의 얼굴을 하지 않았다』는 작가의 데뷔작이자 대표작이 되었다.

이 책에서 여성들이 가장 고통받는 이유는 화장을 하고 싶고 여성으로 사는 삶을 누리고 싶은 것도 있지만 생명을 낳는 존재가 사람을 죽였다는 것에 대한 죄책감이 제일 크다. 책의 내용 중 장애를 가진 딸아이를 낳은 한 여자는 이렇게 말한다.

> 나는 벌을 받은 거야…… 무슨 죄냐고? 아마 사람을 죽였기 때문이 아닐까? 자꾸 그런 생각이 들어…… 나이가 들어서는 부쩍 더 그래……. 생각하고 또 생각하지. 아침에 일어나면 무릎을 꿇고 창밖을 바라봐. 그리고 하느님께 용서를 구하지…… 내가 저지른 모든 잘못에 대해…… 남편에 대한 원망은 없어. 오래전에 용서했거든. 딸아이를 낳고 누워 있는데…… 남편이 우리 모녀를 보더니…… 잠깐 있다 가버렸어.
> '정상인 여자라면 과연 전쟁터에 나갈 수 있을까? 총 쏘기를 배우고? 그래서 당신이 정상아를 낳을 수 없는 거다'라고 나를 비난하며 가버렸지. 나는 남편을 위해서 기도해……

'슬로 불릿slow bullet'이라고 하는 전쟁이 끝나도 전쟁의 비극은 영원히 끝나지 않는다는 것을 보여주는 내용이다. 작가는 그것을 기록하고 싶어 했고, 전쟁 당시의 이야기뿐만 아니라 그 후의 이야기도 기록하여 우리에게 비극의 카타르시스까지 느끼도록 전달한다. 여성의 몸으로 남성과 함께 전쟁에 참여한 것도 가슴이 아팠지만 전쟁에서 돌아와서도 환영받지 못하고 터부시되는 모습이 가슴 아프다. 단지 나라를 지키기 위해 전쟁에 나갔을 뿐인데 환영받지 못했고, 가족과 사회가 모두 외면한 가슴 아픈 목소리들이 있다. 그럼에도 그녀들이 용기 내어 목소리를 들려준 것은 가족들은 멸시하던 '참전의 시간'이지만 알고 보면 생명을 구해냈던 '위대한 시간'들이었기 때문이다.

『전쟁은 여자의 얼굴을 하지 않았다』의 가장 큰 장점 중 하나는 위대한 페미니즘 문학 중 하나라는 것이다. 책의 제목이 말해주는 저자의 의도는 뒤집어 생각해보면 전쟁이 남자의 얼굴을 했다는 것이다. 이것은 저자가 수많은 사람들을 인터뷰하고 나서 얻은 결론인 듯하다. 똑같이 전쟁에 참여한 사람들의 증언을 담아서 이야기한다고 해도 전쟁을 이야기하는 방법이 남성과 여성은 다른 것이다. 남성의 언어는 전쟁을 명분과 이념으로 표현하고, 여성의 언어는 감성과 체험으로 표현한다. 그렇기 때문에 이 책을 읽다 보면 굳이 의도하지 않아도 자연스럽게 모인 수많은 여성들의 목소리는 반전의 메시지를 지닌다. 그 안에는 여성성이 상징하는 부분, 말하자면 반 폭력적인 거대한 평화의 목소리가 하나로 모인다.

그럼에도 이 책은 최근의 페미니즘 시각에서 보면 오히려 반 페미니즘 문학으로 보일 수도 있다. 우리가 알고 있는 북미에서 넘어온 한국식 페미니즘은 여성과 남성의 역할이 동등해야 한다는 사고에서 넘어온 페미니즘이다. 그 페미니즘은 남성이 여성과 동등해야 하니 전쟁이 나면 여성도 참전해야 하고 남자만큼 비행기도 몰고 총도 잘 쏘아야 하는, 성별의 차이를 떠나 모든 능력이 동등하다는 시각이다. 그렇게 임무를 동등하게 수행할 수 있는 만큼 같은 직급, 같은 지위가 주어져야 한다는 페미니즘으로 본다면 전쟁터에서 화장하고 싶고 예쁜 옷을 입고 싶다는 것은 페미니즘이 아닐 수도 있다.

하지만 유럽의 페미니즘은 다르다. 특히 동유럽식 페미니즘은 남자와 여자는 유별하되 평등하다고 말한다. 이는 남자가 경제활동을 하는 것과 여자의 가정활동이 사회적으로 동등하게 중요하다는 것을 인정해달라는 방식이다. 따라서 이 책을 읽을 때는 동유럽의 페미니즘을 이해하고 읽는 것이 더 좋다.

그리고 책의 배경인 슬라브족 신화를 알아보고 읽기를 권유한다. 슬라브족은 인도 유럽어의 한 종류인 슬라브어를 사용하는 민족으로 러시아, 폴란드, 체코, 슬로바키아, 불가리아 등과 함께 작가의 나라인 벨라루스도 이에 속한다. 이들의 신화에는 여성과 남성의 역할 분담이 있다. 카스피아 북쪽에 살고 있는 벨라루스의 현재 지역의 슬라브 민족의 신화에서 여성은 기본적으로 생명을 만드는 사람으로 여긴다. 따라서 여자가 생명을 만들고 남자가 생명을 없애는 사이클로서 세대라는 것이 돌아가고 이로써 우주의 평행이 유지된다고 믿었다. 그런 상황에서 여성이 전쟁에 나가 살인을 하는 것은 슬라브 민족의 우주관에서 자연 순리에 역행하는 행위다. 이 역행에는 처벌이 따르는데 여성성을 잃어버리는 것을

벌을 받는 것이라 여겼다. 생리가 오지 않거나 하는. 슬라브 민족
이 가지고 있는 여성과 남성의 역할분담을 통해서 이루어지는 순
환이 전쟁으로 인해 파괴되는 충격을 묘사하는 것이다.

　우리나라는 페미니즘이라는 단어에 유독 예민한 반응이 오고
가는데, 이 책은 페미니즘이라는 단어로 묶이면 오독될 가능성이
있다. 책의 내용은 여성이 아니라 기록되지 않은 것에 대한 기록
으로 저널리스트의 입장에서 접근한 것이다. 다만 그 주제가 전쟁
을 여성성의 모습으로 바라본 것이다.

　작가는 '사건의 영혼'이라는 표현으로 전쟁의 겉모습이 아닌 감
정을 다루고 싶었다고 말한다. 숨겨진 전쟁의 민낯을 다루기 위해
서는 남성은 감추고 있는 여성은 드러내고자 하는 어떤 감정을 포
착해내기 위해서 여성의 시각을 빌려 왔다고 보는 게 옳을지도 모
른다. 여성이라는 한쪽의 시각을 부각하거나 단언해버리면 다른
쪽과 대립할 수 있다. 따라서 다양한 목소리와 시각이 깃든 전쟁
의 진짜 얼굴 그 자체를 마주했으면 좋겠다.

『난장이가 쏘아올린 작은 공』 아직도 남아 있는 난장이들을 위하여

경제협력개발기구OECD에 따르면 우리가 한 시간에 100원을 벌 때 일본의 근로자는 132원을, 독일과 미국의 근로자는 209원을, 노르웨이의 근로자는 228원을 번다고 한다. 각 나라의 근로자가 벌어들이는 실질 임금을 비교한 것인데 과거에 비해 많이 발전했다고는 하지만 한국은 여전히 살기 힘든 '헬조선'이다.

그런데 무려 39년 전에 이런 문제를 이야기한 책이 있다. 소설이라기보단 예언서에 가까운 그 작품은 학창시절 누구나 한 번쯤은 들어봤을 '난쏘공'이다. 『난장이가 쏘아올린 작은 공』의 줄임말인 이 책은 1970년대 세상을 향해 한국문학이 쏘아올린 큰 공적이다. 출간 이래 누적 300여 쇄에 이르는 기록으로 오랜 기간 사랑받았다.

낙원구 행복동에 사는 난장이(난쟁이) 아버지와 그 가족들의 이야기를 그린 이 소설은 난장이의 아들딸이 한 시간에 100원을 벌

때 일본의 근로자는 698원, 서독의 근로자는 856원, 미국의 근로자는 1,043원, 노르웨이의 근로자는 1,087원을 번다고 말한다. 많이 나아졌다고는 하지만 강제 철거로 모든 것을 잃고 내몰리게 된 낙원구 행복동 하층민의 고통은 지금도 끝나지 않았다.

난장이는 아직도 있다

입맛이 쓰도록 날 것 그대로의 아픔을 간직한 『난장이가 쏘아 올린 작은 공』은 웬만한 한국인이라면 읽어봤을, 그리고 누구나 다 아는 이야기다. 하지만 이 책은 출간 당시 불온서적으로 취급받으며 공공연한 금서가 됐다. 이 책이 왜 불온했는지는 익히 상상할 수 있다. 주인공들은 산업화 시대에 소외당하고 외면받는 약자들이다. 자본주의 시스템에서도 밑바닥에 있는 이들을 '난장이'로, 그와 반대로 가진 자들은 '거인'으로 대변해 너무도 다른 두 계층의 삶을 묘사했다. 산업화 시대에 우리가 또는 언론이 이야기하지 않았던 현실들을 조세희 작가는 이 소설에서 적나라하게 보여준다. 고도성장의 그늘 속에서 감추고 싶었던 현실을 이토록 사실적으로 드러낸 소설이기 때문에 불온하다는 평가를 받았다.

이 책이 출간된 1978년에는 불온서적을 가지고만 있어도 압수당하거나 불심검문을 받았다. 문학사에서 거대한 이름을 남긴 기념비적인 책들을 보면 당대의 시대정신이 깃들어 있기 마련이다.

『난장이가 쏘아올린 작은 공』에도 시대적인 맥락이 있다. 1970년대는 한국에서 노동운동 역사의 한 획을 그었던 시대다. 1970년대 초반부에는 거대한 이름인 열악한 노동 조건 개선을 위해 온몸을 던져 대한민국 노동운동을 상징하는 전태일 열사가 있었다. 이런 불평등 시대에 한국 문학사에서 소위 평등의 이념을 본격적으로 다룬 가장 기념비적인 소설이 바로 난쏘공이다. 그래서 금서가 되었다.

이 소설은 도시 빈민자의 현실과 노사문제, 강제 철거 등 현실적인 이야기를 다룬다. 얼핏 생각하기에는 이 소설의 내용이 1970년대만의 현실이 아닐까 할 수 있다. 하지만 철거 문제만 하더라도 1980년대 후반에 상계동에서, 그리고 불과 몇 년 전 용산에서도 수많은 빈민자들의 삶을 빼앗았다. 이 문제들은 한국 현대사에서 해결되지 않았다. 모든 것들은 현재에도 진행 중이다. 어떤 부분에서는 달라진 것이 없기도 하다. 그런 측면에서 난쏘공이 300쇄나 찍은 필독서가 된 것은 아직도 읽어야 할 만큼 가치 있는 작품임을 증명한다.

가진 것 없는 난장이의 아들로 태어난 주인공은 대한민국 사회에는 계층이 존재하고, 자신은 계층을 이동할 수 없을 거라고 생각한다. 그 절망은 지금의 우리에게도 여전히 유효하다. 요즘 우리가 자주 사용하면서도 그리 좋아하지 않는 단어가 금수저와 흙수저다. 양극화된 사회를 단면적으로 너무도 적나라하게 보여주는 단어이기 때문이다. 책은 이런 상황이 예전부터 하나도 변하지 않았다는 것을 보여준다.

폭력이란 무엇인가? 총탄이나 경찰 곤봉이나 주먹만이 폭력이 아니다. 우리의 도시 한 귀퉁이에서 젖먹이 아이들이 굶주리는 것을 내버려두는 것도 폭력이다./ 반대 의견을 가진 사람이 없는 나라는 재난의 나라이다. 누가 감히 폭력에 의해 질서를 세우려는가?/ 십칠세기 스웨덴의 수상이었던 악셀 옥센스티르나는 자기 아들에게 말했다. "얘야, 세계가 얼마나 지혜롭지 않게 통치되고 있는지 아느냐?" 사태는 옥센스티르나의 시대 이래 별로 개선되지 않았다./ 지도자가 넉넉한 생활을 하게 되면 인간의 고통을 잊어버리게 된다. 따라서 그들의 희생이라는 말은 전혀 위선으로 변한다. 나는 과거의 착취와 야만이 오히려 정직하였다고 생각한다./ 햄릿을 읽고 모차르트의 음악을 들으면서 눈물을 흘리는 (교육받은) 사람들이 이웃집에서 받고 있는 인간적 절망에 대해 눈물짓는 능력은 마비당하고, 또 상실당한 것은 아닐까?/ 세대와 세기가 우리에게는 쓸모도 없이 지나갔다. 세계로부터 고립되었기 때문에 우리는 세계에 무엇 하나 주지 못했고, 가르치지도 못했다. 우리는 인류의 사상에 아무것도 첨가하지 못했고…… 남의 사상으로부터는 오직 기만적인 겉껍질과 쓸모 없는 가장자리 장식만을 취했을 뿐이다./ 지배한다는 것은 사람들에게 무엇인가 할 일을 준다는 것, 그들로 하여금 그들의 문명을 받아들이게 할 어떤 일을 준다는 것이다.'

양극화 시대에는 같은 공간과 시대를 살아감에도 빈부 격차에 따라 너무도 다른 삶을 사는 사람들이 있다. 1970년대에 있었던 비극이 아직까지 계속된다는 사실, 쉽게 변하지 않는 현실은 이 책을 읽고 난 뒤에도 의문으로 남는다. 난쏘공은 그런 의미에서 문학이 가진 힘을 여실히 보여준다. 시대와 배경이 달라도 책에서 '지금'을 느낄 수 있는 것이다. 지금 변한 것이 없음을 깨닫고 어떻게 변해야 할지를 고민하게 해주는 것은 문학이 가진 힘이다.

조세희 작가는 몇 해 전 이런 말을 했다.

"현대에 있어도 난쟁이가 있다. 그것은 바로 비정규직이다."

그런 면에서도 이 소설이 현재성을 가지고 있음을 알 수 있다.

이 책은 학창시절 필독서였던 만큼 대부분의 사람들이 읽은 경험을 가지고 있다. 그런데 그 당시 읽을 때만 해도 별다른 감정이나 감흥이 없었던 사람이 나이가 지난 뒤 세상을 겪고 나서 다시 읽어 보면 한 자 한 자가 가슴을 울리는 문장임을 깨달을 것이다. 답답함, 비참함, 상실감 등이 모두 응축된 소설임을.

왜 세상은 변하지 않는 것일까

개인의 비극이라지만 끝내 극복할 수 없는 가난이란 삶의 굴레는 소설 속에서 처음부터 끝까지 큰 산처럼 느껴진다. 더욱 슬픈 것은 그 순간 삶이 비루해짐을 받아들일 수밖에 없는 현실이다. 주인공의 옆집에 살았던 또 한 명의 난장이 명희 이야기도 가슴을 때린다.

명희는 나의 손을 잡았다. 그애는 나의 손가락을 하나하나 짚어가며 말했다.
"사이다, 포도, 라면, 빵, 사과, 계란, 고기, 쌀밥, 김."
명희는 나의 손가락 하나를 마저 짚지 못했다. 그때의 명희에게는 그 이상
의 것은 필요하지 않았을 것이다. 그 명희가 자라면서 다방 종업원이 되고,
고속버스 안내양이 되고, 골프장 캐디가 되었다. 그애가 어느 날 헬쑥해진
얼굴로 집에 돌아왔다. 그애로서는 마지막 인사였다. 어머니는 명희가 집에
올 때마다 배가 불러 있었다고 나중에 말했다. 명희는 음독 자살 예방 센터
에서 숨을 거두었다. "싫어! 엄마! 싫어!" 독약 기운에 빠져 명희는 소리쳤다.
성장한 명희는 마지막 순간에 어렸을 적 일들 속을 헤매었을 것이다. 그애
가 남긴 예금 통장에 십구만 원이 들어 있었다.

자신의 꿈조차 생각할 수 없었던 18세 소녀 명희의 이야기는 이
게 전부다. 하지만 쉽사리 잊히지가 않는다. 특히나 다방 종업원이
되고, 고속버스 안내양이 되고, 골프장 캐디가 되었다는 이야기의
상징성. 가난한 여성이 미모를 가지고 그것을 상품화할 수밖에 없
는 직업을 선택했다는 이야기다. 짧은 이야기지만 가슴에 박힐 수
밖에 없는 문장들이 가득하다.

지금처럼 풍족한 시대에 산다면 오히려 이런 생각이 들기도 한
다. 사랑만 이야기하기도 모자란 순간에 사랑하는 사람의 손을 잡
고 먹고 싶은 것에 대해 이야기한다. 그런 모습을 보고도 아무것
도 해줄 수 없는 남자의 모습이 겹쳐진다. 이런 비극이 또 있을까?
『난장이가 쏘아올린 작은 공』은 변동 없이 속으로만 끓고 있는

절망적인 상황에서 밖으로는 아무것도 드러내지 못하는 감정이 조소로 튀어나올 때 무엇보다 큰 비극을 보여준다. 부잣집에서 키우는 나무보다 못한 대우를 받는 현실. 이런 상황에서 분노나 절망을 느끼는 것을 넘어서서 허탈한 웃음밖에 터트릴 수 없는 현실이야말로 진짜 바닥이다.

이 책은 1970년대 한국 사회를 보여주는 현실에 바탕을 둔 지극히 리얼리즘적 소설이다. 그럼에도 문체와 단어, 표현법 등 작가가 글을 쓴 방식은 비사실적이고 환상적이다. 동화적인 기법으로 포장해 문장을 썼고 화자도 계속해서 바뀐다. '낙원구 행복동'이라는 동네부터 동화 느낌이 물씬 풍긴다. 더 이상은 참혹할 수 없는 1970년대 도시 빈민의 현실을 리얼리즘의 문체로 쓰지 않고 동화적이고 환상적으로 다루고 있기 때문에 그들의 모습이 더 절실하고 절망적으로 다가온다.

117cm 아버지는 굴뚝에 올라가서 한 손으로는 피뢰침을 잡고 다른 한 손으로는 종이비행기를 날린다. 그의 행위 자체가 쇠공을 하늘로 쏘아 올리는 것과 연결된다. 하지만 종이비행기도 쇠공도 결국은 중력의 법칙에 의해서 달까지 가지는 못한다. 모두 땅으로 추락할 수밖에 없다. 아버지는 공과 종이비행기처럼 떨어져서 죽음을 맞이한다. 이것은 문학적으로도 굉장히 중요한 상징이다. 아버지가 가지고 있던 소망은 이 괴로운 세상을 떠나 달로 높이 올라가는 것이다. 그런데 그곳에 도달하지 못하고 기껏해야 공장 굴뚝까지 겨우 올라가는 것이 한계다. 그리고는 그곳에서 떨어져 죽

고 만다. 종이비행기와 쇠공은 높이의 좌절이고, 이것은 이 남자가 이 삶에서 가지고 있는 희망이 어떻게 좌절되는가를 보여주는 문학적 언어라고 볼 수 있다.

네덜란드 경제학자 얀 펜Jan Pen이 만든 이론 중 난쟁이들의 행진이라는 것이 있다. 전 세계인이 소득 순서대로 한 시간 동안 행진하는 모습을 봤을 때 시간 순서대로 나타나는 소득 수준에 따른 키의 크기를 보여주는 그림이다. 이 그림을 보면 58분 정도까지는 대부분이 난쟁이이고 마지막 2분 동안 하늘을 찌를 듯한 부자들이 거인의 모습으로 등장한다. 이 그래프는 전 세계적인 소득불평등과 양극화, 신자유주의를 단 한 장의 이미지로 강렬하게 전달한다. 이는 '난쏘공'과 마찬가지로 우리가 이러한 현실을 인식하고 있음을 뜻한다.

나의 '모든 것'이라고 표현한 책의 시작에는 '다섯 식구의 목숨'이 포함되어 있다. 천국에 사는 사람들은 지옥을 생각할 필요가 없다. 그러나 난장이 집의 다섯 식구는 지옥에 살면서 천국을 생각했다. 단 하루도 천국을 생각해보지 않은 날이 없다. 하루하루의 생활이 지겨웠기 때문이다.

이들은 계속해서 천국을 생각하고 있다. 그리고 우리는 이 책을 읽음으로써 적어도 지옥에 있지는 않다고 할 수 있다. 이 소설이 출간된 당시인 1970년대에는 이런 현실을 인식하게 만드는 것만으로도 굉장히 큰 의미가 있었다. 하지만 지금은 인식하는 것만으로는 충분하지 않다. 그다음 단계인 현실을 바꾸려는 모습이 있어야 한다. 하지만 인간은 인식하고 난 다음에는 다른 생각으로 빠지기 마련이다.

『난장이가 쏘아올린 작은 공』은 시간이 흘러도 계속 토론이 가능한 책이다. 그것이 이 책이 가진 힘이다. 조세희 작가는 독자와의 만남에서 『난장이가 쏘아올린 작은 공』은 독자들에 의해 완성에 다가가고 있다는 걸 느끼게 된다고 말했다.

40년 가까이 지나도록 책 속 내용과 크게 달라지지 않은 현실에 그저 가슴이 아프다.

『존재의 세 가지 거짓말』
어디에도 속하지 못한 외로움

유독 우리나라에서 인기를 얻는 소설들이 종종 있다. 대표적인 작가가 베르나르 베르베르Bernard Werber다. 그의 작품은 본국인 프랑스보다 한국에서 먼저 대중에게 알려졌고, 덕분에 자신의 나라에서 이름을 알렸다. 베르베르 스스로도 한국은 작가로서 자신을 발견한 첫 번째 나라라고 말할 정도다. 그의 책은 국내에서만 500만 부 이상 판매됐다.

『꾸뻬 씨의 행복 여행』으로 잘 알려진 프랑수아 를로르François Lelord도 유독 우리나라에서 큰 인기를 얻었다. 전 세계 판매량이 300만 부 정도인데 한국에서만 40만 부 가까이 판매됐다. 『구해 줘』, 『당신 거기 있어 줄래요』 등을 펴낸 기욤 뮈소Guillaume Musso도 중국이나 일본에 비해 유독 한국에서 인기가 있다. 동화도 예외는 아니다. 우리나라에서만 100만 부 이상 판매된 『사과가 쿵』은 원작을 출간한 일본 출판사가 어떻게 그렇게 많이 팔렸는지 비법을 궁금해하기도 했다고 한다.

이들 책만큼은 아니어도 우리나라에서 컬트적인 인기를 얻은 소설이 아고타 크리스토프Agota Kristof의 『존재의 세 가지 거짓말』이다. 이 책은 프랑스에서 먼저 출간됐음에도 그곳에서 거의 언급되지 않았다. 서양에서 유일하게 이 책에 관해 다룬 것이 5년 전 영국의 일간신문 「가디언」에서 쓴 기사다. 그 기사의 내용조차 아고타 크리스토프라는 사람의 책을 처음 출판사에서 받았을 때, 영국의 유명 추리소설가인 아가사 크리스티Agatha Christie를 패러디한 것으로 착각했다는 말로 시작한다. 그 정도로 유럽인들도 잘 모르는 유럽의 작가가 한국에서 많은 독자들의 지지를 받았다는 것은 놀라운 일이다.

이것이 인간의 본성이다

아고타 크리스토프는 헝가리 출신의 작가다. 그녀가 5년에 걸쳐 쓴 3부작 소설인 이 책은 1986년에 발표한 『비밀 노트』, 1956년 헝가리 반체제 혁명기를 배경으로 1988년에 발표한 『타인의 증거』, 사회주의 체제가 붕괴되는 모습을 배경으로 1991년에 발표한 『50년간의 고독』을 함께 묶은 것이다. 각각 다른 작품이지만 연작의 형태를 갖추고 있어 하나의 장편으로 읽어도 무방하다. 간결하고 건조한 문장으로 짧게 짧게 쓰여진 이 소설은 유명 철학자 슬라보예 지젝Slavoj zizek을 비롯해 김연수 작가 등에도 큰 영향을 미쳤다. 또한 40여 개 언어로 번역돼 세계적으로 조용한 베스트셀러이기도 하다.

앞서 말했듯 이야기는 총 3부로 나뉜다. 1부가 끝나고 시작되는 2부는 1부를 부정하는 방식으로 진행되고, 2부가 끝나면 3부는 2부의 이야기가 과연 맞을까 하는 의심으로 앞의 이야기를 뒤집어버린다.

쌍둥이 형제의 이야기인 1부는 전쟁 때문에 국경 마을의 할머니에게 맡겨진 '우리'가 생존조차 보장받지 못하는 지독한 고독과 고통의 상황을 이겨내고자 스스로를 단련시키는 에피소드들이 등장한다. 제2차 세계대전이 터지면서 쌍둥이의 엄마는 시골의 친정엄마에게 아이들을 맡긴다. 쌍둥이의 외할머니는 살면서 온갖 신선한 이야기를 겪은 굉장히 냉혹한 사람이다. 그런 그녀가 아이들을 잘 보살펴줄 리 없다. 전쟁 중 배고픔과 외로움에 눌린 아이들은 혼란 속에서 위악적으로 세상을 대하는 방식으로 성장하게 된다. 9세밖에 되지 않은 쌍둥이의 악랄한 행동은 매우 충격적이다. 1부는 쌍둥이의 이야기를 마치 한 사람의 이야기인 양 계속해서 '우리'라는 1인칭 복수형으로 묘사한다.

2부는 쌍둥이 중 한 사람인 루카스를 중심으로 흘러간다. 쌍둥이는 국경으로 넘어가 탈출을 시도하지만 클라우스만이 탈출에 성공한다. 전혀 다른 나라에서 살게 되는 두 사람이지만 2부에는 국경을 넘은 클라우스의 이야기는 등장하지 않는다. 홀로 할머니

집에 남은 루카스와 주변의 더욱 다양한 인물들이 등장해서 각각의 사연으로 루카스와 얽힌다.

마지막 3부는 나머지 쌍둥이인 클라우스를 중심으로 이야기가 전개된다. 루카스와 클라우스의 유년 이야기와 현재 시점에서 다시 조우하며 펼쳐지는 이야기가 교차되어 서술되는데 이쯤 읽다 보면 누가 누군지 헷갈릴 정도다.

때때로 밀란 쿤데라와 비교되는 동유럽 여성 작가인 저자는 제2차 세계 대전을 겪으며 성장했다고 한다. 작품 속에 등장하는 많은 사건들은 그녀가 직접 경험했던 일이다. 실제로 그녀는 열네 살 때 기숙학교에 들어가면서부터 오빠와 떨어져서 지내야 하는 이별의 고통을 경험해야 했고 오빠를 클라우스로, 저자 자신을 루카스로 등장시키면서 이 소설에서 조국과 모국어와 자신의 어린 시절과의 이별을 이야기 하고 싶었다고 밝혔다. 그녀는 난민으로서 선택의 여지가 없어 스위스에 정착했는데 친구도 친척도 없는 곳에서 철저히 외로움을 경험했고, 자신의 젊은 시절을 말하기 위해서 글을 썼다.

주인공인 루카스와 클라우스는 전쟁으로 인성과 관습이 무너진 곳에서 살아남기 위해 악마의 자식이라 불릴 정도로 위악적인 행동을 서슴지 않는다. 형제는 감정이라는 것이 과연 존재할까 싶을 정도로 소시오패스적인 모습을 보인다. 아마도 선과 악에 대한 개념이 자리 잡히지 않은 아이들이기 때문에 더 잔인한 것 같다.

죽음에 관한 이미지나 경험이 없는 형제는 죽음이 무엇을 의미

하고 죽음이라는 것에서 오는 슬픔이나 아픔에 대한 교육이 전혀 되지 않았다. 그들은 할머니가 바라는 대로 우유잔에 독약을 타서 죽이고, 불을 질러서 죽여달라는 옆집 아줌마의 부탁을 태연하게 들어준다. 보통 우리가 타인을 도울 때는 연민이나 공감이 발동한다. 하지만 이 아이들에게는 그런 감정이 없다. 상대가 바라는 것이 죽음이더라도 도움을 필요로 한다면 기꺼이 거들어준다.

쌍둥이뿐 아니라 다른 등장인물들도 만만치 않게 잔인하고 충격적인 행동을 일삼는다. 자신을 뒷바라지하던 누나를 살해하는 동생, 언청이를 성추행하는 목사, 어린 쌍둥이를 무자비하게 폭행하는 형사 등 등장인물들의 극단적인 행동이 이어진다. 이는 사회적, 제도적 윤리 시스템이 부재한 상황에서의 인간의 진짜 모습이기도 하다.

그런데 중요한 것은 이들에게는 반대로 인간에 대한 선의가 가득 차 있기도 하다는 것이다. 악랄한 행동을 일삼던 사람이지만 한편으로는 선한 마음을 가지고 있어, 선과 악을 구분할 수 없는 모습으로 나타난다. 인색하고 비정한 할머니지만 유대인 행렬 앞에서는 일부러 사과를 흘려 몇 사람이라도 사과를 먹을 수 있게 한다. 쌍둥이는 탈주병을 도와주고, 구두장이는 쌍둥이에게 신발을 챙겨준다. 성추행하던 목사도 때로는 아이들을 진심으로 도와준다. 이처럼 소설은 선과 악의 모습 모두 인간이라는 것을 보여주고자 한다.

그렇다면 나는 누구인가

아고타 크리스토프 특유의 감정이 배제된 문체는 책을 읽을수록 가슴을 아리게 한다. 마치 너무 아플 때는 아프다고 말하지 못하고, 너무 사랑하면 사랑한다고 말을 잇지 못하는 것 같다. 그녀는 참혹한 현실을 견디기 위해 스스로를 호되게 단련하는 방식을 택하는 소년들의 모습을 무덤덤하게 기술한다. 쌍둥이의 입을 빌려 담담한 듯 읊조리는 문장들 속에서는 암흑 너머가 읽힌다. 무엇보다 행간에 웅크리고 있는 인간의 모습이 아프게 와닿는다.

책을 읽다 보면 정체성에 관한 이야기를 하지 않을 수 없다. 1부 「비밀 노트」에는 주인공인 쌍둥이 이름이 나오지 않는다. 두 사람 모두 '나', '너'와 같은 인칭의 변화 없이 오로지 '우리'라고만 표현한다. 1인칭 복수 시점에서 1부의 이야기가 계속 흘러가는 것이다. 간혹 『엄마를 부탁해』와 같이 2인칭 시점에서 진행되는 소설이 있다. 하지만 1인칭 복수 시점의 소설은 흔치 않다. 화자가 '우리는' 이라고 쓰려면 하나의 전제가 필요하기 때문이다. 두 사람의 행동이 다르지 않아야 한다는 것. "우리 중의 하나가 말했다"라는 표현도 있는데 그 말은 우리 중 누가 말해도 중요하지 않을 때만 가능한 것이다. 다시 말해서 1부에서는 두 사람이 필요 없다. 처음부터 끝까지 사실상 한 사람의 경험과 똑같다. 그럼에도 계속 우리라고 칭하며 두 사람이 이야기를 이어간다. 그러다가 마지막 페이지를 끝내주게 장식한다. 소설 전체를 통틀어 단 한 번도 말과 행동이 갈린 적이 없던 두 사람이 온갖 고초를 겪고 마지막 순간에 두 사람으로 나뉘는 것이다. 소설은 그렇게 끝난다.

그러고 나서 2부와 3부에서 헤어진 두 아이에게 벌어진 일이 전개된다. 1부 끝에서 처음으로 두 사람은 자기만의 선택을 했고, 비로소 자기를 발견하면서 정체성의 문제 앞에 서게 된 것이다. 앞으로 혼자 살아가야 할 자신의 미래를 맞닥뜨리는 것으로 새로운 이야기가 시작된다.

이러한 방식은 소설 속에 소설 제작의 과정을 노출시키는 메타소설로 볼 수 있다. 즉 소설 쓰기에 대한 소설인 것이다. 이는 소설을 더 흥미롭게 만들어준다. 작가는 1부에서 쌍둥이 이야기를 쓸 때는 절대 고유명사를 노출시키지 않는다는 자신만의 확고한 원칙을 적용했다. 인물 이름도, 지역명도 전혀 등장하지 않는다.

2부가 시작되면서 주인공 루카스부터 전체적으로 등장인물의 이름이 나온다. 캐릭터에 이름을 부여했다는 것은 작가가 존재감과 정체성을 부여하는 원칙을 적용했다는 것이기도 하다. 재미있는 것은 쌍둥이의 이름인 루카스와 클라우스의 작명이다. 작가는 두 사람의 이름에 같은 철자를 사용했다. 다섯 개의 철자를 뒤섞으면 루카스를 클라우스로 만들 수 있는 애너그램을 적용한 것이다. 그리고 루카스와 클라우스의 조부의 이름이 '루카스 클라우스'라는 것은 알려준다. 즉 쌍둥이는 조부의 복성을 나눈 이름을 하나씩 가진 것이다. 이 모든 것이 정체성을 드러내기 위해 만든 설정이다. 그런데 이 설정으로 인해 읽을수록 루카스가 클라우스

같고, 클라우스가 루카스처럼 여겨지는 상황이 주어진다.

문학이라는 것은 다른 사람을 향상한다. 작가는 어렸을 때 그토록 친애하던 오빠와 떨어져 지내면서 분리불안을 겪었다고 한다. 자신의 반쪽이라 느꼈던 오빠가 대체 무엇을 하고 있을지 궁금해한 그녀의 상상은 소설의 2부와 연결된다. 떠난 클라우스의 입장에서 남겨진 루카스의 삶을 상상하는 내용이다. 물론 서술은 남아 있는 사람의 입장에서 쓰였지만 그것은 상상으로 인한 것이다.

심지어 떠난 사람이 진짜 루카스라는 것도 굉장히 의미심장하다. 마지막 3부에서는 두 사람이 결국 떨어져 수십 년간 성장하게 되는데 그때 두 사람이 떨어지지 않았더라면 하는 상상이 사실상 1부의 내용이다. 이런 식으로 1부와 3부 사이에서 서로 정합하거나 미끄러지는 부분들이 있는데 이것들을 가지고 문학에서 다른 삶을 상상하는 것이다.

실제로 우리도 그런 일을 굉장히 많이 겪는다. 그때 A 학교에 가지 않고 B 학교에 갔더라면, 그때 내가 C라는 도시에서 살지 않고 D라는 시골에 살았더라면 하는 상상은 누구나 해봤을 것이다. 작가의 이러한 표현 방식은 문학적 형상화라고 볼 수도 있다. 문학이라는 것은 결국 인간이 한 번밖에 살 수 없기 때문에 가능한 매체라고 생각하는 부분이 있다. 한 번밖에 살 수 없기 때문에 우리는 다른 삶을 어떤 방식으로든 공감하거나 상상하는데 그것이 예술적인 행위로써 가장 비교우위 있고 가장 잘 다루는 것이 문학이다. 그런 측면에서 본다면 이 소설이 갖고 있는 메타 소설적인 특성은 의미심장하게 느껴진다.

쌍둥이라는 것에 여러 가지 문학적 의미나 상상력이 담겨 있다고도 볼 수 있다. 나와 똑같이 생긴 다른 존재가 돌아다니는 것은 마치 거울을 바라보고 있는 것 같은 느낌을 주기 때문에 쌍둥이라는 것 가체가 소설에서 굉장히 많은 주제를 압축하고 있다. 결국 정체성에 대한 이야기의 가장 상징적인 것이 쌍둥이라는 설정이다.

그렇다면 한 가지 의문이 든다. 과연 인간에게 고유한 정체성이 존재할 수 있느냐는 것이다. 인간은 평생 정체성 혹은 개성을 탐닉스럽게, 게걸스럽게 얻으려고 한다. 영화나 소설 또는 대중문화에서 어떻게든 빌려오기도 하고 스스로를 어떤 사람이라고 규정하며 살지만 이를 고유하다고 볼 수는 없다. 결국 내가 가진 정체성이 과연 고유한 것인지 알 수 없는데 이 책이 이야기하는 것은 그냥 '우리'였던 하나의 정체성이다. 그런데 그것이 분리되었고 서로 다른 정체성일 수도 있다고 상상하지만 3부에서 사실 별다를 게 없는, 구분할 수 없는 존재라는 것을 알려준다.

이는 작가가 우리에게 던지는 정체성에 관한 메시지이기도 하다. 다른 경험을 한다고 해서 다른 사람이 되지 않는다는. 결국 우리는 매우 흡사한, 아주 희미한 차이만 있는 형태를 가진 하나의 뭉뚱그린 존재일 뿐이라는 것이다.

지금을
살아가는
사람들을
위한 책

2부 현대교양백서

덕후가 세상을 바꾼다

🏹 _____ 김태훈   🏹 _____ 조승연

🏹   한 포털 사이트의 국어사전에서 2015년 가장 많이 검색한 신조어가 '덕력'이래요. 보통 사람들이 모방할 수 없는 덕후들의 능력을 말하는 거죠.

🏹   덕후에서 탄생한 신조어가 굉장히 많습니다. 우선 덕질!

🏹   덕후들이 자기들의 세계에서 하는 행동들이죠.

🏹   입덕, 덕후에 입문한다. 탈덕, 덕후에서 빠져나간다. 성덕, 덕후의 성지에 올랐다. 그리고 덕업일치. 이건 덕질과 직업이 일치한다는 뜻입니다.

🏹   자기의 덕질로 먹고 산다.

┓　　　아마도 영화평론가, 음악평론가 이런 분들이겠죠? 저도 음악평론간데 사실 덕질과 직업이 일치하면 처음엔 굉장히 행복해요. 그러다가 불행해집니다. 덕질이라는 건 순수하게 자유 의지를 통해서 취사선택하는 거잖아요. 근데 그게 직업이 되면 그렇지 못하거든요. 그러다 결국에는 다시 행복해지는 시기가 옵니다. 다른 사람들은 좋아하지 않는 것임에도 직업적인 선택을 할 수밖에 없을 때, 우리는 그래도 좋아하는 걸 가지고 직업적 선택을 할 수 있다는 것만으로도 행복해지는 순서가 오는 거죠. 그리고 또 다른 신조어로 덕밍아웃이 있습니다.

π　　　덕밍아웃? 커밍아웃을 한다는 거군요. 내가 알고 보면 덕후라며 세상으로 나오는. 근데 덕통사고는 도대체 뭐예요?

┓　　　교통사고처럼 생각지도 않게 덕질을 시작한다고 덕통사고. 일코는 뭡니까? 아, 일반인 코스프레! 덕후라고 하면 사람들이 안 끼워줄까 봐. 덕후라는 단어가 일본의 오타쿠ぉたく라고 하는 단어에서 유래됐다고 하죠. 어느 분야에 광적으로 몰입해 있는 사람들끼리 모여서 상대를 높여 부르는 '귀댁'이라는 호칭의 일본식 발음이래요. 귀댁의 스피커는 뭔가요? 귀댁에는 음반이 몇 장이나 있으신가요? 할 때. 이게 우리나라에 들어와 오덕후가 됐다가 두 글자로 줄어서 덕후가 됐다고 합니다.

✦   미국 샌프란시스코에서 유래했다는 설도 있어요. 미국에서
는 너드nerd나 긱 컬처geek culture라고 그러죠.

✦   사실 너드나 긱이라고 하면 두꺼운 안경 쓰고 옷차림도 이
상하고.

✦   네, 동시에 수학이나 과학에 굉장히 뛰어나고 공상과학 영
화라든지 아니면 만화에 푹 빠져 있는. 우리가 생각하는 일본 오
타쿠랑 많이 다르지 않아요. 1970년대 미국에서 인기 TV 시리즈
였던 「스타트렉」을 좋아하는 사람들끼리 샌프란시스코에서 처음
컨벤션을 열었고 나 같은 사람들 또 있다는 걸 확인하면서 너
드 문화가 만들어졌다는 거죠.

✦   저는 조금 다르게 봅니다. 더 거슬러 올라가서 『셜록 홈즈』
가 최초로 출현했던 시대에 이미 덕후가 존재했다는 거죠. 작가
코난 도일Conan Doyle은 사실 의사였잖아요. 환자들이 없는 무료한
시간과 생활고를 해결하기 위해 쓴 소설이 오늘날 탐정물의 출발
이 됐고 어마어마한 성공을 거뒀죠. 그런데 부담이 점점 커지면서
그 압박을 견디지 못해 결국은 홈즈가 죽는 장면을 묘사하고 더
는 소설을 쓰지 않겠다고 합니다. 이때 소위 최초의 덕후들이 등
장하죠. 독자들이 홈즈를 살려내라는 수많은 항의 편지를 보냅니
다. 코난 도일과 출판사 입장에선 홈즈가 죽은 상태에서 뇌줄 수

없게 되고 결국 홈즈가 부활합니다. 이것이 최초의 덕후의 출발점 이었고.

♟   제가 생각할 때 그 덕후랑 지금의 덕후는 조금 다른 것 같 아요. 지금은 덕후가 하나의 문화란 말이에요. 컨벤션이나 인터넷 웹사이트를 통해 연결돼 있기 때문에 그들만의 언어가 생기고, 의 상이 생기고, 자기들끼리 알아보는 패션이 생겨야 덕후라고 부를 수 있는 거죠. 혼자 뭔가에 빠져 있는 사람을 과연 덕후라고 부를 수 있을까요.

♟   관점의 차이일 수 있겠습니다만 저는 충분히 덕후라고 생 각합니다. 셜록 홈즈가 어디 살았느냐, 베이커 스트리트 221번지 B. 실제 이 주소지에 수많은 편지가 왔다는 거예요. "홈즈 씨 내 문제 좀 해결해주세요"라면서. 덕후들이 셜록 홈즈에 너무 빠져 있었기 때문에 실존 인물이라고 생각했다는 거죠.

♟   덕후라는 것이 특정 영화의 팬들이기도 하지만 주류 문화 를 공유하지 못해 괴롭힘당하던 너드가 자신의 덕력을 이용한 결 과이기도 해요. 우리나라에도 방영됐던 미국 시트콤 「베이사이드 얄개들」에 스크리치라는 캐릭터가 나옵니다. 전형적인 너드인데 여 기서는 굉장히 똑똑하고 귀엽게 나와요. 20년을 더 가서 오늘날의 「빅뱅 이론」까지 오면 여기선 너드가 멋있게 나와요. 섹시하다, 뇌

섹남이다 이렇게 얘기하는 사람이 있을 정도로. 덕후들의 위상이 1980년대 미식축구 선수한테 얻어맞던 것에서 여성들의 인디적인 선망의 대상이 된 것까지 발전해왔다는 거죠.

┓   자, 본격적으로 우리 사회에서 덕후는 능력자인지, 아니면 그냥 자기만의 음험한 공간에 갇혀 있는 루저인지 이야기해봐야 할 것 같아요. 사실 최근에 덕후들이 긍정적으로 평가받는 데는 분명한 이유가 있을 것 같은데. 그중의 하나는 인터넷으로 연결된 전 세계적 네트워크에서 홀로 즐기던 취미를 공유할 사람이 늘어난 게 아닐까 해요.

ㅈ   그런 것도 있지만 더 중요한 게 주류 문화라는 것 자체가 없어졌기 때문이 아닌가 싶어요. 옛날에는 문화라는 게 어떤 커뮤니티에 있는 사람들이 공통으로 공유한 이야깃거리였어요. 그것이 어떤 식으로 나뉘었느냐면 종교죠. 기독교 문화권에 가면 『성경』을 기반으로 얘기했고, 이슬람 문화권에 가면 『코란』을 기반으로 얘기했고, 동양에 가면 『공자』, 『맹자』를 인용하면서 얘기를 했었거든요. 만약 로마시대에 『공자』를 읽는 사람이 있다면 그 사람은 덕후겠죠. 하지만 동양에서 『공자』를 읽는 건 덕후가 아니었단 말이에요. 문화를 그렇게 나눴으니까. 그다음에 종교에서 계급으로 넘어가죠. 귀족이 즐기는 오페라라든지 대륙적으로 공유하는 문화가 있고 서민들의 문화는 나뉘어 있는 상태. 그다음에 19세기

말부터 국가란 형태로 한국문화K-pop, 일본문화J-pop 같은 식으로 나뉘잖아요? 그런데 인터넷이 생기면서 국가라는 것보다 취향이 더 중요해지기 시작하면서 주류 문화 세력이 약해졌어요. 예를 들어 내가 건담을 좋아하는데 인터넷에서 건담을 좋아하는 전 세계 사람들이 모이면 나라 하나만큼 인구가 나와요. 이것이 큰 세력이 돼버린 거죠.

ㄱ 난 그렇게까지 복잡하게 생각하고 싶지 않아요. 사실 덕후 하면 여러 가지 연결 단어들이 있는데 그중 하나가 히키코모리죠. 자기 공간에서 빠져나오지 않는. 여기서 덕후화되는 과정에 대해서 생각해볼 필요가 있다는 거예요. 자발적 덕후가 되는 사람도 있지만 인터넷이 없던 시대에는 주류에서 소외된 사람들이 스스로 할 수 있는 것들이 많지 않았어요. 아이들이 길거리에서 주로 축구라든지 야구를 하던 놀이 문화가 집단성을 가지고 있었던 시절에는 그 공간에 끼지 못한 사람들은 특별히 갈 곳이 없었다는 거죠. 그때 골방 안으로 숨어들어서 할 수 있었던 것이라고 해봐야 책을 열심히 본다거나 극장에서 영화를 본다거나. 때문에 덕후들 자체가 그렇게 크게 두드러지지 않았는데 인터넷으로 전 세계가 연결되고 개인의 다양한 취향을 드러내고 공부할 수 있게 되면서 덕후가 발화한 거죠. 그런 의미에서 현대 덕후는 '과거에 이미 존재했지만 시대적 환경 때문에 받아들이지 못했던 욕망이 자연스럽게 표출된 것이다'라고 볼 수도 있다는 거죠.

✹　　많은 사람들이 알고 있는 작품이죠. J.R.R. 톨킨의 『반지의 제왕』. 이 책이 우리나라 말로 번역된 걸 보면 얼마나 덕력을 뽐내는 작품인지 잘 모르는데 사실 톨킨은 어학 덕후였어요. 오천 년 전에 게르만족들이 쓰던 언어를 공부했어요. 덕후죠. 그런데 이 사람이 『반지의 제왕』을 쓴 이유 중 하나가 옛날 언어를 공부하다가 '이런 언어를 쓰는 사람은 어떤 사고를 가지고 있을까?' 싶어서 여러 종족을 만들어냈대요. 실제로 원문 책을 보면 엘프족의 알파벳과 언어가 있거든요. 톨킨이 그걸 다 발명한 거예요. 언어의 특성을 연구하다가 결국 언어를 발명하는 성덕을 하게 됐고 그 결과가 오늘날 우리가 읽는 『반지의 제왕』이라는 소설이라는 거죠. 다른 사람들이 "야, 아무도 안 쓰는 고대어를 왜 배워"라면서 쓸데없는 덕질이라고 생각한 게 나중에 『반지의 제왕』으로 다시 태어날 수도 있다는 거죠.

⌐　　말콤 글래드웰Malcolm Gladwell이 쓴 『아웃라이어』에서 1만 시간의 법칙이라는 이야기를 하죠. 1만 시간을 채움으로써 한 분야의 전문가가 될 수 있다는 것을 이야기하는데, 전문가가 되기까지의 시간은 덕후의 시간이에요. 어떤 명예나 경제적인 이득을 본 적이 없으니까. 그런데 1만 시간을 채운 뒤 덕후의 모습이라는 건 사회적 관계를 통해서 그것을 발현할 기회를 얻는다는 거거든요. 물론 개인의 공간에서 순수한 쾌락, 개인적 쾌락을 추구하는 덕후에 대해서 비난하거나 비판할 생각은 없습니다. 그런데 이것이

중독성이라는 것을 가졌을 때 위험성이 분명 존재한다는 거예요. 존 파울즈John Fowles의 『콜렉터』를 보면 남자 주인공이 나비를 수집하죠. 그런데 어느 날 복권 당첨이 되면서 뜻하지 않은 큰돈을 갖게 돼요. 그 돈으로 좀 더 큰 수집품을 모으는 거예요. 그중 하나가 자신이 짝사랑했던 여대생 미란다라는 인물이죠. 지하에 감금한 채 마치 나비를 채집하듯이 계속해서 관리하고 감독해요. 이런 부분들이 덕질이라고 하는 친밀한 단어 속에 포장돼 있지만 과도한 중독성으로 조금 다른 방향으로의 덕후들이 생성되면 굉장한 위험을 야기할 수 있다는 거예요. 그럼으로써 덕후라는 것에 대해서 여러 의견 교환과 토론이 있어야 될 것이라 생각하는 거예요.

🦋　저는 그렇게 생각하지 않는 게 모든 성공담은 하나에 빠져 있는 사람들에게서 나왔어요. 예를 들어 과학 역사책에 흔히 나오는 것 중 뉴턴이 빛의 굴절을 실험하기 위해서 자기 눈을 바늘로 찔렀다는 얘기가 있거든요? 그 정도면 엄청난 덕후란 말이에요. 옛날 한의사 중에서도 불로장생 묘약을 찾는다고 수은 같은 거 먹다가 중독돼서 죽고 이러잖아요. 덕후라는 것은 남이 안 해본 실험을 해본 사람이고 그 실험을 통해서 망가지는 사람도 있으나, 그걸 통해 인간이 발전해왔다고 저는 생각해요.

⌐　그렇게 따진다면 저도 찬성할 수밖에 없는 부분이 중세 수도사들 있죠? 오늘날 우리가 그 아름다운 와인을 마실 수 있는

건 중세 수도사들이 그렇게 포도주를 만들기 위해서 노력했기 때문이고. 자연과학의 성과 중에서 흔히 멘델의 유전 법칙을 말하는데, 멘델도 수도사였어요. 수도를 하면서 남는 시간에 콩을 재배해서 A와 B를 교배시키고, B와 C를 교배시키고 하는 무수히 많은 시간과 노력으로 만들어낸 것이 결국 멘델의 유전 법칙이라는 말이에요. 그런 의미에서 덕후들이 사회에 기여한 것에 대해서는 분명히 인정합니다. 그런데 모든 이들이 덕후화된다고 했을 때 혹은 모든 덕후질을 순수한 것으로 받아들였을 때 야기될 문제는 과연 없을까 하는 부분이 있죠.

✘ 덕질을 한 사람들의 전기를 쓰는 작가가 있어요. 영국의 전기 작가 사이먼 윈체스터라는 사람이에요. 이 사람이 쓴 책 중에 감명 깊게 읽은 게 『The Man Who Loved China』란 '중국을 사랑한 사나이'라는 제목이에요. 조지프 니덤Joseph Needham이라는 역사가에 관한 책인데 이 사람은 원래 유명한 생물학자예요. 어느 날이 사람이 중국에서 온 제자랑 불륜 관계를 맺어요. 그러면서 중국의 모든 것에 빠져들어요. 중국의 의상, 문학, 역사… 당시에 중국 덕후가 된다는 건 영국인이 봤을 때는 위험한 행동이었어요. 마오쩌둥毛澤東이랑 저우언라이周恩來가 한참 혁명을 하던 시대였기 때문에 중국 덕후라는 건 공산당이었죠. 그러니 주변에서 이 사람이 스파이가 될지도 모른다고 여긴 거죠. 그런데 니덤이 덕후질을 하면서 일본이랑 중국이 전쟁 중일 때 중국에 가서 대사관 트

력 하나를 빼돌려서 여기에 유물을 모아서 영국으로 보냈어요. 영국이 그걸 연구하면서 오늘날 서구 역사책에도 세계 4대 발명품이 중국에서 나왔다는 걸 인정한 계기가 됐죠. 당시에는 적국인 중국의 공산사상에 빠져든 사람의 행동이 지금은 중국을 알리고 세계 역사를 바로잡는 데 큰 역할을 했다는 거예요. 저는 남이 안 하는 행동과 생각을 하는 사람들이 덕후고 그런 사람들이 세상을 발전시켜 나간다고 생각합니다.

┓   덕후라는 것은 어떻게 보면 획일화된 사회에 대한 마지막 저항 같은 느낌도 있어요. "난 결코 너희들과 똑같아지지 않을 거야"라는. 과거에는 이걸 용납하지 않았어요. 개발도상국에서 산업사회로 가는 시기에는 개성이 강한 사람들을 인정할 수가 없어요. 효율성에서 문제가 있기 때문에. 그런데 21세기는 인터넷의 발명도 있지만 공장 생산품의 시대가 아니라 다양한 창의성을 중심으로 세상이 움직이는 시대이기 때문에 덕후들의 중요성이 커지고 찬양받기 시작한 거죠. 그런 의미에서 저는 피터 빅셀Peter Bichsel의 『책상은 책상이다』 좋아합니다. 아주 재밌습니다. 어느 날 무료함에 빠진 한 남자가 침대를 사진이란 이름으로 바꿔 불러요. 그리고 책상을 양탄자란 이름으로, 의자를 시계라는 이름으로, 시계는 사진첩이라는 이름으로 바꿔 부릅니다. 언어에 대한 정의를 완전히 바꿔요. 통일성을 무너뜨려 버린다는 말이죠. 그러면서 발생하는 문제가 이 사람은 방 안에서 혼자 벌였던 자신만의 덕후 놀

이를 통해서 세상과 철저히 고립돼요. 이야기가 비극적 결말로 나아가는 것 같지만 저는 이것이 굉장히 편협한 시각으로 써진 책일 수도 있다고 생각해요. 이런 이야기를 가장 예시적으로 담았던 위대한 책이 한 권 있어요. 『성서』예요. 『성서』에서 인간이 신의 영역에 도전하려고 하자 신이 바벨탑을 허물고 그들에게 내린 징벌이 언어를 바꿔버리는 거예요. 사실 『성서』에서 보이는 단면만 봤을 때 우리는 이렇게 이야기합니다. "거봐라, 인간이 신에게 대들었기 때문에 결국 다른 언어를 쓰게 됐고, 다른 언어 때문에 우리 민족들이 분열했고, 분열했기 때문에 수많은 전쟁이 나서 인류사에 비극이 존재했다"라고. 하지만 민족과 국가가 여럿으로 나누어졌기 때문에 오늘날 우리가 인류의 문명이라는 것을 만들고 그 속에서 수많은 교류가 벌어지고 새로운 발전을 해나갈 수 있다는 거죠. 『책상은 책상이다』라는 책은 국소적 공간에 살았던 한 명과 나머지 사회의 관계만을 이야기하는데 이것을 좀 더 포괄적인 의미로 끌어낸다면 이런 다양한 사람들, 말하자면 각각의 공간에서 각각의 세계를 유지하고 있는 사람들이 만들고 있는 사회는 좀 더 다를 수도 있다는 생각을 해요.

ㅈ 우리가 덕후라고 부르는 사람들을 마치 주류에서 고립돼 있기 때문에 사회생활을 안 하는 것처럼 이야기하는데, 어떻게 보면 덕후들이 사회성이 더 뛰어날 수도 있어요. 소수의 사람들이 같은 문화를 공유하기 때문에 창작활동도 같이하고 샌프란시스

코의 어떤 센터에서 만나서 코스프레를 한다든지 하는 것은 현대 인터넷 사회에서 주류 문화를 공유하는 사람한테서도 보기 힘든 사회성이에요.

┓   덕후라는 게 사회적 관계를 맺었을 때는 충분히 훌륭한 자산이 될 수 있어요. 대표적으로 쿠엔틴 타란티노Quentin Tarantino 같은 영화감독이 있죠. 비디오광이었고 비디오 가게의 점원이었어요. 그가 주류에서 벗어나 자신만의 영화 세계에 빠져 있었기 때문에 주류 영화에서 흉내 낼 수 없던 자신만의 독특한 영화 세계를 만들죠. 「저수지의 개들」 같은 작품을 보면 첫 장면에 갱스터끼리 모여서 마돈나에 대한 이야기를 끊임없이 해요. 덕후적인 그 이야기들을 주고받다 갑자기 갱스터로 변신하는 충격적인 첫 장면이 펼쳐지죠. 이런 신선한 오프닝도 타란티노가 마돈나한테 덕후에 가까운 관심을 가지고 있었기 때문에 탄생할 수 있었다는 거죠. 그런데 타란티노는 그가 가진 재능으로 사회와 관계를 맺었단 말이에요.

앞에서 이야기한 것처럼 덕후라는 단어와 연관검색어로 항상 뜨는 것이 히키코모리라는 말이에요. 엄밀히 이야기하면 히키코모리는 사회적 구제에 의해서 만들어진 사람일 경우가 굉장히 많다는 거죠. 주류에서 배제됐거나, 인간관계에서 어려움을 겪었거나. 그래서 집 안으로 숨어들었고 그 공간에서 덕후화 되어버린 인물인데 이들이 어떠한 결과를 지향하고 있는가를 보면 덕후가 가야 될 방향 같은 게 보인다고 생각하거든요. 대표적인 게 『전차남』 같은 소설이죠. 단 한 번도 사랑에 빠지지 못했던 주인공이 등장하고 끊임없이 인터넷 통신으로 자기들끼리의 의견을 교환하고 이야기하는 인터넷 공간의 덕후들이 등장합니다. 이 소설과 영화를 보면 에르메스녀라고 불리는 여성에게 주인공이 자기 이야기를 고백하면서 엔딩을 향해 달려가기 시작해요. 전차남이 에르메스녀에게 고백하는 행위 자체가 사회적 관계를 맺겠다는 일종의 선언 같은 거죠. 말하자면 덕후들의 세계에 머물러 있던 한 남자가 세상 밖으로 나오는 이야기. 덕후라는 것이 물론 개인의 입장에서는 순수한 즐거움을 갖는 행위이긴 합니다만 그것이 사회적 관계 속에서 인정받을 수 있느냐는 겁니다.

✲　　저는 사회적 관계 속에서 인정을 받는다는 목적이 결여된 게 그들이 창의적으로 생각할 수 있는 가장 큰 이유이기 때문에 그것을 목적으로 삼아선 절대로 안 된다고 생각합니다. 아까 제가 얘기했던 전기 작가 사이먼 윈체스터가 쓴 또 다른 전기가 『교수와 광인』이라는 책이에요. 처음으로 모든 영어단어에 정의를 내리자는 목적으로 쓴 『옥스퍼드 영어 사전』을 만든 편집인의 얘긴데요. 책을 보면 두 사람이 콜라보레이션을 해요. 한 사람은 농민인데 소한테 라틴어로 얘기하면서 소가 말을 안 듣는다고 징징거릴 정도의 라틴어 덕후. 이 사람이 나중에 교수가 돼 사전을 편집하죠. 다른 한 사람은 덕후에게 계속 편지로 어학에 관한 중요한 정

보를 보내요. 나중에 알고 보니 그 사람은 정신병원에 감금된 살인자예요. 책은 덕후 교수와 덕후 광인 두 명이 현대 영어학에서 가장 뛰어난 업적을 만들어낸 이야기를 하고 있거든요. 그런데 두 사람 다 언젠가 유명한 영어 학자가 돼서 나라를 빛내겠다는 목적을 가지고 있던 게 아니라, 남이 알아주든 몰라주든 자기가 좋아하는 일을 했던 거예요. 탐미에서 시작했던 거죠. 그래서 저는 탐미가 우연히 사회적 이익을 가져다주는 것이 맞는 순서지, 사회적 이익을 목표로 덕질을 한다? 그건 더 이상 덕질이 아닌 거죠. 덕질의 가치를 잃어버리게 된다고 생각해요.

┓　　덕질에서 가장 문제가 되는 게 그거죠. 사회성을 잃어버린다는 것. 덕질과 히키코모리가 왜 생겨날 수밖에 없었나에 대한 부분들이 덕질의 순수함이라는 측면에 의해서 가려져서는 안 된다는 거예요. 닉 혼비Nick Hornby의 『피버 피치』라는 책이 있습니다. 남녀관계에서 어려움을 겪고 있는 한 남자가 영국의 아스널이라는 축구팀에 열광하면서 어마어마한 축구 덕후가 되죠. 할리우드 영화에도 「나를 미치게 하는 남자」가 있는데 여기서는 시카고 레드삭스 야구팀 덕후가 나와요. 시즌 표를 얻기 위해서 친구들이 이 남자한테 와서 다양한 형태로 노예처럼 복종하는 장면들이 펼쳐져요. 이 장면까지만 해도 덕후들의 즐거운 놀이 같은데 나중에는 새로운 여자친구를 만나고 원래 여자친구는 남자의 덕후 기질에 의해서 점점 멀어지는 관계가 됩니다. 결국 마지막 장면에서 숨

어 있던 덕후 한 명이 그라운드로 뛰쳐나와서 자신의 사랑을 고백하는 장면을 보게 됐을 때는 덕후라는 것도 사회적 관계 속에서 이루어져야 된다는 것. 그걸 사회가 어느 정도는 만들어줘야 된다는 점에 있어서 저는 『피버 피치』 같은 작품이 덕후들이 지양해야 될 혹은 덕후들을 어떻게 끌어안을 것이냐의 문제에서 유쾌한 결론을 내리는 소설이 아닌가 하는 생각도 해보게 되는 거죠.

✱　　제가 추천하고 싶은 마지막 책은 『불사신 니콜라스 플라멜』이에요. 파리에 있는 한 지하실에 처박혀서 철을 금으로 바꾸겠다며 사람들이 이해할 수 없는 실험을 하고 동물을 끓인다든지, 아니면 서양 쥐의 꼬리에서 피를 뽑는 사람 이야기에요. 당시는 마법과 연금술의 경계가 확실하지 않던 시대니까 굉장히 기이한 일들을 많이 했죠. 그런데 제가 생각할 때는 이런 연금술사가 우리 사회를 이끌어가는 거예요. 연금술사들이 발견해낸 많은 아이디어들이 지금 우리가 사용하는 기술이 되고 그들이 발견한 세계를 보는 눈이 우리 물리학의 기본이 된 경우가 상당히 많다는 거예요. 그런 면에서 저는 연금술사들의 전기를 통해서 진짜 덕후를 이해하고, 그들이 사회를 발전시키기 위해 노력한 것이 아니라 단지 자기 세상에 빠져 있는 것만으로도 사실은 인류에 기여했다는 걸 상기시킬 필요가 있다고 생각합니다.

◤　　덕후와 관련해서 마지막으로 제시하고 싶은 책이 두 권 있

어요. 먼저 다치바나 다카시 『나는 이런 책을 읽어왔다』라는 책이 있습니다. 덕후로서의 즐거움 같은 거예요. 다치바나 다카시는 일본에 고양이 빌딩이라고 하는 개인 도서관을 가지고 있을 정도로 어마어마한 독서광이고 책에 미쳐있던 사람이에요. 그것이 그를 뛰어난 저널리스트이자 인터뷰어로 만들어줬고, 뛰어난 저술가로 만들어줬습니다. 그리고 덕후의 폐해를 이야기할 수 있는 오카자키 다케시라는 작가의 『장서의 괴로움』이라는 책이 있어요. 이 사람이 어마어마한 책 컬렉터예요. 이 책이 도입부부터 흥미진진한 게 자신이 알고 있는 책 덕후들에 대해 말해요. 그런데 책을 많이 가지고 있어서 행복하다는 이야기가 아니에요. 책이 너무 많아서 집이 무너지는 사람 이야깁니다. 두 번째로 이야기하는 게 같은 책을 두 번, 세 번 사야 하는 어떤 미련함. 책을 쌓아놓은 것까지는 좋은데 자신이 관리할 수 없는 형태 혹은 양의 형태가 됐기 때문에 책을 찾지 못해요.

🎣 그분은 진짜 덕후가 아니에요. 진짜 덕후는 어디 있는지 다 알고 완벽한 레이블링 시스템과 카탈로그를 가지고 있어야지. 책이 어디 있는지 잊어버릴 정도다? 성덕을 아직 못 한 수련 단계네요.

┓ 그럴 수밖에 없는 이유가 덕후라는 건 엄밀히 이야기하면 비싼 취미 생활이죠. 때문에 그것을 받아줄 만큼의 돈이 있어서

도서관 형태로 인덱스를 만들고 레이블링을 할 수 있다면 책이 어디 있는지 못 찾을 이유가 없죠. 그런데 덕후는 욕망을 충족시키기 위한 덕후질을 위해서 자신의 경제 규모를 벗어나는 행위들을 하죠. 덕후라는 것이 개인에게만 종속되어 있다면 아주 순수한 쾌락의 취미로서 받아들일 수 있어요. 그런데 가끔가다 가족이나 지켜야 할 가정이 있다거나 혹은 사회적 역할을 수행해야 되는 임무를 가지고 있는 덕후에 대한 문제가 발생하는 거예요.

개인적인 덕후의 덕질이라고 한다면 탐미적인 부분에서도 읽힐 수 있어요. 파트리크 쥐스킨트Patrick Suskind의 『향수』라는 작품을 보면 자신의 몸에서는 아무런 향이 나지 않지만 세상의 모든 향을 맡을 수 있는 주인공이 극단의 향수를 만들기 위해서 살인을 저지르는 이야기가 나오죠. 이 책을 사회적 연쇄살인마라고 본다면 오버된 해석이고 탐미적인 부분에서 본다면 굉장히 의미 있는 소설이에요. 그럼에도 이 책에서 우리가 예언 같은 것을 듣지 않을 수 없는 것이 한 개인이 자신만의 중독된 덕질에 몰입했을 때 벌어질 수 있는 사회적인 영향 역시 간과할 수 없다는 것이거든요. 사실 그런 면에서 본다면 덕후와 덕질이라는 것이 순수한 개인의 공간에서만 존재할 수 있을 것이냐. 이건 너무 이상적이고 순수한 형태에요. 결국 이 사람이 화성에서 혼자 사는 사람이 아니라 지구에서 누군가와 사회적 관계를 맺고 있다면 덕후와 덕질에 대한 것이 어떠한 영향을 줄 것인지에 대해서 한 번쯤 생각해봐야 한다는 거죠.

✻   저는 그러면 인류학자 루스 베네딕트Ruth Benedict가 쓴 『문화
의 패턴』이라는 책을 추천합니다. 이 책을 보면 콰키우틀kwakiutl이
라는 인디언 부족이 나와요. 이 부족에 특이한 풍습이 있어요. 이
사람들은 돈 버는 것을 최고의 미덕이라고 생각해요. 그래서 평생
돈을 벌죠. 이 돈을 가지고 무엇을 하느냐가 굉장히 재미있어요.
콰키우틀족이 딸을 시집보내거나 아들 장가를 보낼 때 양쪽 사
돈이 만납니다. 만나서 상견례를 하죠. 그런데 아직 화폐라는 것
이 없으니 물고기 기름이나 청동판, 카누를 가지고 부를 재요. 이
사람들이 자기가 얼마나 부자인지를 상대편한테 보여줘야 내 자
식이 가서 푸대접을 안 받는다고 생각해서 평생 집착한대요. 그래
서 불을 피워놓고는 일단 카누를 하나 던집니다. 우리 집은 돈이
많아서 이까짓 카누 하나쯤 태우는 것은 아무것도 아니라고 상대
한테 보여주는 거예요. 그러면 상대가 자기 카누를 두 개 가져와
서 그 위에 얹어요. 카누 하나 태우는 정도밖에 안 됩니까? 우리
집은 두 개 태워도 돼요. 그러면 이 집에서는 또 하인을 불러가지
고 자기 집에 있는 생선기름을 몽땅 부어가지고 불이 피어오르게
한답니다. 그렇게 해서 재산의 대부분을 태워버린 다음에 양쪽에
서 충분히 재산을 축냈다고 생각하면 둘이 화해를 한 대요. 그리
고 혼사가 이루어져요. 그런데 상견례를 하면서 모든 재산을 써버
렸기 때문에 아이들은 가난한 상태에서 이제 돈을 벌어야 되는 거
죠. 이걸 세대마다 반복하는 사회구조를 가지고 있는데, 루스 베
네딕트가 이렇게 얘기하죠. "사람들은 이걸 보고 웃을 것이다. 뭐

저런 원시적 민족이 다 있나. 하지만 이것이 미국에서 하는 일과 얼마나 다른가. 우리도 평생 돈을 번다. 그다음에 가장 감가상각이 빨리 되는 자동차라는 것을 타서 기름을 얼마나 많이 태울 수 있는가를 가지고 남들에게 자랑하기 위해서 돈을 쓴다." 그렇기 때문에 사람들과 다른 방향을 추구하는 덕후가 우리 눈에는 기이해 보여요.

하지만 우리가 지금 보편적으로 추구하고 있는 것이 과연 그렇게 훌륭한 것이냐. 어떻게 보면 덕후들이 자기 만화 하나를 보면서 기쁨을 느끼는 것이 우리가 돈과 명예를 차지하려는 것보다 덜 허무한 것일 수도 있다. 이렇게 마치겠습니다.

인간 vs. 인공지능

⊼　　　인공지능AI 대국 프로그램인 알파고와 이세돌 9단의 대국 이후 바둑이 핫한 주제가 됐습니다.

⊐　　　바둑은 4,000년 전부터 시작했다는 기록이 남아 있습니다. 이렇게 낡고 오래된 것이라 여겨지던 바둑이 갑자기 트렌디한 것이 된 이유를 생각해보면 결국은 누가 바둑을 두느냐는 수식어의 문제인 것 같아요. 나이 드신 분이 두던 것이 최신의 집약인 인공지능이 둔다고 하니까 새롭게 보이는 거죠.

⊼　　　저는 이 대국을 우사인 볼트Usain Bolt와 스포츠카의 대결이라 생각했습니다. 바둑은 x와 y의 좌표 안에서 이루어지는 싸움인데, 어떻게 보면 수학으로 이루어진 컴퓨터가 계산하기엔 최적의 상태잖아요. 사실 그보다 대단한 건 2011년에 IBM에서 개발한

슈퍼컴퓨터 왓슨이 「제퍼디」라는 퀴즈쇼에서 인간 퀴즈 달인들을 누르고 우승한 사건이 아닐까요? 인간이 인간에게 하는 질문에는 은유도 들어가고, 복잡한 상황 지식이나 배경을 모아서 주어 동사 목적어가 들어간 완벽한 문장으로 답변을 만들어내야 하거든요. 이미 컴퓨터가 그것도 해냈는데 바둑을 이긴 게 그렇게 놀라운 일인가 싶기도 해요.

┓   그동안 바둑은 인간만이 할 수 있는 난공불락의 게임이라고 여겨졌어요. 체스나 퀴즈는 문제에 대한 정확한 답이 정해져 있는데 바둑은 추상적 개념이 들어가서 정확한 답이 없거든요. 단순히 계산 능력만을 필요로 하는 게임이었다면 기계에게 진 것이 이렇게 충격적이진 않았을 겁니다. 그런데 저는 알파고의 승리보다 인공지능 이후에 관한 예측 기사가 더 흥미진진했습니다. 가장 많이 쏟아져 나온 기사가 '미래에 없어질 직업'이었어요. 흥미로운 건 미래에 기계가 대처할 수 없는 직업 1위가 세일즈맨이란 사실입니다. 인간이 고가의 상품을 살 때 정보만으로 구매하는 것을 두려워한다는 겁니다. 그래서 인간을 설득해 물건을 사는 게 좋은 선택임을 확인해줄 세일즈맨이란 직업은 기계가 대신할 수 없다는 거죠.

또 하나 재미있는 뉴스가 미래 최고의 직업 중 하나가 종이감별사라는 건데요, 처음에는 수만 가지 약품이나 원자까지 분석해내는 기계가 있는데 종이를 분석하는 기계가 없을 리 없다는 생각이 들었습니다. 그런데 시장이 너무 작아서 컴퓨터로 만들 필요가 없는 분야라서 그런 거 같아요. 인공지능이 일반화되면 지구상에서 약 20억 개의 일자리가 사라진다고 하는데, 굳이 인공지능을 통해서 만들 필요가 없는 시장성이 없는 직업이 바로 틈새시장인 거죠.

♟   그럼 인공지능에 관한 책들을 통해 앞으로 어떤 세상이 올지 본격적으로 이야기해보죠.

◗   저는 카렐 차페크Karel Capek가 1921년 「로섬의 만능 로봇Rosuum's Universal Robots」이라는 희곡에서 '로보타robota'라고 하는 체코어로 노동이란 뜻을 가진 로봇이란 단어를 처음 사용한 데 의의를 두고 싶습니다.

♟   로봇이란 단어의 어원은 고대 슬라브어로 고아라는 뜻이었어요. 고아들을 노예로 팔아먹었기 때문에 그 단어가 노동, 노예라는 뜻이 됐죠. 당시만 해도 로봇이란 단어가 특정한 기계를 의미한다기보다는 인간의 노동을 대체할, 말하자면 노예 역할을 해줄 여러 기계를 의미했는데 책을 통해서 로봇이란 단어가 오늘의 의미로 쓰이게 됐어요.
   저는 인공지능을 더 잘 이해할 수 있는 책으로 영화로도 유명한 아서 C. 클라크Arthur C. Clarke의 『2001 스페이스 오디세이』를 제시하겠습니다. 책에는 할 9000이라는 오토파일럿 로봇이 나옵니다. 로봇의 임무는 우주선을 보호하는 건데 인간의 실수로 잘못될 것을 우려한 이 로봇이 사람을 하나씩 죽여버리기 시작합니다. 로봇으로서는 가장 합리적인 선택을 한 거죠.

◤ 같은 이름의 영화에서 가장 인상적인 것은 우주인이 할 9000에게 책임을 묻자 모든 것은 인간의 잘못이라 대답하는 장면이었는데요. 자신들은 명령어에 의해서 움직이는 것뿐 모든 책임은 인간에게 있다는 겁니다. 영화는 기계와 인간이 대립하는 상황에서 그 기계를 만든 것이 인간이란 걸 할 9000을 통해 계속해서 보여주죠.

✖ 할 9000은 사람이 만들었고, 컴퓨터는 실수를 할 수 없으니 인간에게 거짓말을 할 수는 없죠. 그런데 어떻게 할 9000이 거짓말로 사람을 속여가면서 그들을 죽일 수 있는지 궁금했거든요. 영화 앞부분에 우주인과 컴퓨터가 체스를 두는 장면이 있어요. 체스는 컴퓨터에 최적화돼서 100전 100승 컴퓨터가 이길 수밖에 없어요. 그런데 컴퓨터가 지는 장면이 나와요. 그건 컴퓨터가 인간에게 재미를 주기 위해 질 수 있는 능력, 즉 거짓말을 할 수 있는 능력이 프로그래밍되었고 여기서 논리에 문제가 생겼다고 할 수 있는 거죠.

┓   한편으론 우리가 인공지능에 대해 왜 이렇게 공포를 느끼게 되었는가 하는 생각도 들어요. 지능의 형태는 아니지만 이전에도 수많은 과학 문명이 만든 기계들이 있었거든요. 물론 방직공들이 기계에 일자리를 빼앗기고 저항했던 러다이트 운동도 있었지만 대부분 인간이 만든 기계가 살아가는 데 도움이 되었다고 믿어왔어요. 그래서 큰 저항도 없었죠.

★   꼭 그렇진 않아요. 1600년대 바로크시대에 독일 카셀에서 처음으로 증기 배를 만든 사람이 있었어요. 당시는 영국이 해상 강대국이어서 영국 왕립 과학회Royal academy of science에서 특허를 내줘야만 발명품으로 인정받았거든요. 그래서 배를 타고 영국으로 가는데 농민들이 이 기계를 본 거예요. 악마 같은 기계가 시키면 불을 뿜으면서 혼자서 가는데 이러다 모든 뱃사람이 실업자가 되겠다 싶어서 그 배를 부숴버렸어요. 그래서 첫 번째로 증기선을 개발한 사람이 실종되었다는 이야기가 있어요. 어제오늘이 아니라 예전부터 사람들이 모든 기계문명에 관해서 공포를 느끼고 있었다는 거죠.

┓   사실 인류의 5000년 문명사를 보면 4900년은 변화라는 게 거의 없었어요. 5000년 전에도 마차를 탔는데 18세기까지도 마차를 탔거든요. 100~200년을 제외한 나머지 시간은 거의 변화 없이 살아왔다는 거예요. 그런데 19세기 산업혁명이 시작되면서 급

격한 변화가 찾아왔죠. 그래도 20세기까지는 자기 시대에 대한 규정이 있었어요. 1960년대는 히피주의, 반전주의, 1980년대는 슈퍼모델과 로큰롤의 시대였어요. 그런데 21세기의 첫 10년은 밀레니엄이라는 것 외에는 뚜렷하게 규정할 수 있는 게 없어요. 디지털이란 단어가 가장 근사치가 아닐까 싶은데, 이런 일이 벌어진 이유를 생각해보면 사유의 속도보다 변화의 속도가 빨라서인 것 같아요. 기계를 어떻게 사용할 것인가 사유할 시간도 없이 갑작스럽게 몰려오니까 그에 대한 공포로서 기계를 부수고 반대하는 것은 아닌가 싶어요.

↗ 조지 오웰George Orwell의 『1984』가 지금 읽어도 소름 끼치는 이유가 그거죠. 빅 브라더라고 불리는 체제가 거대한 TV 네트워크를 통해 인간들을 감시하거든요. 그런데 우리가 두려워하는 게 과연 기술이냐, 아니면 그 기술을 누군가가 지배할 거라는 생각이냐는 거죠. 이런 내용이 지금까지 인기를 얻고 있다는 게 우리에게 시사하는 바가 있어요.

┓ 그런 의미에서 SF의 아버지 필립 K. 딕Philip K. Dick의 『안드로이드는 전기 양의 꿈을 꾸는가』도 읽어볼 필요가 있어요. 그런데 왜 전기 양일까요?

↗ 양이란 게 종교적 개념인가요? 수난, 어린 양 이런 거.

┓ 유럽인들의 수면습관 중 하나가 잠이 안 올 때 양을 세는 거예요. 사람이 양을 세면서 양꿈을 꾸면 안드로이드는 전기 양의 꿈을 꾸느냐는 뜻이에요. 영화 「블레이드 러너」의 원작이 이 책이 죠. 강제 노역에 동원된 안드로이드가 일정 시간이 지나면 자동으로 폐기된다는 사실을 알게 된 후 탈주하는 내용이에요. 그리고 탈주한 안드로이드만 잡으러 다니는 인간 형사가 있어요. 이 인물이 안드로이드를 파괴해나가다가 안드로이드에게 죽기 직전에 안드로이드가 이 형사를 구해줘요. 그리고 자신은 수명을 다한 채 죽어가요. 저는 이 영화가 현실적인 공포를 넘어 철학적 공포를 가져다준다고 느꼈어요. 영화를 보면 안드로이드를 파괴하려는 인간 추격자 역시 과연 진짜 인간이었을까라는 화두를 던지는 장면이 있어요.

결국 인공지능의 시대에 우리가 갖는 근원적이고 철학적인 고민은 나는 인간이고, 저것은 기계이자 인공지능이라고 믿으면서 살아가지만 과연 내가 진짜 인간일까라는 본질적인 질문을 던지게 된다는 거죠. 「아이, 로봇」을 보면 사고로 한쪽 팔이 로봇인 주인공이 추격을 당하다가 로봇 팔로 로봇을 제압하는 장면이 나와요. 그때 주인공이 이런 고민을 합니다. '나는 인공지능일까, 사람일까.' 미래 인공지능 사회에서 가장 두려운 것 중 하나는 내가 누구인지 모를 수 있다는 거예요.

⊼ 산업혁명 이후 우리 스스로를 보는 방법이 많이 다르다는

거죠. 실제로 우리가 의학적으로 인간을 보는 방법은 기계를 보는 방법에서 많은 영감을 받았어요. 산소 공급처가 있고 영양이라는 연료를 넣어줘야 한다고 인식하거나, 우리가 영양을 분석할 때 탄수화물이나 단백질의 퍼센트를 계산하기 시작하고, 운동할 때 심박수나 산소농도 등을 재기 시작한 것도 산업혁명 이후에요. 어떤 면에서는 우리가 기계와 살면서 스스로 기계라고 여기는 건 아닌가 하는 생각도 들어요. 그런 측면에서 인간을 본다면 컴퓨터와 같이 사는 시대에는 '우리가 컴퓨터가 아닌가'라는 생각을 할 수도 있지 않을까요?

⌐ 유물론의 대표적 철학자들은 인간을 고도로 조합된 유기물이라고 말합니다. 인간은 탄생 그 자체로 존엄하다는 거예요. 이건 엄밀히 말해 자연의 일부일 수밖에 없는 우리에게 인간이기에 특별하다고 스스로 부여한 가치이고 존엄이에요. 사회적 약속 같은 것인데, 영화 「매트릭스」를 보면 스미스 요원이 인상적인 이야기를 해요.

"인간은 포유류가 아니라 바이러스다. 어떤 포유류도 자신이 살고 있는 생태계를 파괴하지 않는다. 인간은 철저히 지구를 파괴했으므로 포유류가 아니라 바이러스다."

이런 관점은 기계문명의 고도화와 인공지능을 통해서 새롭게 등장했어요. 그런 의미에서 지금까지 만들어진 많은 미래 이야기가 디스토피아적임은 인정할 수밖에 없는 것 같아요.

✱　　디스토피아적이란 건 인정하지만 유발 하라리Yuval Harari 박사의 『사피엔스』를 보면 인간이 농경사회를 선택했을 때 이미 밀과 감자의 노예가 되었다고 말해요. 밀농사가 잘되는 곳을 찾아 이주하고, 밀이 잘 자랄 수 있게 땅을 갈고 물을 주거든요. DNA 번식 수가 개체의 성공이라는 리처드 도킨스Richard Dawkins의 이론을 그대로 받아들인다면 세상에서 가장 많은 면적을 차지한 생물체는 인간이 아니라 밀과 감자거든요. 이렇게 밀과 감자의 노예로 살다가 지금은 엄청난 양의 석유와 전기를 요구하는 시스템을 만들었어요. 우리는 이미 우리보다 거대한 장치를 만들어놓고, 그게 농장이든 현대 도시 시스템이든 그런 것들에 속박되어 살아왔어요. 우리가 이제 인공지능에 속박된다면 숙주를 바꾸는 것뿐이지 그렇게 큰 변화는 아니라고 볼 수도 있죠.

◣　　다시 인공지능에 관한 이야기로 돌아가 보죠. 전쟁 중 작전을 짜는 상황에서 장군이 자신의 모든 경험과 이론을 바탕으로 A라는 곳으로 진군해야 한다는 판단을 내렸어요. 그런데 모든 변수를 계산한 인공지능이 B로 가라고 해요. 장군은 B로 진군하면 몰살의 위험이 있다는 생각을 하고요. 여기서 딜레마가 시작되죠. 우리는 어떤 결정을 내려야 하나.

✱　　저는 컴퓨터의 결정이 인간의 결정보다 더 많은 변수를 포함시켰다고 해서 더 옳은 결정이라고 생각하진 않아요. 결과가 도

출되기까지 많은 데이터를 집합하는 것도 중요하지만 이를 어떤 방식과 추론으로 이끌어내는지도 중요하거든요. 컴퓨터는 우리가 임의로 입력한 방식 하나를 가지고 추론해요. 컴퓨터가 우리의 결정에 개입하려면 자기 생각을 설명할 수준이 되어야 한다는 거죠. A부터 D까지 방법 중 왜 B로 가야 하는지 말할 수 있어야죠.

┓   거기서 다시 문제. 알파고가 이세돌 9단과 대국하는 걸 보면 프로 기사들은 전혀 이해할 수 없는 착점이 있었어요. 물론 올바른 착점도 있었지만 아직도 이해가 안 가는 착점도 있어요. 이걸 기술력의 한계로 보는 사람도 있거든요. 그것이 전쟁이란 급박한 상황에서 내려졌을 때 인간의 선택을 따라야 할지, 인공지능의 선택을 따를지 판단 자체가 이상하다는 거죠. 인간의 결정을 따르려면 인공지능은 왜 만드냐는 문제가 제기되죠. 반대로 인공지능의 선택을 따르면 잘못된 결과에 대한 책임은 누가 지느냐는 거예요. 기계를 부숴버린다고 문제가 해결되는 건 아니니까요. 그럼에도 우린 인공지능을 만들고 있고 미래에 보다 많은 혁신을 가져다줄 거라 믿는 게 가장 큰 딜레마죠. 그리고 알파고와 이세돌 9단의 대국에서 재미있었던 건 누가 이기겠느냐는 설문조사에서 30%가 알파고가 이겼으면 좋겠다고 대답한 거예요. 지금의 젊은 세대는 디지털과 인공지능 같은 새로운 변화를 자기 세대와 동일시한다는 뜻이죠. 디지털이 곧 나고 인공지능이 내가 살아야 할 미래사회라 보는 거예요.

ㅈ　　우리가 스스로를 창조물로 보면 이세돌 9단을 응원하는 게 맞아요. 우리가 신에 의해서건, 자연에 의해서건 창조되었다면 기계와의 대결에서는 '나'라는 창조물이 이겼으면 좋겠다는 생각이 들죠. 하지만 우리가 스스로를 창조자로 보면 얘기가 달라져요. 자연에 의해 우연히 만들어진 나라는 물건과 인간이 만든 물건과의 대결에서는 알파고가 내 편이에요. 인공지능을 만드는 사람들을 보면서 인간이 이렇게 대단한 것을 만든다는 것에 희열을 느끼는 거죠.

ㄱ　　인공지능 이전의 기계는 우리의 노동을 대신했어요. 그런데 최근의 인공지능은 알파고를 통해 움직이는 것이 인간이라는 걸 보여줬죠. 알파고가 명령을 내리면 아자 황Aja Huang이라는 기사가 바둑돌을 놓았거든요. 자기 생각이 아니라 컴퓨터가 생각한 대로 놓는 그 한 장면이 굉장히 쇼킹했어요. 생각은 인공지능이 하고 우리는 단순히 그에 따른 행동만 한다는 게….

　　어느 정도 생각의 속도와 정확도가 인간을 넘어서게 되면 과연 항상 가지고 다니는 인공지능이 있음에도 내 생각으로 무언가를 결정하게 될까? 그렇지 않을 것이란 거죠. 휴대폰에 전화번호가 입력된 순간 우리는 머릿속에서 전화번호를 지워버렸어요. 어렸을 때는 전화번호 50~100개 정도를 외우고 있었는데 지금은 제 전화번호도 가끔 헷갈리거든요. 생각의 문제는 거기서 시작돼요.

✦   우리가 퇴화한다고 믿는 건가요?

┓   그렇죠. 아자 황이라고 하는 사람이나 『1984』 같이 감정을
배제한 인간이 기계 뒤에 숨어 있는, 물론 인간의 지배에 의해 만
든 기계이지만 빅 브라더 같은 존재에 의해 아무런 생각도 하지
않고 통제 당할 수 있다는 거죠. 인공지능뿐 아니라 우리가 현실
적으로 가장 두려워하는 것은 나의 삶을 누군가가 통제한다는 거
예요. 단순해요. 나의 본체는 로봇이고 그 조종석에 인공지능이
앉아 있는 상황이 벌어질 수도 있는 거죠.

✦   이럴 때 옛날 과학소설을 읽어보는 것도 좋을 거 같아요.

┓   그렇다면 아이작 아시모프Isaac Asimov의 작품을 읽어야죠.
그의 여러 책 중에서도 장대한 은하계 판타지물인 『파운데이션』
시리즈를 추천합니다. 로마의 흥망성쇠에서 아이디어를 얻어서 책
을 만들었다고 하는데 이 책에서 인상 깊은 구절이 이거에요.
   "은하제국이 평온한 것은 사람들이 만족하고 있기 때문이 아니
라 사람들이 지쳤기 때문이다."
   겉모습은 굉장히 평화로운 사회예요. 내가 생각하지 않아도 굉
장히 정확한 것들이 효율성에 기반한 계산에 의해서 만들어질 테
니까요. 그런데 『2001 스페이스 오디세이』에서 할 9000이 가장 효
율적인 방식인 명령으로 인간을 제거하려 했듯이 인공지능의 시

대에서 그것이 도래하지 않는다고 볼 수 없어요.

앨빈 토플러Alvin Toffler의 『제3의 물결』도 조금은 낙관적으로 미래를 들여다본 측면이 있어요. 그런데 결국 정보라는 것은 국가와 기업에 의해서 독점 당하거든요. 인터넷망이 종횡으로 연결시켜서 모두가 평등한 양의 정보를 가질 수 있을 거라 생각했지만 오히려 플랫폼을 가진 대기업이 독점했죠. 기계와 인공지능에 의해서 지배당한다는 것은 먼 미래의 이야기고 결국은 인공지능을 누가 개발하고 사용할 것이며, 인공지능을 사용한 여러 창작물을 누가 만들고 소유할 것이냐의 문제가 지금은 가장 중요해요. 소수에 의한 다수의 지배가 좀 더 고도화된 인공지능이라는 기계 뒤에 숨어서 좀 더 효율적이고 완강한 형태로 전폭적인 형태로 이루어질 것이라는 공포가 가장 큰 게 아닐까요.

★   프랜시스 후쿠야마Francis Fukuyama는 『역사의 종말』에서 미국의 승리로 이념 대립이 끝났으니 전 세계 사람들이 행복하게 소비생활을 즐기는 것으로 역사의 결론이 났다고 말했죠. 사실 기술 발전과 함께 철학과 역사에 대해 다시 생각해봐야 하는 시대가 오지 않았나 하는 생각이 들어요. 가장 근시대적으로 다가올 것이 컴퓨터에 의한 노동의 대체에요. 지금까지 우리가 만들어놓은 사회는 더 열심히 일한 사람에게 돈이 더 가게끔 하는 이념을 담아 제도를 세운 거예요. 그런데 모든 일을 컴퓨터가 해줄 수 있다면 우리는 뭘 먹고 살고, 인간은 왜 살아야 하느냐는 질문이 만들

어질 수밖에 없죠.

■　　여러 책이나 영화를 통해 미래에 관한 이야기를 미리 보고 경험하게 되는데 미래 사회가 과연 인공지능과 기계문명에 의해서 디스토피아가 될지, 유토피아가 될지 궁금해요. 저는 사실 디스토 피아적인 관점이 더 강해요. 단순히 인공지능이라는 인간의 창조물만을 보는 견해가 아니라 창조물을 누가 사용할 것이며 누구에 의해서, 누구를 위해서 쓰일 것이냐는 거죠. 모든 인류를 위해서 쓰일 것이라는 이야기는 순진한 생각이거든요. 결국은 소수의 인간에 의해서 장악될 것이고 그들에 의해서 큰 통제가 이루어지는, 조지 오웰의 『1984』나 올더스 헉슬리Aldous Huxley의 『멋진 신세계』 식의 근미래가 좀 더 다가왔다고 봐요.

✦　　저는 우리가 살았던 세상이 과연 완벽하게 좋은 적이 있었고, 완벽하게 나쁜 적이 있었느냐는 이야기를 하고 싶어요. 수렵사회도 장단점이 있었고, 농경사회에도 장점이 있었지만 단점도 생겼거든요. 농업사회에서 공업사회로 넘어오면서도 장점도 있었고, 단점도 있었고. 그렇기 때문에 새로운 사회로 넘어가도 좋은 점만큼 나름의 모순과 불평등과 차별이 있을 거라고 생각해요.

■　　사실 미래에 관한 것은 가치판단이 힘들어요. 디스토피아란 어쩌면 우리 머릿속에 박힌 교육 같은 것일 수도 있거든요. 결

론에서 이야기하고 싶은 책은 다치바나 다카시立花隆가 쓴 『우주로부터의 귀환』입니다. 100년 후의 인류는 어떤 생각을 하면서 살지 추론은 가능하지만 정확한 근거는 댈 수 없거든요. 그런데 다치바나 다카시는 재미있는 방법론을 주장해요. 100년 후의 미래 인류가 가장 보편적으로 할 수 있는 것은 우주여행이 아닐까 하고. 그러면서 재미있는 방법을 제안하는 게 지구 밖 대기권을 나갔던 우주인을 인터뷰하기 시작하죠. 당신이 우주 밖으로 나가기 전과 후의 차이점이 뭐냐. 어떻게 변했느냐를 추적해보면 100년 후의 인류가 어떻게 변할지, 어떻게 살아갈지 힌트 정도는 얻을 수 있을 거라는 거예요. 굉장히 그럴듯한 추론이고 논거라고 생각했는데 놀라운 일이 벌어져요. 대부분의 우주비행사는 파일럿이 아니라 물리학자와 천문학자 같은 과학자들이에요. 이들은 과학자이기 때문에 증명할 수 없는 게 거의 없어요. 그래서 대부분 신을 믿지 않고 종교를 가지고 있지 않아요. 놀라운 것은 우주를 다녀온 사람들이 어떤 방식으로든 90%가 종교를 갖기 시작했다는 사실이에요. 예상하지 못했던 변화죠. 그래서 디스토피아적이라 주장하는 것이 결국은 신기술을 누가 사용할 것이냐의 문제라고 말해요.

영화 「아메리칸 히스토리 X」를 보면 오펜하이머Oppenheimer가 원자폭탄을 만드는 과정이 보이는데 원자폭탄은 그 자체로는 아무런 가치판단의 기준이 없어요. 그것을 누가 어떻게 사용하느냐의 문제일 뿐. 그런데 사실 인류의 모든 기술과 최첨단 기술이 사용된 건 군사 무기에요. 레오나르드 다빈치Leonardo da Vinci도 많은 예술

작품을 남겼지만 후원을 얻기 위해 무기 제조법 설계도를 만들고 무기에 대한 발명품을 귀족에게 제공하면서 돈을 얻었어요. 당시에도 최첨단의 기술력은 무기를 개발하는 데 쓰인 거죠. 국가주도형 인공지능이 만들어지면 이게 어디에 쓰일까. 아마도 군사나 국방에서 가장 먼저 경쟁하기 시작할 거예요. 그렇다면 군사무기와 국방을 가지고 경쟁하는 미래가 유토피아적일 것이냐, 그렇지 않다고 봐요.

★　　저는 『사피엔스』를 보고 과학이 우리를 지구 중심에서 밀어내고 있다고 생각했어요. 그것이 인간의 큰 딜레마예요. 옛날에는 신이 우리를 창조했고 믿었고, 우리가 유일한 지능이었는데 인공지능이 생기면서 우리와 견줄 만한 다른 지능체가 생겨버린 상황이에요. 그렇다면 인공지능이 우리만큼 존엄한 것인가에 대한 고민이 생겨요. 마지막으로 칼 세이건Carl Sagan의 『코스모스』에서 언급한 이야기를 하고 싶어요.

"저 푸르스름한 희미한 점 안에서 지금까지 우리가 알고 있었던 정치가들과 종교인들과 장군들이 조금 더 많은 영향력을 가지고 치고받고 싸웠다. 저 조그만 티끌의 조금 더 큰 티끌이나 작은 티끌을 차지하려고…"

이를 두고 감동적이라고 말하는 사람도 있을 것이고, 내가 그렇게 중요하게 생각하는 걸 이렇게 하찮게 생각하느냐고 반문하는 사람도 있을 거예요. 하지만 과학이 사회를 주도하는 한 인간은 우주를 떠도는 티끌만 한 먼지 위에서 조금 더 큰 티끌을 차지하기 위해 싸우는 하찮은 존재라는 것이 주도적인 사고방식으로 가는 것 같아요. 여기서 우리는 어떻게 살아야 할지. 우주의 티끌에 살면서 그것보다 조금 더 큰 불덩어리를 몇 바퀴 돌면 소멸하는 존재인 우리가 그 안에서 우리의 삶이 무엇인지를 지금부터 본격적으로 이야기해야 하는 거죠.

◤ 지금 미국은 세티SETI: Search for Extra-Terrestrial Intelligence라고 하는 프로젝트를 진행하고 있어요. 이게 우주로 지속적인 신호를 보내서 외계 생명체를 찾는 거예요. 퓰리처상을 받은 『콘택트』라는 책이 영화화됐을 때 가장 인상적인 내용은 딸이 아버지에게 "저 우주에 외계인이 살까요?" 하고 물어보자 아빠가 "그건 잘 모르겠다. 본 적이 없어서. 하지만 이 넓은 우주공간에 생명체가 우리밖에 없다면 이 무슨 거대한 공간의 낭비겠니?"라면서 우주에 관한 꿈을 심어주는 거였어요. 사실 스티븐 호킹Stephen Hawking 박사는 세티 프로젝트에 반대해요. 우리가 보낸 신호를 감지하고 찾아오는 외계인이라면 우리보다 고등한 외계인일 텐데 그들이 자신보다 하등한 족속들을 만났을 때 어떠한 방식으로 대할 것이냐는 것이죠. 우호적으로? 혹은 정복적으로? 호킹 박사는 후자일 것이라고 이야기합니다.

인공지능의 문제를 여기서 도식화할 수는 없겠지만 기술화 부분도 철학적인 기준은 필요하다고 생각해요. 가령 지역마다

CCTV를 달 때도 과연 이 지역에 CCTV가 필요하느냐는 것을 공론화하는 것처럼. 그런데 지금의 과학기술은 통제권을 벗어났어요. DNA에 관한 여러 연구나 인간복제에 관한 이야기가 나올 때는 종교나 사회단체 등에서 윤리성에 관한 부분을 제기하면서 끊임없이 토론하고 사유하고 합의 하에 어느 정도 선에서 실험하고 발전시켜 나갈 것인가를 계속해서 검토하거든요. 그런데 기계라는 측면에는 그런 점이 들어가 있지 않아요. 인공지능은 좀 더 다른 층위에서 고민이 필요하다는 생각이 들어요.

🏹　생물학적 실험에 관해서는 우리가 여러 가지 토론을 하고 정치적 이슈를 만들었지만 지금까지 컴퓨터 기술에 관해서는 그런 적이 없다는 말이죠? 그럼 앞으로 인공지능에 관해 우리는 어떠한 태도로 살아가야 할까요?

◤　호메로스의 『오디세이아』에서 가장 인상 깊은 장면은 바다에서 노래로 뱃사람을 유혹해서 익사시키는 세이렌이라는 나쁜 요정에 대한 이야기에요. 그때 오디세우스가 어떤 판단을 내리느냐면 부하들에게 돛대에 자기를 묶어달라고 해요. 그리고 세이렌이 나오는 지역을 빠져나갈 때까지 어떠한 명령을 내려도 내 말을 듣지 말라고 하죠. 부하들에게는 귀마개를 하게 해서 노랫소리를 듣지 못하게 하고 홀로 유혹적인 세이렌의 노래를 감상하거든요. 인공지능도 비슷하다는 생각이에요. 저는 안전하다면 경험해보고

싶어요.

✦   저는 인공지능은 우리와 같은 모양으로 만들어지지는 않을 것이라 생각해요. 인간과 똑같은 인공지능은 대기업 입장에서 개발할 필요가 없거든요. 사람을 쓰면 되니까. 사람은 망각의 동물이고 망각 때문에 창의성이 일어난다는 이야기도 있는데 컴퓨터는 망각을 하지 않아요. 그렇기 때문에 인공지능이 말을 하게 돼도 우리는 이제 그들과 공존하게 되지 않을까요. 또 다른 생명체처럼.

◥   이세돌 9단과 알파고의 대국으로 가장 유명세를 탄 인물은 구글이 인수한 딥마인드라는 기업을 만든 CEO에요. 이 사람이 재미있는 이야기를 한 게 구글에 회사를 팔고 연구를 진행하면서 회사에 윤리위원회 같은 것을 만들어달라고 제시해요. 자신의 결정에 관해 내부 회의를 하고 그것이 잘못된 결정이라면 브레이크를 걸어달라고 한 거예요. 인공지능을 만든 총책임자마저 인공지능이라는 기술이 굉장히 위험할 수 있다는 것을 미리 예견한 거죠. 이것으로써 저의 디스토피아적인 견해에 한 줄을 긋고 싶어요.

✦   저는 마지막으로 제가 좋아하는 시 한 구절을 읊으며 마무리하고 싶네요. 우리가 왜 인공지능을 개발하고 우주로 나가는가에 관한 의문이 있었어요. 한편으로는 두렵기도 하지만 그 세계를 보고 싶기도 해요. 말에서 자동차, 자동차에서 고속열차로 바뀌는

과정을 경험하는 것이 엄청난 트라우마일 수도 있겠지만 없는 것과 비교하면 의미 있는 인생이었을 수도 있겠다는 생각이 가끔 들거든요. 물론 이건 개인적인 견해고 보편화할 수 없는 의견이지만 제가 좋아하는 보들레르Charles Baudelaire의 시 중에서 이렇게 끝나는 게 있어요.

"천국이든 지옥이든 무슨 상관이냐. 미지의 기쁨 속에서 새로운 것만 찾을 수 있다면."

집에 대하여

　　집이 살기 위한 곳이 아니라 돈을 주고 사고팔기 위한 것으로 개념이 바뀌고 있어요. 그래서 인문학적으로 집에 어떤 의미가 있었는지 한번 훑어볼 필요가 있을 것 같아요. 우선 『옥스퍼드 영어 사전』 26권에 '하우스house'라는 단어의 여러 유례나 어원이 나와 있죠? 그 안에서 많은 것을 깨달을 수 있어요. 서양인들은 집을 하우스라고 부르잖아요. 그 어원을 파보면 '숨다'라는 뜻인 '하이드hide'라는 단어와 깊은 관련이 있어요.

　　숨다?

　　옛날에 집은 비가 오면 몸을 숨길 수 있는 곳, 맹수가 쫓아오면 숨을 수 있는 곳이라는 개념이었다는 거죠. 아직도 서양 사람들의 주거 형태에 이런 개념이 남아 있어요. 집에서 지하실이나 차고 같은 데 자기만의 공간을 만드는 걸 굉장히 좋아하잖아요. 사회나 여러 가지 스트레스에서 숨을 수 있는 공간이라는 개념이 굉장히 강한 것 같아요.

반면 동양의 집이라는 개념은 한자로 '집 가家'라는 글자죠. '돼지 해亥'라는 글자 위에 '집 면宀' 자를 씌운 건데 가축과 사람이 같이 있는 장소라는 거예요. 이 집이라는 개념을 동양 문화에서 얼마나 확산시켰는지 살펴보면 굉장히 재미있어요. 예를 들어서 하우스라는 단어와 패밀리라는 단어는 어원적 관계가 없어요. 패밀리는 친근하다는 뜻이고 하우스는 어딘가 숨을 곳이라는 뜻이에요. 하지만 '집 가'라는 글자는 가족이라는 단어에 들어가요. 그 얘기는 우리에게 가족이라는 건 핏줄을 나눈 사람이라는 개념도 있지만 같은 집에 사는 사람이라는 개념도 있다는 것이죠. 영어로 nation이나 country, state라는 단어에는 집이라는 의미가 없어요. 하지만 국가라는 단어에는 '집 가' 자가 들어가요. 그러니까 동양은 나라도 거대한 집으로 봤다는 거예요. 그런 것들이 우리가 집을 보는 데 영향을 주지 않을까 하는 생각에서 이야기를 출발하고 싶어요.

┓   조승연 씨 이야기가 흥미진진한 게 하우스가 가리다, 숨다라는 언어에서 출발했다고 한다면 서양인들에게 집이라는 건 나만의 공간인 거예요. 서양의 언어 표현에 이런 게 있죠. 마이 와이프, 마이 하우스. 그런데 한국은 우리 와이프, 우리 아내라고 하

는 이상한 화법을 사용해요. 가족이나 국가라는 개념 자체에 같이 있다는 공동의 의미가 있다는 거죠. 그러니까 서양과 동양의 집이라는 개념의 출발점 자체가 달라요.

ㅈ 그래서 서양에서 가장 좋은 집은 고립을 보장해주는 집이에요. 뉴욕에 사는 사람들은 펜트하우스를 좋아하죠. 가장 높은 꼭대기까지 올라가면 나는 상대를 내려다볼 수 있지만 상대의 눈에서 나는 완벽하게 숨어 있는 거죠. 그러니까 좋은 집의 개념이 출발점이 어디냐에 따라서 달라지지 않을까 하는 생각이 드는 거예요.

ㄱ 건축가 유현준 씨가 쓴 『도시는 무엇으로 사는가』라는 책은 도시의 발달이 어떻게 사람들을 변화시켰는지 보여줘요. 이 책의 출발점이 참 재미있는 게 교보문고에 가면 이런 문구가 있죠? "사람은 책을 만들고 책은 사람을 만든다." 이걸 인용했어요. "사람은 도시를 만들고 도시는 사람을 만든다." 앞에서 펜트하우스에 대한 이야기를 했는데 이건 시선에서 최상위층이라는 거죠. 이 책에서 가장 높은 층에 있다는 것은 다른 사람들에겐 감시당하지 않고 내가 다른 사람들을 감시할 수 있는 위치에 있다는 권력이라고 설명해요. 그럼 여기서 미셸 푸코Michel Foucault가 쓴 『감시와 처벌』이라는 책이 떠오르죠.

✠　　판옵티콘panopticon 이야기하시려고 그러죠?

◥　　바로 그 얘기죠. 제러미 벤담Jeremy Bentham이 만들었던 것이
감옥이잖아요? 공리주의를 외쳤던 철학자임에도 불구하고 기묘한
형태의 감옥을 만들었는데, 8각형으로 돼 있고 중앙에 감시를 하
는 망루 같은 것들이 올라와 있어요. 그것을 중심으로 죄수들의
방이 배치되죠. 중앙 감시자의 시선이 모든 것을 다 통제하는 순
간 권력을 갖는다는 거죠. 불이 꺼져서 감시하는 사람이 있는지
없는지 몰라도 감시당하는 사람의 입장에선 감시탑이 있다는 것
만으로도 스스로 행동을 통제하게 된다는 거죠. 바로 여기서 펜
트하우스의 역사가 시작된다고 이야기하거든요.
　「타워링」이라는 영화를 보면 고층 빌딩에 난 불을 진압하려는
소방관이 엘리베이터를 타고 올라가면서 이런 이야기를 합니다.
현대 소방기술로는 불과 몇 층 정도밖에 진화할 수 없는데 인간의
욕망은 끝없이 위로만 올라간다고요. 그런 면에서 봤을 때 점점
고층으로 간다는 게 평등을 지향하는 현대사회의 시대정신과는
역행하는 건축물 같다는 생각이 드는 거죠.

✠　　판옵티콘 이야기를 하니까 재미있는 게 떠올랐어요. 지금
우리는 집을 가지는 것이 자유로운 생활의 기본이라고 생각하는
데 사실은 집을 감옥이라고 생각하는 시절도 있었다는 거죠. 집
은 가족이 함께하는 곳이고, 가족은 윗세대가 아랫세대를 자기 모

양대로 깎아내리는 것이라는 답답함을 토로하던 사람들이 바로 비트닉beatnik 세대가 아니겠어요? 비트닉을 대표하는 잭 케루악Jack Kerouac이 『길 위에서』라는 소설에서 집에 갇혀 사는 것보다 화물차에서 집 없는 사람들끼리 지내거나, 재즈클럽에서 자욱한 연기와 음악을 즐기며 그곳 책상 위에서 눈을 붙이는 생활이 훨씬 더 만족스럽고 자유로운 생활이라고 생각하던 시절이 있었어요. 시대에 따라 좋은 환경이나 자유로운 환경이라는 기준이 얼마나 바뀌었는지를 보여주는 것 같아요.

┑   잭 케루악 이야기를 하니까, 우리가 비트족이라고 불렀던 또 다른 작가죠. 어니스트 헤밍웨이Ernest Hemingway의 『태양은 다시 뜬다』가 생각나네요. 책을 보면 유목민처럼 이곳저곳을 옮겨 다니면서 삶의 진정성을 구하는 젊은 세대들이 나오죠. 결국 그들에게 집이라는 것은 나를 한곳에 머물게 만드는 족쇄 같은 것이었고 자신의 삶을 방해하는 것이었다고 표현해요.

그런 면에서 본다면 1960년대 히피 세대 이야기를 안 할 수 없죠. 대표적인 영화 「테이킹 우드스탁」을 보면 인상적인 것 중 하나가 우드스탁 페스티발이 열리는 지역으로 배낭에 침낭 하나 멘 채 자유롭게 길거리를 떠돌아다니는 젊은이들이 음악을 듣기 위해서 끊임없이 몰려오는 장면이에요. 그 시대 젊은이들은 아버지 세대에게 당신들의 가치관에 반대한다는 것을 공식 표명한 첫 번째 세대예요. 그들이 부모의 가치와 다르게 생각했던 것이 바로 안정된 집이라는 것에서 떠나는 것. 그래서 방황하고 맨발로 거리를 걸어 다니고 수염을 기르고 머리를 기르고 자유롭게 이곳저곳에서 자신들의 삶을 만들어 나가는 것. 바로 그것이 아니었을까 하는 생각이 드는 거예요.

♟   그 히피 세대가 뉴멕시코라든지 애리조나처럼 사막이나 버려진 땅이 많은 동네에 가서 목수 일을 배워서 공동주택을 만들어가지고 같이 농사지으면서 사는 경우도 굉장히 많이 있었잖아요.

⌐   이런 이야기가 지금의 젊은이들이나 내 집이 없는 저 같은 사람에겐 너무도 이상적인 이야기처럼 들리는 경향이 있어요.

♟   한국은 워낙 땅값도 비싸고 인구밀도가 높은 나라이기 때문에 히피 세대처럼 살 수는 없죠. 그래도 우리가 집에 대한 고정관념을 한 번 재점검해 보는 의미에서 『로이드 칸의 아주 작은 집』이라는 책을 같이 보는 게 어떨까요.

⌐   원서 제목이 'Tiny Homes'라고 돼 있어요. 우리식으로 한다면 'Small House'라고 썼을 것 같은데 Homes라고 말한 건 단지 주거뿐만 아니라 그 안에서 어떤 생활이 있다는 거겠죠. 스몰은 단지 규모가 작다는 정도인데 타이니는 그 안에 애정이 담겨 있는

단어에요.

★　　네, 이 책을 보면 빈 땅에 스스로 집을 조그맣게 짓고 사는 것이 히피 세대부터 끊임없이 이어져 내려온 게 보여요.

◥　　옷차림도 자유롭고, 쉽게 얘기해서 자기의 노동력만으로 혼자 짓거나 가족의 힘으로 지을 수 있는 형태 정도의 크기. 그러니까 도로에서 주차가 허락되는 지역이라면 어디나 집이 될 수 있는 공간인 거예요.

★　　공업폐기물을 응용한 경우도 있고 다양해요. 사실 저는 이 책에서 문화자생력이라는 게 눈에 띄었어요. 우리가 원하는 집을 얻는 데 왜 시장에 매달리게 됐는지 알아보려면 문화자생력이라는 코드를 꼭 생각해야 돼요. 오래전 사람들은 대부분 자급자족을 했죠. 그 과정에서 대대로 계승되는 노하우를 통해서 집 짓는 방법을 동네 사람들이 공유하면서 알고 있었다는 거죠. 그게 문화자생력이에요. 그러다 산업사회가 시작되면서 문화자생력이 없어지죠. 시장에서 쉽게 그 욕구를 충족할 수 있으니까. 하지만 다시 그 시장에서 제공하는 물건이 내 소비 구역을 벗어났을 때 2, 3세대 이상을 산업사회에서 산 사람들은 문화자생력이 없기 때문에 다시 돌아가서 이런 삶의 형태를 취하기가 매우 힘들어진다는 거예요. 그래서 문화자생력이 영국 식민정책의 일부로 활용됐어

요. 영국이 인도를 침략했을 때 가장 먼저 한 게 집집마다 있는 방직기를 다 부숴버린 거예요.

ㅓ   방직기를?

ㅈ   집에서 천을 짤 줄 알면 영국공장에서 공급하는 천을 사서 입지 않아도 된다는 거죠. 그리고 각자가 자기 정체성을 옷에 집어넣기 때문에 직접 만들어 입는 옷을 시장에서 산 것 보다 선호할 수 있었다는 거예요. 영국이 인도를 침략한 가장 큰 이유 중의 하나는 영국의 방직공장 기술로 인도에 시장을 개척하는 것이었기 때문에 가장 먼저 문화자생력을 파괴해야 했던 거죠. 그런데 우리나라도 이런 영향을 받은 게 아파트에 입주하면 인테리어가 이미 다 돼 있단 말이에요.

ㅓ   그렇죠. 이게 굉장히 독특한 문화인데 우리나라는 아파트에 들어가는 순간 모든 것이 완결돼 있어요.

ㅈ   그렇기 때문에 스스로 집을 꾸밀 줄 아는 문화자생력이 상당히 손실된 건 아닌가 하는 우려가 있어요. 패티 스미스Patti Smith라는 록가수이자 시인이 쓴 『저스트 키즈』라는 책을 보면 패티 스미스가 플라토닉 사랑을 유지했던 게이 친구와 같이 살 집을 개조하는 이야기가 나오죠. 예술가들이 활동은 하고 싶으나 월세를

낼 돈이 없어서 선택했던 게 스쿼팅squatting이잖아요.

ㄱ 스쿼팅.

ㅈ 버려진 창고를 아름답게 꾸미는 건데 그게 얼마나 신나고 만족감 있는 작업인지, 그 공간을 같이 꾸미면서 두 사람이 얼마나 가까워졌는지 설명하는 부분이 있어요. 이 사람들은 예술가이기 때문에 문화자생력이 살아 있는 사람들이죠. 그 사람들은 버려진 창고를 봤을 때 더럽고 살기 불편하겠다는 생각보다 어떻게 고치면 좋을지를 먼저 떠올리는 거예요. 다른 사람이 발견하지 못한 잠재력을 하나씩 현실화하는 과정에서 인생의 즐거움을 발견하거나 두 사람의 애정을 다지는 도구가 되기도 한다는 거예요.

ㄱ 그러면 집이 주제니까 아파트로 돌아가 봅시다.

ㅈ 르 코르뷔지에Le Corbusier라는 건축가의 이념이 우리의 주거 형태를 완전히 결정했다는 것을 아는 사람이 별로 없더라고요.

ㄱ 르 코르뷔지에는 아파트의 아버지라고 불리죠. 우리가 주거하는 집을 인간이 살아가게 도와주는 기계라고도 표현했고요.

ㅈ 건축을 공부하는 외국 친구들이 한국에 오면 항상 르 코르

뷔지에가 한국에서 활발하게 활동했느냐고 물어봐요. 우리가 아파트라고 부르는 건축물을 그 친구들은 코르뷔지에식 주거집단이라고 부르더라고요. 아이러니한 게 코르뷔지에 책을 읽어봤더니 그 사람이 사실은 평등을 굉장히 중요시하는 공산주의자였더라고요.

┑   공산주의 이론가였죠.

☈   그런데 공산주의 이론가로서 아파트를 발명한 이론을 지금 한국의 실정에 비교해보면 조금 씁쓸한 데가 있어요. 옛날에는 내가 저택에 사느냐, 아파트에 사느냐. 아파트에 살면 대리석으로 지은 데에 사느냐, 벽돌에 지은 데에 사느냐, 나무로 지은 데에 사느냐 하는 걸로 차별이 심했다는 거죠. 이렇게 건물이 계급을 상징하고 차별이 심해지니까 인간이 사는 데 필요한 기본적인 기능을 최적화하고 그 외의 기능은 없애자며 만든 것이 아파트예요. 그래서 생활을 위한 기계라고 표현한 거죠. 빛 잘 들어오고, 물 잘 나오고, 하수시설 잘돼 있고 이런 데 초점을 맞추고 모든 사람이 똑같이 아파트 한 칸씩 들어가서 살면 최소한 집을 가지고 계급을 차별하는 일이 없어질 것이라는 게 코르뷔지에의 이론이었다는 거죠. 그런데 인간의 본성이라는 것이 얼마나 악착같은지, 차별을 만들어내고 싶은 계급본능이 얼마나 강한지. 집 모양을 똑같이 만들어놨더니 이번에는 평수를 가지고 차별을 한다는 거예요. 르 코

르뷔지에가 그걸 알았다면 어떻게 생각할지 참 궁금해요. 자신은 차별을 없애기 위해서 아파트를 만들었는데 한국에서는 차별의 도구로 이용되고 있으니까요. 옛날에는 궁전 30평과 농가의 30평이 같은 30평이 아니기 때문에 평수를 가지고 차별하기가 힘들었어요. 그런데 집이 다 똑같아졌기 때문에 오히려 차별 지표가 하나밖에 안 남은 거죠.

┓   크기.

⚔   그러니까 하나의 기준에 모든 것이 통합됐기 때문에 오히려 차별하기가 더 쉬워졌어요. 요즘 그런 안타까운 얘기가 자주 들리잖아요. 예를 들어서 부모들이 아이에게 몇 평 이하 아파트에 사는 애들이랑은 놀지 말라는 식의 이야기를 한다는. 일부 부모들이겠지만 결국 평등을 위해서 만들어진 아파트가 차별의 도구로 이용되고 있죠.

┓   사실 르 코르뷔지에는 단지 평등만 주장했던 사람은 아니고 가장 인간적인 삶을 역설적으로 이야기했죠. 사람들은 아파트가 비인간적이라고 이야기하는데 그 사람은 생각이 달랐잖아요? 집단의 거주 형태를 만들고 각자에게서 땅을 한 평씩 얻는다면 100가구가 들어가는 아파트 단지에서는 100평을 모을 수 있고 이걸로 공동 정원을 만들겠다고 했어요. 그렇게 아파트 프로젝트

가 시작된 건데 공원이 들어설 자리에 몇 동을 더 지으면 더 많은 가구에게 분양해줄 수 있겠다는 욕망에 사로잡혀서 르 코르뷔지에가 이야기했던 원래의 아파트 정신은 다 사라졌어요. 결국 우리나라에는 전혀 엉뚱한 형태의 아파트만이 굉장히 많아져버린 형태가 된 거죠.

✠   그렇죠.

┓   인간의 삶에서 가장 중요한 것이 골목이라고 주장하는 학자들도 있어요. 그런데 현대 주거 형태는 골목이 사라진 대로의 시대, 자동차의 시대가 되면서 인간적인 감정이 많이 사라졌다는 이야기를 합니다. 결국은 다시 우리가 살고 있는 집으로 돌아와야 될 것 같은데 저는 박인선이 쓴 『아파트 한국사회』라는 책을 꺼내봅니다.

✠   느낌이 딱 오네요, 어떤 내용일지.

┓   이 책은 제목만 봐도 책의 절반을 읽은 거예요. 1970년대부터 국가주도형 경제가 이루어졌어요. 자본주의국가에서 국가가 경제의 주도권을 행사하는 경우는 거의 없어요. 그런데 단기적 경제개발 모델을 채택했는데 그때 집중적으로 육성한 것이 아파트라는 거예요. 그러니까 아파트라는 것이 개발정책을 펼치면서 만들어졌

고, 중간 계층 이상이 이주하는 공간이 돼버린 거죠. 당시에는 새로운 것이 언제나 더 좋은 것이었어요. 그러다 보니 더 좋은 것이라는 것은 중산층 이상의 돈과 권력을 가진 사람들이 선택하는 지점이었고, 결국 아파트는 서민들에게 정원을 돌려주고 삶을 편하게 해주기 위한 공간이 아니라 욕망의 상징이 되는 일이 1970년대부터 시작됐다는 거죠.

⚑ 저는 집이라는 단어에 두 가지 의미가 있다는 데서 생각해볼 필요가 있는 것 같아요. 영어로는 집이라는 단어를 두 가지로 번역할 수가 있죠. 내가 사는 건물을 말하는 '하우스'와 '홈'이라는 단어가 있거든요. '홈'이라는 것은 언제든 돌아갈 수 있는 곳이고, 내가 어떻게 살아왔는지를 가늠할 수 있는 어떤 지표의 의미를 가져요. 그러니까 홈이라는 개념의 집하고 하우스라는 개념의 집은 굉장히 다르다는 거죠.

⌐ 다를 수밖에 없는 게 우리는 언젠가부터 크리스마스 캐럴을 듣지 않아요. 저작권 문제 때문에 그런 것도 있겠지만 저는 조금 다른 부분에서 캐럴이 사라진 이유를 찾아봤어요. 그게 뭐냐면 같이 들을 사람이 없어요. 캐럴은 혼자 듣는 음악이 아니에요. 캐럴은 혼자 들을 때 가장 우울한 음악이에요. 누군가와 같이 들었을 때 행복한 음악이에요. 그런데 1인 가구가 늘어나고 독립하는 자식들이 많아지면서 또는 결혼하지 않는 비혼 세대들이 많아

지면서 캐럴을 같이 들을 사람이 없어요. 그러니 캐럴은 사라지는 거예요.

ㅈ   '홈'이라는 개념도 건축물 자체에서 오는 것이 아니라 같이 있는 사람들에서 오는 개념이라는 거죠.

ㄱ   집이라는 개념이 과거와 달라질 수밖에 없다. 아까 '홈'이라고 이야기했지만 그 개념이 소멸됐어요. 캐럴이 사라진다는 건 홈이 사라진다는 거예요. 누군가와 나눌 공간, 추억을 같이 공유할 수 있는 공간이 아닌 거죠. 그러니까 그냥 집이 되는 거예요. 그렇다면 다시 한번 생각해볼 필요가 있는 게 집이 무엇으로서 기능을 하느냐는 거죠. 우리는 더 큰 집, 더 고급 동네에 있는 집을 대단한 기준처럼 생각하는데 그런 곳에서 살 수 없는 사람들이 점점 늘어나고 있다면 집에 대한 개념 자체를 완전히 바꿔야 한다는 생각이 들거든요? 그래서 추천하고 싶은 책이 있어요. 이 책을 이야기하기 위해서 여기 나왔는지 모르겠어요. 바로 모든 사람들의 집에 대한 자유로운 사고를 가능케 했던 헨리 데이비드 소로Henry David Thoreau의 『월든』.

ㅈ   아, 『월든』! 앞서 말한 히피족들도 『월든』을 통해서 그런 삶에 대한 힌트를 받았다고 할 정도로 유명한 책이죠.

ㄱ   『월든』은 헨리 데이비드 소로라는 사람이 물질주의에 대해

일종의 반기를 든 실험을 한 거잖아요. 과연 조그마한 오두막집에서 한 인간이 몇 년이나 살 수 있을 것이냐는 건데 자신이 직접 실험에 참가해요. 그런데 그 실험을 통해서 역사상 가장 위대한 걸작 중 하나인 『월든』을 써요. 우리는 더 큰 집, 더 좋은 차, 더 좋은 인테리어, 이런 것들이 당연히 인간 본능의 욕망에 있다고 교육받았어요. 많은 자본이 들어간 어떤 산업에서 끊임없이 광고를 통해서 더 많이 가져야 행복하다고 배웠어요. 그것이 바로 욕망이고 본성이라고. 그래서 우리는 그것이 당연하다고 생각했어요. 그런데 헨리 데이비드 소로는 인간은 조그만 집에서도 충분히 행복감을 느끼며 살 수 있고, 그동안 물질주의가 우리를 세뇌시켰다는 사실을 이 책을 통해서 증명해낸 거죠.

🏹 　그 책의 연장선으로 볼 수도 있는 책을 소개하자면 프랑스 소설가 안나 가발다Anna Gavalda라는 사람이 쓴 『함께 있을 수 있다면』이란 책이 있어요. 어떤 내용이냐면 한 아파트가 있어요. 그 아파트의 모든 사람들이 따로따로 살고 있죠. 말하자면 캐럴을 같이 들을 사람이 없는 그런 인생을 살고 있는 거예요. 그런데 굉장히 큰 아파트를 가진 할머니가 사고를 당해서 그 아파트에서 같이 생활하게 되는 얘기예요. 저는 이 책이 하우스와 홈에 대한 개념을 탐구했다고 생각해요. 이 사람들은 홈이라는 개념이 아닌 집에서 생활하기 때문에 집에 오면 쓸쓸하고 외로워했어요. 그런데 좁은 공간을 함께 사용하기 시작하고 사람의 살을 비비기 시

작하니까 그 공간이 홈이라는 개념으로 살아났다는 메시지를 주고 있는 책이거든요. 생각해보면 현대적인 아파트가 사람들에게 홈이라는 느낌을 주지 못하는 건 너무 편해서 그런 게 아니냐는 생각도 들어요.

◤   조금 다른 이야기로 돌아가 봅시다. 제가 집에 대해 이야기할 때 항상 거론하는 책이 있어요. 태미 스트로벨Tammy Strobel이라는 미국의 작가가 쓴 『행복의 가격』이라는 책이에요. 이 여성은 성공한 맞벌이 부부였는데 일에 쫓기는 생활을 하다 보니까 주로 물건들을 사는 데서 스트레스를 풀었다는 거죠. 그런데 어느 날 집 정리를 하다 보니까 정말로 무수히 많은 쓰지 않는 물건들이 나오는 거예요. 그런 개인적인 경험들이 다 있을 거예요. 태미 스트로벨은 거기서 단순한 생각을 넘어가요. 뭐라고 이야기하냐면 "나는 쓸데없는 물건들을 사들이고 돈을 낭비했으며, 그 돈을 낭비한 것을 버리기 위해서 인생을 낭비했다"라고 이야기한다는 거죠. 이 책은 그 고민에서 출발하는데 결국은 이 여성이 굉장히 넓은 집을 가지고 있었음에도 불구하고 그 집의 정원을 줄여나가기 시작해요. 그리고 물건도 같이 줄어들죠. 가장 인상적인 프로젝트 중 하나가 100가지 물건만 가지고 살기예요. 양말이 한 켤레면 하나예요. 속옷도 한 벌이면 하나예요. 그렇게 따지다 보면 100개라는 물건이 금방 채워져요.

ㅈ   그렇죠.

ㄱ   그런데 이 100가지 물건을 가지고 사는 방법 중에 또 하나 재미있는 것이 새로운 물건을 사야 되잖아요? 그러면 가지고 있던 물건 중에 뭔가 하나를 버려요. 그래서 자신이 가지고 있는 물건의 양을 조절하고 그러다 보니 집을 조금씩 줄여나가게 돼요. 여기까지만 본다면 아주 조그마한 집에 최소한의 물건으로 살고 있는 비장한 사람처럼 느껴질 수 있을 텐데. 이 여성이 뒷부분에 가서 자신의 일상을 소개하는 부분이 굉장히 인상적이에요. 예전에는 하루에 8시간, 10시간, 12시간씩 일을 하며 늘 피곤했고 자신의 인생을 일하고 돈을 버는 데 허비했는데 생활의 규모, 집의 규모를 줄이고 나서 갖게 된 자유라는 건 하루에 4시간 이상 일하지 않는다는 거예요. 그리고 나머지 시간엔 산책을 하고 책을 보고 커피를 볶아요. 쉽게 이야기하자면 집을 줄인다는 건 단순히 사는 공간을 줄이는 게 아니에요. 집을 줄임으로써 늘어나는 것이 있다는 거죠. 그게 뭐냐면 자신의 인생에 시간을 가질 수 있다는 것. 우리나라의 대부분의 중산층들은 자신이 평생 동안 번 돈의 거의 70%, 80%를 깔고 앉아 죽는다고 하죠. 아파트, 소위 내 집이라는 것을 장만하기 위해 빚을 지고 그 빚을 평생에 걸쳐서 갚고 결국은 써보지도 못하고 그저 잠만 자고 밥만 먹는 공간, 최근엔 밥도 밖에서 먹으니까 잠만 자는 공간에 불과할 수 있는 그 집 한 채를 갖기 위해서 인생의 70%, 80%를 낭비해버리는 일이

일어날 수도 있다는 거죠.

🕭 　마지막으로 인간에게 집이란 게 무엇인가에 대해서 이야기를 하면서 정리를 하고 싶은데, 저는 이렇게 생각해요. 제가 굉장히 감동적으로 본 영화가 있어요. 「웨이 백」이라는 영환데 시베리아 강제노동수용소에 포로로 잡혀간 폴란드 장교가 탈출해서 인도까지 도망가는 이야기에요. 결과적으로는 인도에는 갔지만 공산주의가 무너질 때까지는 폴란드에 가지 못하죠. 영화를 보고 이런 생각을 했어요. 현대인이 감옥에 간다든지, 전쟁이 난다든지 하는 큰 상실을 겪을 때 그들을 살아남게 하는 게 "집에 가고 싶다"라는 한 문장이라는 거죠. 그런데 과연 21세기를 사는 우리한테 그런 상실이 다가왔을 때 "집에 가자"라고 얘기할 만한 집이 과연 있느냐는 생각으로 이야기를 마치겠습니다.

🕭 　저는 돌아갈 집이 없다는 것이 과연 나쁘기만 한 걸까 하는 생각도 해요. 물론 예전처럼 살 수 있다면 좋을 수도 있겠습니다만, 삶이 변했고 사회가 변했으니까 혼자서 많은 추억을 만들었던 집이 아닌 주거의 공간 정도의 집으로서의 개념으로 축소해도 되지 않겠느냐.
　전 알렉산더 폰 쇤부르크Alexander von Schonburg의 『우아하게 가난해지는 법』이라는 책을 권해 드리고 싶은데 이 책은 가난해지자는 게 아니에요. 큰 집을 포기하자는 것도 아니에요. 가장 중요한 건 상황에 맞는 공간을 찾아야 된다는 거고, 그 공간 속에서 어떻게 살아갈 것이냐에 대한 고민이거든요. 『우아하게 가난해지는 법』은 독일에서 굉장히 유망한 잡지의 편집장이었던 주인공이 어느 날 해고를 당하죠. 그러고 나서 이 사람은 이제 직업이 없으니 가난해지겠다고 생각하고 과거에 몰락한 귀족들, 자신이 가지고 있었던 재산을 다 뺏겨버린 귀족들은 그 가난 속에서 어떻게 품위를 잃지 않고 살아갔는가에 대한 것들을 조사하기 시작해요. 그러면서 그들이 가지고 있던 자부심들, 집 크기라든지 고급 옷이 아닌 자기 삶의 태도를 가지고서 우아함을 잃지 않는 법에 대해서 알아내기 시작하는 책이에요. 앞서도 이야기했지만 아이들에게 편견을 심어주고 아이들을 편 가르게 하는 건 결국 부모들이잖아요. 아파트 평수를 아이들이 알겠어요?

ㅈ   모르죠.

ㄱ   그 평수를 가지고 아이들을 분리시키는 것들. 저는 그것이 굉장히 이상한 일이라고 생각해요. 아이들을 분리시킬수록 그 분리된 아이들은 위험해질 거예요. 우리는 아이들이 안전한 곳에서 살기를 원하잖아요. 그런데 안전과 평화를 해치는 게 뭐예요? 사람이에요. 그 사람의 안전과 표현을 해치는 기본적인 욕구가 어디서 나와요? 결국은 불평등에서 온 불만 혹은 자신의 삶에서 자신이 소외됐다고 느끼는 순간 사회에 갖는 반감 같은 것에서 생긴단

말이에요. 그런데 그러한 환경을 누가 만들고 있어요? 부모가 집이라는 아주 단순한 개념을 가지고 만들어내고 있는 거예요. "저 아이는 작은 평수에 사니까 저 집 아이와 놀지 마"라고 이야기하는 건 그 아이가 성장해서 살아갈 시대를 아주 위험한 사회로 만들고 있는 가장 바보 같은 부모들의 행위 중에 하나라는 거죠.

✘ 우리는 지금까지 좋은 집이라는 개념을 사회에서 정해주는 큰 아파트, 펜트하우스, 주상복합의 높은 층 같은 거라고 생각했어요. 이제 오늘 이야기한 영화와 책을 보고 여기에 개인적인 경험을 통해서 "좋은 집의 개념은 사람마다 다르고 내가 찾아야 하는 집은 나에게 맞는 집이다"라는 것을 깨달아야겠죠.

◤ 그렇죠. 집에 있어서는 선택의 문제만 있을 뿐이지, 어느 것이 정답이라는 문제는 없을 것이다. 그리고 삶의 형태가 변한다면 집의 형태도 변해야 될 것이죠. 또 한 가지는 어떻게 보면 잠을 자는 공간에 불과할 수도 있는 곳을 얻기 위해서 인생을 낭비하고 있는 것은 아닌지 한 번쯤 생각해봐야 될 것이다.

19금에 대하여

┑   최초의 19금이 언제 생겼는지 아세요?

ㅈ   한국은 언제 생겼는지 잘 모르겠는데 성인만 볼 수 있는 영
상물이나 책에 대한 개념은 20세기 초 미국에서 생겼다고 기록되
어 있습니다. 부모들이 정부를 압박한 거죠. 우리 아이들이 음란한
영화를 보고 세상에 대해 너무 많은 걸 깨우쳐서 애들을 통제하기
가 힘들다고. 그래서 국가에서 규제하려고 하자 미국 영화협회에
서 직접 규제하겠다면서 나이에 따라 G, PG, PG-13, R, NC-17이
라는 등급을 만들면서 법적으로 확립됐다고 알고 있습니다.

┑   우리나라에서 19금의 출발이 언제인지 정확하진 않지만
개인적으로 일제강점기나 해방 이후에 근대교육이 시작되면서가
아닌가 하거든요. 왜 19세인가를 생각해보면 초등학교, 중학교, 고

등학교 교육을 마치는 나이인 것 같아요. 근대교육이 시작되면서 성인이 될 수 있는 나이를 사회적 교육을 끝낸 상태를 기준으로 잡은 거죠.

✻　　그런 이야기를 입증해주는 책이 있죠. 미셸 푸코의 『성의 역사』. 19금의 역사를 논하면서 이 책을 빼놓을 수는 없죠. 책에 19세기 어느 시골 이야기가 나와요. 그 마을에 40대 바보가 있는데 그가 어린아이와 관계를 가집니다. 그런데 당시 그 동네에서는 그것이 그렇게 큰 문제가 되지 않았어요. 흔히 일어날 수 있는 일로 여겼는데 갑자기 경찰이 찾아와서 바보를 잡아가요. 그리고 아동과 성행위를 했다는 이유로 그 사람을 정신병원에 넣는 단계까지 가는 에피소드로 책이 시작하죠. 그리고 근대사회가 되면서 어느 연령 이하의 아이들을 성적 대상으로 보면 안 되는가에 관한 담론이 이어집니다. 그런데 제가 이 책을 읽고 느낀 것은 결국 경제적인 문제라는 거였어요. 옛날에 농촌에서 공동체로 살 때는 아저씨나 할아버지가 동네에 돌아다니는 아이를 공동으로 키웠던 거죠. 훨씬 더 자유분방하고 선진적인 사고를 가지고 있었어요. 그런데 근대 부르주아 사회가 도래하면서 아버지라는 한 사람이 경제적 존재가 되죠. 아버지가 아이에 대한 경제적인 책임을 지게 되면 우선 경제활동을 할 수 있는 나이의 기준이 생기고, 여성 같은 경우에는 아버지가 누구인지 정확하게 알아야 돼요. 그런 경제 체제가 확립된 다음에 사회생활을 할 수 있는 나이가 될 때까지

는 성생활을 하지 말라라는 제약이 걸리기 시작했고 그것이 오늘날 19금이라는 관념으로 이어졌다는 거죠.

ㄱ   저는 19금은 근대사회가 만들어낸 아주 뛰어난 발명품 중에 하나라고 생각해요.

ㅈ   저는 약간 모순적이고 위선적이라고 생각하는데 이걸 가지고 이야기해보면 되겠네요.

ㄱ   우리가 익히 알고 있는 남녀상열지사를 다룬 『로미오와 줄리엣』, 『춘향전』을 보면 사랑에 빠지는 젊은 남녀의 나이가 줄리엣은 열세 살 정도예요. 그리고 로미오가 열여섯, 열일곱 살 정도가 아니었겠느냐. 또 이몽룡과 성춘향이 서로의 나이를 이야기하는 장면을 보면 열여섯 살 정도로 알려져 있습니다. 남녀상열지사에 빠지는 나이가 지금 생각하기에도 어마어마하게 어렸어요.
   그런데 왜 이것이 더 개방적인 사회를 표방하는 근대에 와서 19세라는 높은 연령이 되었는지 생각해보면 근대적 사고방식은 한 인간을 교육을 통해서 완벽한 성인으로 길러내기 전까지의 사람들을 미숙한 사람들로 인정한 거예요. 그래서 미성년이라는 타이틀 속에 사회적 책임에 대한 일종의 면죄부를 부여한 거죠. 교육을 마치기 전까지는 성숙한 인간이 아니기 때문에 그들이 저지르는 실수에 어느 정도의 면죄부를 부여한 거예요. 여러 나라에 소년 범죄를 다루는 교도소가 따로 있습니다. 미국 같은 경우에는 몇몇 주에서 소년 시절에 저질렀던 범죄에 대해서는 성인이 된 뒤에 그 기록을 지워주는 제도도 있어요. 우리가 19금이라는 것을 하나의 금지된 형태로만 보고 있기 때문에 이것을 부정적으로 볼 수 있는데 어떤 점에서는 아이들을 보호하기 위한 제도 혹은 그들이 미성년 시절에 저질렀던 실수와 잘못된 부분을 좀 더 여유 있는 사회적 시선으로 받아주기 위한 제도로서도 존재해왔다는 거죠. 그래서 19금이라는 것은 사회적으로 아이들을 보호하기 위한 아주 멋진 발명품 중 하나라고 생각할 수도 있다는 거죠.

✦   저는 절대로 동의할 수 없습니다. 범죄는 어른이 돼서 조금 더 성숙해지면 덜 저지를 수도 있는 부분이에요. 하지만 연애라는 것은 자연스럽게 하고 싶어지는 나이가 있다는 거죠. 이성에 대한 욕망이 가장 뜨겁게 타오르는 나이가 있는데 제가 생각할 때는 열다섯 살에서 스물다섯 살 사이가 아닌가. 그리고 그것은 시한부적으로 그때만 할 수 있는 일이라고 생각해요. 그렇기 때문에 열다섯 살에서 열아홉 살까지 성적 자아가 급격하게 발전하는 나이에 그에 대한 담론을 금지하는 것은 굉장히 위험한 생각이라고 봅니다. 그 위험성에 대해서 한 소설을 보면 알 수가 있죠.

슈테판 츠바이크Stefan Zweig가 쓴 『어제의 세계』는 작가가 제2차 세계대전이 끝나는 시점에 자기가 태어난 19세기부터 세상이 어떻게 바뀌었는지를 기록한 책입니다. 여기서 가장 중요한 챕터 중에 하나가 우리가 흔히 빅토리아시대라고 하는 어린아이들에게 성이 가장 금기시되던 19세기에 작가가 고교생으로 자라면서 겪은 이야기예요. 츠바이크는 요즘 저렇게 개방적으로 연애를 하고, 살랑살랑한 스커트를 입고 테니스를 치는 여성의 모습을 보면서 나는 정말 저주받은 시대에 태어났다고 말해요. 그러면서 19세기가 옷을 갖춰 입고 격식을 따지는 시대이기 때문에 성적으로 깔끔한 척하고 있지만 실제로 그 욕망이 하수구처럼 지하로 흘러 들어가 끔찍한 일들이 많이 일어났다고도 해요. 예를 들어 부잣집 도련님들이 경제적 약자인 여성들과 관계를 가지다가 임신이 되면 배를 때려서 유산시켜버린다든지, 돈을 주고 멀리 보내버린다든지 하는 황폐를 말하죠. 그런데 20세기에 성이 자유로워지면서 오히려 그런 모습을 찾아보기 힘들어졌다면서 20세기에 가장 뛰어난 발전 중 하나가 청소년들의 성을 자유로운 의지로써 인지하기 시작한 것이라고 책에서 이야기해요. 저는 100% 동의합니다.

┓   슈테판 츠바이크가 20세기를 잘못 이해한 것 같은데. 한 개인의 욕망에 국한되어 있었기 때문에 너무 낭만적으로 시대를 쳐다보는 게 아닌가 하는 생각이 들거든요. 왜냐하면 사회적인 변화라든지 영향력에 대해서는 언급하지 않은 채 구속된 시대에 살았던 사람이 지금의 개방적인 시대를 보면 부러움 같은 느낌은 다 있죠. 저 역시 21세기의 청소년들을 보면 개인적으로 부러운 부분들이 있어요. 저렇게 자유롭게 10대 시절을 보낼 수 있다는 것이

얼마나 행복한 것인가. 그런데 그것은 극히 개인적인 욕망에서 드러나는 낭만적인 상상일 뿐이고 제가 이야기하고자 하는 것은 이런 겁니다.

19금을 가져야 된다는 것은 아이들이 열아홉 살이 될 때까지 하지 말아야 할 것들에 관한 금기로써 유효한 것보다는 열아홉 살 미만의 아이들을 성적인 상품화 혹은 성적인 소비자로서 사용하면 안 된다는 것을 어른들에게 각성시키기 위한 기준으로써 필요하다는 거예요. 영화가 19세기 말에 발명됐는데 최초의 영화가 만들어진 지 몇 년 지나지 않아서 최초의 포르노 영화라고 하는 것이 등장했어요. 인간이 상업적이거나 산업적 발명품을 만들어낸 뒤에 항상 따라붙는 것이 바로 섹스에 대한 부분이라는 거죠. 아시다시피 인터넷망이 개발되고 가장 많이 찾는 게 뭐예요? 에로 사이트예요.

★　　저는 19금이라는 것이 굉장히 임의적인 기준이라고 생각해요. 그래서 반대하거든요. 일단 나라마다 기준이 다르죠. 우리나라는 19금이에요. 프랑스는 16금입니다. 미국은 17금이에요. 게다가 어린아이가 무엇을 보지 말아야 하는가에 대한 기준이 다 달라요. 예를 들어서 우리나라에서 외설 논란으로 굉장히 시끄러웠던 영화 중 하나인 「그레이의 50가지 그림자」가 프랑스에서는 청소년 관람가입니다. 오히려 성에 관한 물리적 행위 위주로 쓰인 책이 논란이 많이 됐고 영화는 로맨틱한 스토리로 만들어져서 생각

보다 건전한 메시지가 있다면서 12세 이상 관람가 판정을 받았어요. 그런데 「가장 따뜻한 색, 블루」라는 영화는 19금이에요. 이 영화는 감독이 동성애에 대한 남성적 판타지를 없애려고 두 여성이 관계하는 장면을 어떻게 보면 지루하게 찍었거든요. 결국 어떤 기준인지 판단하기 애매모호한 위선적인 체계를 왜 우리가 유지해야 하는지 모르겠어요.

┓　「그레이의 50가지 그림자」는 개연성 있는 스토리가 펼쳐지기 때문에 청소년들이 봐도 된다. 「가장 따뜻한 색, 블루」도 그렇게 주장하고 있는 건데 그것이 악용될 소지가 있다는 거죠. 외설 시비를 피하려고 많은 포르노 업자들이 최소한의 줄거리를 영화에 부여하기 시작했어요. 그런데 19금이라는 기준 자체를 개연성이 있느냐 없느냐에 대한 형태로만 제약을 두게 된다면 충분한 악용의 소지가 있다는 거죠.

「목구멍 깊숙이」라는 기록적인 히트를 한 영화가 있어요. 닉슨 대통령의 워터게이트 사건의 내부고발자 암호명을 제목으로 가져다 쓴 영환데 내용은 굉장히 황당해요. 평생 만족감을 느끼지 못한 여성의 성감대가 목 안쪽 깊숙이 있고 그걸 자극하는 형태로 쾌감을 얻는 내용인데 극히 남성적인 판타지에요. 그런데 스토리가 있다는 이유로 법정의 외설 시비에서 벗어나요. 나중에 영화에 출연한 린다 러브레이스Linda Lovelace라는 여배우는 자신이 철저히 이용당했고, 남성 중심의 포르노 세계에서 하고 싶지 않은 짓을 너무 많이 했다고 고백했어요. 그리고 이후에 안티 포르노 운동가로 변신합니다.

✦　　그런 문제들이 있다는 건 저도 인정해요. 그런데 19금이라는 것이 오히려 그런 자각을 어린 나이에 형성하지 못하도록 막는 장애물이 될 수 있다는 것이죠. 우리는 19금이라는 명분 하에 아이들에게 정보를 차단해요. 이것이 두 가지 악영향을 가지고 옵니다. 기 드보르Guy Debord의 『스펙타클의 사회』라는 책에 "신화의 처음과 끝, 알파와 오메가는 단절이다"라는 말이 있어요. 우리가 무언가에 단절되어 마음껏 보고 듣지 못할 때 그것에 대해서 과장된 환상을 한다는 거죠. 그러면서 그것을 신격화시켜버린다는 거예요. 우리나라는 19금에 굉장히 엄격하고 아이들에 대한 통제가 많은 나라기 때문에 기이한 현상들이 나타나죠. 예를 들어서 여배우들이 아름다운 드레스를 입고 단상에 올라가면 기자들이 '파격 노출' 이렇게 써요. 예술적인 드레스를 보고 성적 자극으로 포장하는 나라는 그렇게 많지 않거든요. 우리 사회가 지금껏 보지 못하게 했기 때문에 조금 보이는 것만 가지고도 성적으로 연결해버리는 거죠. 그런 면에서 저는 19금이 위험한 발상이라고 생각해요.

그리고 어떤 것이 위험한지 아이들에게 보여주지 않음으로써 올바른 성 영역을 많은 부분 차단하고 있다고 생각합니다. 우리가 미국을 자유분방하다고 생각하지만 미국도 유럽 사람들이 볼 때는 거의 이란 수준이라고 여겨요. 한국에서도 잘 알려진 프랑스 영화 중에 소피 마르소Sophie Marceau가 주연한 「라붐」이 있죠. 영화를 보면 엄마와 딸이 같이 발레를 하다가 딸이 여자로 보이는 것을 자각한 엄마가 산부인과에 데려가요. 가서 의사에게 성교육을 받게 하고 피임약을 맞춰 와요. 프랑스에서 딸을 기르는 엄마들의 보편적인 방식이에요. 이건 19세 이하의 딸을 여성으로서, 성적 주체로 인정하지 않으면 그 나이의 아이에게 성교육을 시킬 수 없다는 뜻도 된다는 거예요. 19금의 위험한 점은 정보의 차단 때문에 올바른 생각에 대한 담론을 만들 수 없다는 거죠.

┑   19금이 존재하는 여러 이유가 있겠지만 그중에 하나가 성인이나 상업 자본에 의해서 아이들의 성 자체가 상품화되거나 그들이 소비자가 되지 않도록 막아주는 최소한의 제약이라는 거예요. 19금이라고 주장하지만 사실 극장 정도가 지금 지켜지고 있는 최소한의 틀 같은 거예요. 사실 우리는 인터넷을 통해서 무수히 많은 영상들을 접할 수 있고 다양한 방식으로 사회적 개방성이 존재한단 말이에요.

✖   그런데 사회적 개방성이 실질적으로 존재하지만 어른들의 승인 하에 존재하지는 않는다는 거예요. 19금이 표상하는 것은 어른들의 입장에서 너네들끼리 몰래 하는 건 나는 모르는 일이지만 공식적으로는 너희들의 성은 존재하지 않는다는 것을 깔아놓

은 거죠. 부모님이 산부인과에 데려가서 올바른 피임법을 교육시켜 줄 테니 연애를 하라는 이야기가 나오기 힘든 분위기를 조성한다는 것은 인정해야 하지 않을까요?

◥　　그 분위기라는 것에 대해서 이야기하면 19금 자체가 지금까지 운영된 방식에 대해서는 저도 반대예요. 그렇다고 해서 19금을 없애는 것 역시 반대라는 거예요. 19금이라는 단어와 제도 자체를 잘못 운영했다는 것에 대해서는 인정해요. 그런데 19금이 여전히 존재해야 한다고 주장하는 건 19금을 없앴을 때 도래할 여러 문제 중 방종이 이루어졌을 때 거기에 대한 책임을 누가 질 거냐는 거예요.

◤　　100% 책임을 물리자는 얘기는 아니지만 반문을 할게요. 저는 정보 차단의 면에서 대부분 반대해요. 미국에서는 스물한 살까지 술을 못 마시기 때문에 집에서 제대로 주도를 배운 사람이 거의 없습니다. 프랑스는 열셋, 열네 살부터 부모님과 같이 집에서 술을 마셔요. 미국에서는 못 마셔요. 그러니까 애들이 어떻게 하는지 아세요? 선배한테 몰래 도매상에서 통으로 맥주를 사달라고 해서 거기에 호스를 끼고 먹습니다. 그리고 다 뻗어 있어요. 그런 폐해를 보면서 보호한답시고 정보를 차단해 아이들이 저항력을 키우지 못하는 게 더 위험하다고 생각했어요. 차라리 어릴 때부터 부모가 세상이 얼마나 위험한지, 그런 상황에서 어떻게 대처

하고 거절해야 하는지 이야기해주는 게 중요하지 차단시키고 못하게 하는 건 굉장히 위험합니다.

┓ 보지 말라는 게 아니죠. 계속해서 같은 자리를 맴돌고 있는 것 같은데 정옥분의 『발달심리학』이라는 책이 있습니다. 아이들이 나이에 맞게 발전해나가고 교육이 필요하다는 것을 주장하는 책 중의 하나인데 가장 중요한 건 이거예요. 19금을 없앰으로써 모든 콘텐츠를 미성년자와 성인이 같이 공유하고 아이들에게 교육시킬 수 있다고 생각하는 것 자체가 너무 낭만적이라는 거예요. 19금이라는 것이 존재하기 때문에 모든 정보로부터 아이들을 고립시켜야 한다는 게 아니고 19금이라는 것을 잘못 운영하고 있다는 것이죠.

ㅊ 잘못 운영하는 것이 아니라 이것이 법으로 제정되어 있기 때문에 운영이 그렇게밖에 될 수 없는 거죠. 이것이 가정이라든지 공동체라든지 상황에 맞게 그때그때 대처하는 것이 아니라 국가법으로 제정되어 있기 때문에 천편일률적으로 운영될 수밖에 없죠.

┓ 그러면 이렇게 얘기해볼까요? 유럽이나 미국에서는 아이들에게 술 먹이는 나이를 완전히 다 풀어주나요? 어릴 때부터 마음대로 술 먹을 수 있나요? 그렇지 않아요. 오히려 미국은 술을 사고 담배를 사는 데 있어서 우리나라보다 훨씬 엄격한 기준을 가지

고 있어요. 그렇다고 해서 그 나이가 넘어갔을 때 술에 의한 폐해가 훨씬 더 많이 나타나느냐 저는 그렇게 생각하지 않아요. 오히려 미국 같은 경우는 알코올에 의한 범죄가 일어났을 때 처벌 수위를 올리죠. 굉장히 엄격하게 다루고 음주운전이라든지 음주에 의한 여러 가지 사건에 오히려 일반적인 징역형 혹은 재판의 어떤 구형보다 훨씬 더 높은 형을 부여하는 경우가 많아요. 한국에서 술은 엄연히 19세까지 금지되어 있습니다만 더 어린 나이에 술을 접하는 경우가 많아요. 개방적이라기보다는 제도가 있음에도 그 제도가 지켜지지 않기 때문인데 그러면서 아이들이 20세가 넘어간 뒤에 술에 의한 폐해가 외국보다 오히려 적어졌나요? 그렇지 않아요. 매년 벌어지는 문제가 대학에 가서 M.T나 신입생 환영회에서 다시 발생하고 있단 말이에요. 단순히 어릴 때부터 금지 문화를 풀어주고 접할 기회를 준다고 해서 자연스럽게 문제가 해결될 거라는 생각 자체가 순진한 발상이라는 거예요.

그보다는 저항력을 갖지 못한 나이에 필요한 단계의 교육이 있어야 되는데 지금까지 19금이 잘못 운영된 거죠. 19금이라는 상징적인 테두리 하나만 만들어 놓고 방임했어요. 그 안에서 아이들의 교육을 나 몰라라 하고 손을 놔버렸다고요. 그럼에도 19금이라는 것이 존재해야 하는 이유는 어른의 상업 자본이 아이들을 성적인 대상으로 사용하지 못하도록 어른을 규제하는 형태로써 존재해야만 한다는 겁니다. 이것과 별개로 아이들의 성교육 문제가 진행돼야 한다는 거예요.

▼ 저는 별개의 문제가 아니라고 보는 거예요. 법은 사회적 통념을 어느 정도 만들 수 있어요. 19세 이하는 성적인 정보를 접하면 안 된다는 법이 있어요. 분명히 존재해요. 그렇기 때문에 그것이 사회적 풍토로 연결돼요. 우리나라처럼 부모와 아이들 사이에 성적인 얘기를 안 하는 나라도 드물죠. 프랑스의 유명한 성교육자가 쓴 책을 보면 성교육의 깊이가 상당히 신기해요. 성교육이라고 하면 피임 같은 실용적인 이야기가 나올 것 같은데 첫 페이지에 "말과 매너로 여성을 감동시키는 시대는 지났나요?"라는 질문이 나와요. 그러면서 1970년대, 80년대 성혁명이라는 이론부터 여성과 남성의 성적 관념이 어떻게 변했는지 설명해줘요. 이런 충분한 설명 다음에 여성의 성에 관한 내용이 나오는데 여기서도 생식기 능보다 정신과 마음에 대해 먼저 이야기해요. 철학적 발전과 여성이 사회적 약자로 살아왔던 경제적, 정치적 문제가 어떻게 오늘날 여성의 자아라는 것을 규정짓고 있는지. 그 규정에 맞지 않는 남성을 거부할 수밖에 없는지에 대한 여러 교육을 한다는 거예요.

◣ 아까 「그레이의 50가지 그림자」에 대한 이야기를 했는데 어른들이 봤을 때는 개연성 있는 연애 스토리 속에서 베드신이 나오기 때문에 장면이 하나로 통합돼서 느껴져요. '저것은 거대한 남성과 여성의 사랑이구나' 하는데 열다섯, 열네 살짜리 아이들이 봤다고 생각해봐요. 어른들의 세계를 이해할 수 있나요? 제가 어린 시절에 『채털리 부인의 사랑』이라는 책을 읽었을 때 이 책은 그냥

포르노예요. 낮은 신분의 산장지기와 높은 신분의 귀족 여인의 사랑이 당시 신분사회에 대한 고발이자 초월적인 메시지를 전달한다는 건 어른이 된 뒤에 읽었을 때 이해되는 주제였어요. 열네 살에 본 그 책은 야한 장면이 나오는 책에 불과했단 말이에요. 「그레이의 50가지 그림자」도 개연성이 있는 스토리 속에서 그런 장면이 등장한다는 건 어른의 기준이죠. 이걸 아이들에게 다 보여줘도 된다고 생각했을 때 아이들이 과연 그런 방식으로 받아들일까요? 제가 봤을 때는 그렇지 않아요. 「나인 하프 위크」라는 몇십 년 전에 등장했던 영상미 가득한 에로 영화이자 걸작으로 평가받는 영화를 고등학교 때 봤어요. 저는 그 당시에 성숙했다고 생각했음에도 불구하고 그 영화가 제시하고 있는 남녀의 양성평등 속에서의 사랑이라는 개념 자체를 이해하지 못했어요.

✝ 　그걸 이해하지 못한 것은 김태훈 선배님이 실제로 19금이라는 엄격함 때문에 어렸을 때부터 성에 대한 담론이 만들어져 있지 않은 사회에서 자란 것이 가장 큰 이유라고 생각해요. 19금이라는 것이 존재하지 않던 비 근대사회 모습을 봤을 때 어린아이들이 굉장히 성숙한 글을 많이 썼습니다. 17세기, 18세기에 살던 열넷, 열다섯 살 아이들이 쓴 글을 보면 믿어지지 않을 정도로 인생에 관한 모든 것을 알고 있어요. 그 이유가 당시는 장례문화가 발전하지 않았기 때문에 죽음과의 접촉에서 아이들을 보호할 수 없었고, 그다음에 농장에서 동물들을 교배시키는 장면을 보기 때문

에 성적인 사실에서 아이들을 분리할 수 없었단 말이에요. 어렸을 때부터 직접 현실을 목격하고 자란 아이들은 자아가 빨리 성숙해요. 우리는 그게 가려져 있는 상태에서 부모님 몰래 봤어요. 못 보던 것만 기억나겠죠. 그렇기 때문에 오히려 『채털리 부인의 사랑』을 보면서 야한 장면만 기억이 나는 것이 저는 19금의 위험함을 역설하고 있다고 생각합니다.

┓　어떤 기준 없이 무조건적인 개방을 통해서 논의되고 그것을 개인의 가정사라든지 학교의 학풍에 의해서 개별적으로 맡길 수 있다고 생각하지 않는 거죠. 사회에서 약속한 기준이라는 것은 최소한의 보호의 틀이에요. 물론 우리 사회가 성숙하고 철학적인 기반이 개방적이어서 충분히 아이들을 보호할 수 있다면 이 제도라는 것은 의미가 없을 거예요. 그런데 불행히도 그렇게 받아들여지지 않는다는 거죠. 사실 19금이란 제도 자체가 가지고 있는 여러 가지 패악들이 있어요. 그럼에도 아직까지는 존재해야 된다는 건 산업자본에 의해서 모든 것들을 소비자화 시키려고 하는 21세기 대한민국 문화 때문이에요.

乑　제가 그 말이 나오기를 기다리고 있었습니다. 프랑스의 신부이자 작가인 베르나르댕 드 생피에르Bernardin de Saint-Pierre가 쓴 『폴과 비르지니』라는 책에 대해서 이야기를 좀 할게요. 어린아이들의 순수한 사랑이 부모의 반대에 의해서 깨지는 아주 간단한 애

기예요. 이 아이들은 프랑스의 식민지인 어느 조그마한 열대 섬에서 아담과 이브처럼 자라면서 사랑을 하게 됩니다. 그런데 어느 날 파리에 있는 비르지니의 부자 친척이 좋은 집안에 시집을 보내자며 그녀를 억지로 끌고 가요. 결혼을 위한 숙녀교육이 당시 여성들에겐 굉장히 억압적이었어요. 결국 비르지니는 견디지 못하고 그 집에서 탈출해서 사랑하는 폴한테 돌아가는데 갑자기 폭풍을 만나서 배가 가라앉으면서 두 사람이 불행에 빠지게 됩니다. 제가 이야기하고 싶은 건 열넷, 열다섯 살짜리 아이들이 서로를 성 상품화시키고 있나요? 아니면 이런 아이들을 숙녀로 교육시켜서 시집 보내려는 사람이 상품화를 시키고 있는 건가요? 그리고 우리나라가 19금 제도를 만들면서 성 상품화가 없어졌나요? 아니에요. 우리는 부모 주도 아래 결혼이라는 공식적인 성 상품화만 남겨두고 나머지 상품화가 안 좋다는 얘기만 하고 있어요. 성 상품화를 없애지는 않았어요.

▚   순수의 개념 자체를 다시 생각해볼 필요가 있습니다. 아이들은 순수하다. 우리가 의심할 수 없는 명제처럼 우리들의 머릿속에 남아있는 거예요. 한번 생각해보죠. 어릴 때 하는 장난 중에 아주 잔인한 게 있어요. 벌레를 잡아다가 핀으로 꽂아놓고 라이터로 막 지지는 거예요. 그런 행위를 할 때 잔인하다는 생각을 못해요. 재미있었고 호기심은 많았지만 그 벌레가 얼마나 아플까, 그 곤충이 얼마나 아플까를 생각하지 않아요. 그게 순수한 거예

요. 이게 옳은지 그른지 모르는 상태. 성교육까지 올라가게 된다면 아담과 이브 시절에 선악과라는 것을 먹고 인간이 타락하게 됐을 때 어떤 일들이 벌어져요? 선과 악을 구분하게 된 거예요. 그래서 순수의 상태에서 벗어난 겁니다.

🜚　　그래서 괴로워졌잖아.

🜚　　괴로워진 거죠. 아이들의 상태가 순수하다는 것은 그들이 맑고 깨끗하다는 게 아니에요. 우리가 생각하는 어른처럼 타락하지 않고 아주 선한 상태로 있다?

🜚　　성과 물질의 분리라는 것은 애들이 돈에 대한 관념이 없을 때 더 교육하기가 쉽다는 얘기를 하려고 하는 거지.

🜚　　그렇지 않다니까요. 돈에 대한 관념이 없을 때는 오히려 그것에 대한 욕망 자체도 없으니까 교육하기가 쉽지 않죠. 욕망이 있을 때 교육할 수 있는 거예요. 하나만 예를 든다면 어린 시절에 선과 악에 대한 개념이 충분치 않을 때, 제가 19금을 완전히 폐기해서는 안 된다고 하는 건 폐기했을 때 들이닥치게 될 콘텐츠의 대부분이 상업용 음란물들이기 때문이에요. 상업용 음란물은 돈을 벌기 위해서 소비자에게 판타지를 제공한다는 말이에요. 이 소비자들은 대부분 누구에요? 남성들이에요. 남성들이 어떤 판타지

를 가지고 있어요? 자기 말에 복종하는 여자, 자기가 원하는 것을 아주 즐거운 마음으로 해주는 여자라는 것들이 거의 대부분의 성적 판타지 속에 담겨 있습니다. 제약을 없앨 때 자유로운 토론이 이루어지고 그 토론을 통해서 아이들이 좀 더 성숙할 것이라는 것은 교과서에 나와 있는 아주 올바른 명제예요. 그러나 21세기의 대한민국은 대부분의 성인물들이 상업자본에 의해서 남성적 판타지로 구성이 되어 있어요. 여기서 선과 악을 구분할 수 없는 미숙한 아이들에게 남성 중심 판타지를 보여줬을 때 어떤 판단을 하겠냐는 거예요.

♆ 제 말은 그렇게 성에 대한 제약이 전혀 없던 사회와 지금 사회를 비교할 때 그 여성이 상품화되는 것이 덜하냐는 거예요.

◖ 거기에 대해서는 이렇게 얘기해볼 수 있겠죠. 과거의 노출은 말하자면 생활적인 측면이에요. 아버지와 엄마와 같은 방에 살았던 아이들은 어릴 때부터 자연스럽게 그 환경 속에 노출이 되어 있었죠. 부모님의 성생활까지도 볼 수 있었던 시대에 비해서 지금이 더 문란해진 이유는 완전히 다른 개념이에요. 당시에는 포르노물처럼 성적 판타지를 담고 있는 문화가 그렇게 자극적이지 않았어요. 쉽게 얘기해서 생활 속에서 성이 자연스럽게 교육된 것이죠. 근데 지금의 성상품화는 비현실적 성이란 말이에요. 수많은 인터넷 사이트와 다양한 경로를 통해서 어른들이 성적인 것에 대

해서 어떤 금기를 느끼는 시대는 이미 끝났어요. 에로 사이트나 포르노 사이트에 카테고리만 봐도 어마어마하단 말이에요. 그건 성인들의 이야기예요.

아이들에게 그것을 다 허락하고 그로 인해 어떤 행동을 했을 때 그에 대한 책임을 누가 질 것이냐 말이죠. 어떤 금기를 풀어준다는 건 이후에 올 행동에 대한 책임을 지라는 거예요. 성인들이 그 모든 것으로부터 자유로울 수 있는 것은 금기시되어 있는 행동을 했을 때 벌어질 책임은 스스로 지라는 강력한 경고거든요. 그런데 선과 악의 개념이 아직 정립되지 않은 아이가 자극적인 포르노물을 보고 한 행동에 대해 성인과 같은 법적 책임을 지울 수 있겠느냐는 거예요. 그게 이해되지 않는다면 19금이라는 것도 마땅히 존재해야 된다는 거죠.

윌리엄 골딩William Golding의 『파리대왕』이란 책을 보면 핵전쟁 후에 비행기로 후송되던 영국 소년들이 태평양 아래 무인도에 떨어집니다. 어른들이 없는 상황 속에서 자기들끼리 반목하고 협력하고 갈등하면서 벌어지는 여러 가지 일들을 다루고 있죠. 책에서 가장 인상적인 구절이 하나 있어요. "규칙을 지키고 합심을 하는 것과 사냥이나 하고 살생하는 것, 어느 편이 더 좋겠어?"라는 주인공의 대사가 나오죠. 규칙이라는 것은 고루하고 답답하고 힘든 거예요. 그런데 그 규칙이 보호하고 있는 것이 명확히 있다는 거죠. 한 개인의 측면에서 봤을 때는 다 귀찮아요. 규칙이 없는 사회, 자유를 꿈꾸는 것이 인간의 가장 낭만적인 욕망과 맞습니다.

그러나 책임질 수 없고 책임으로부터 유예된 아이들에게는 단계별로 학습과 교육이 있어야 된다는 거예요.

저는 19금에 대해서 이렇게 얘기하고 싶어요. 우리나라에도 전체 관람가, 12세 관람가, 15세 관람가, 청소년 관람 불가라는 기준이 있단 말이에요. 그 기준이 있는 건 그 기준의 발달 과정에서 배워야 할 것들이 있고 그 나이만큼의 책임만 지도록 만들어주는 거죠. 저는 이것이 사회가 해줘야 할 일이라고 생각해요. 무조건 단속을 없애고 아이들이 자생력을 통해서 사회를 만들어간다면 정부, 규칙, 제도가 왜 있겠어요.

★ 우리나라 영화 등급제도를 말씀하셨는데 저는 우리나라가 19금을 폐지하고 PG라는 제도를 시급하게 도입해야 한다고 생각해요. Parental Guidance required. 부모의 지도 하에서만 볼 수 있다. 그러니까 모든 걸 그냥 풀어주자는 건 아니에요. 다만 가족 안에서 건강한 담론이 일어날 수 있도록 부모와 함께 그런 것을 접하는 것을 터부시해서는 안 된다는 얘기죠. 저는 우리가 아이들을 너무 보호한다고 믿는 사람이에요. 그리고 어른과 아이들을 일찍부터 사회적으로 책임감 있는 사람으로 키워야 된다고 생각해요. 그래서 저는 칸트의 정언 명령을 인용하면서 끝내겠습니다.

"네가 행동할 때 너의 행동을 규정하는 것이 모든 사람한테 보편적으로 적용되는 법이 되더라도 그것이 가치가 있도록 행동하라."

결국 올바른 성교육이라는 것은 우리가 어른이 된 다음에도 건강한 성문화가 몸에 배고 성립되는 것이에요. 19세 이전은 안 되고 이후에는 마음대로 해도 된다는 건 절대 아니라고 생각합니다.

■   저는 아이들에게는 문제가 없다, 문제는 어른들에게 있다고 생각하는 사람이에요. 그렇다 하더라도 아이들을 보호할 최소한의 틀은 있어야 된다는 거죠. 보호라는 것은 아이들을 상자 안에다가 가두겠다는 게 아니라 어른들의 행동에서 아이들을 사용하는 행위는 있어서는 안 된다는 거꾸로 된 상자라는 거죠. 그래서 19금이라는 게 필요하고 아이들에 대해서 계속 순수한 영혼이라고 하시는데 그에 대해서는 문학작품의 한 문장을 빌려와서 반론을 제기해볼게요. 밀란 쿤데라Milan Kundera가 쓴 『농담』이라는 책이 있습니다. 밀란 쿤테라가 주인공의 입을 빌려 이야기하는 내용이 참 인상적이었어요.

"청춘이, 젊음이 아름답다고 이야기하지만 사실 냉정히 이야기했을 때 그들이 가진 것이 무엇이 있냐. 아무것도 없고 단지 유치하기만 할 뿐이다."

슈퍼 히어로!

┓ 　2000년대 이후에 많은 슈퍼 히어로 영화들이 쏟아지고 있죠. 왜 이렇게 우리는 슈퍼 히어로물에 열광하는가?

乑 　인류는 계속 히어로물에 열광해왔다고 생각합니다. 우리가 문학 역사에서 영웅을 다루는 3단계가 있다고 봐요. 가장 원시적인 단계가 신화적 단계. 헤라 클래스처럼 엄청난 역경을 겪거나 신의 미움을 받아서 계속 괴물을 물리치면서 신의 반열에 오른 고대 그리스 로마 신화의 영웅이죠. 다음에 이런 구전이 글로 옮겨지면서 본격적으로 히어로물이라는 문학 장르가 만들어지기 시작하죠. 그리고 서사적 히어로라는 문학적 단계가 있어요.

┓ 　서사적 히어로?

ᄎ　긴 서사시에 나오는 영웅이에요. 『일리아드』나 『오디세이아』에 나오는 아킬레스 같은 영웅을 말하는 거죠.

ᄀ　고대의 영웅담에 등장하는 인간들도 결국에는 그리스 로마 신화잖아요. 신이 되고자 했던 인간의 욕망을 반영하고 있는 것 아닌가요?

ᄎ　그렇죠. 그런데 서사적 영웅과는 조금 달라요. 서사라는 것은 반은 신화지만 반은 역사예요. 신화적 영웅 같은 경우에는 존재하지 않았던 인간일 가능성이 높죠. 그런데 서사적 영웅은 특정 역사 속 인물을 우리가 꾸며서 영웅으로 만든 거죠. 이것은 고대 그리스뿐만 아니라 여러 형태에서 나타나는데, 예를 들어서 배를 타고 가서 용을 잡은 바이킹의 전설 같은 것. 이런 게 영화로 많이 만들어지는데 실제 역사 속 영웅과 신화적 영웅의 중간 단계에요.

ᄀ　그 중간 단계에 등장하는 영웅들이 가장 많은 책이라고 한다면 역시 『성경』이 아닐까 싶습니다. 서사적 영웅과 신화적 영웅 사이의 중간 형태. 『성경』 66권에 신구약이 있는데 그중에서도 『사사기』라는 게 있죠. 주로 영웅을 다루는데 기드온처럼 300의 용사를 데리고 수천의 적을 격퇴하는 인물이 등장한다든지. 이런 영웅 캐릭터들을 보면 신의 계시를 받았지만 서사적 이야기 속에

서 이스라엘 민족이 가지고 있는 역사적 토대 위에서 영웅성을 구축하고 있어요. 그런 측면에서 조승연 씨가 이야기한 서사적 이야기와 신화적 영웅 사이의 중간의 형태라고 하는 것이 신이 되고자 했던 인간의 초월적인 욕망을 대변한다고 하면 서사적인 영웅은 무엇을 의미할까요?

✖   재미있는 게 신화적 영웅과 서사적 영웅 모두 폭력적인 사람들이에요. 전쟁에 나가서 많은 사람들을 죽인 사람이 영웅전에 기록돼요. 서사적 영웅전이 쓰일 때는 세상이 굉장히 어지러웠다는 거죠. 여러 도시 국가가 발전하기 시작하면서 끊임없이 전쟁이 벌어졌기 때문에 전쟁을 승리로 이끌 결정적인 사람에 대한 욕망이 이 영웅을 만들었다고 생각합니다.

◥   신을 향한 욕망이 아니라 현실에서의 초월적 상황을 만들어줄 수 있는 대표적인 게 중국의 『삼국지』죠. 춘추전국시대에 군웅들이 할거하던 시대잖아요. 어지러웠던 세상에 구원 혹은 희망으로서 이야기했던 게 영웅들이라는 거죠. 재미있는 게 삼국을 통일한 국가는 조조의 위나라였단 말이죠. 그런데 촉한정통론이라고 하는 중국의 기본적인 역사관 때문에 『삼국지』에서 실질적인 영웅은 유비로 그려져요. 사람들은 국가를 통일시키거나 난세의 전쟁을 종결시키는 것 외에도 나를 보듬어줄 수 있는 영웅을 원했어요. 그래서 『삼국지』는 백성들에게 가장 가까이 가고자 했

던 유비라는 인물을 가장 영웅답게 다루는 게 아닌가 하는 생각도 듭니다.

🔨　저는 다른 이야기를 하고 싶은데요. 중국의 많은 영웅들을 보면 대부분 춘추전국시대나 삼국시대의 영웅이에요. 진나라, 한나라, 당나라처럼 화평하던 시절에는 영웅이 없다는 거예요. 우리가 보편적으로 영웅이라고 부르는 강력한 카리스마를 지닌 인물들은 나라가 어지러울 때 등장한다는 거예요. 이들이야말로 흔히 난세가 영웅을 낳는다는 얘기를 할 때 우리가 원한 서사적 영웅으로 볼 수 있을 것 같습니다.

🔨　『삼국지』의 대표적 영웅들이 등장하는 이야기에 감추어진 부분이 있죠. 당시 군인이라고 한다는 건 특정한 이데올로기를 가지고 있던 집단이 아니에요. 다른 지역을 점령해나갈 때마다 백성들이 세금을 대신하기 위해서 징집의 형태나 강제로 끌려온 사람들이 군인들이었다는 거죠. 시대의 혼란과 영웅담 속에서 수많은 백성들이 영웅에게 몰살당했다는 것.

🔨　그것이 아마도 동양적 영웅전에서 조조 같은 인물을 진짜 영웅으로 띄울 수 없는 이유 중 하나가 아니었나 싶어요. 서양에서 전쟁이라는 것은 프로들 사이의 전투였어요. 전문 군인계급이 따로 있었고, 우리가 기사라고 부르거나 전사라고 부르는 계급

이 따로 있었어요. 평민은 건드리지 않았어요. 그들이 일궈낸 농산물을 차지하기 위해서 싸우는 것이기 때문에 평민을 건드리거나 죽이면 그 마을을 차지해봤자 이득될 게 없었겠죠. 전사들끼리의 싸움이었기 때문에 승자를 영웅화시키는 게 쉬웠던 거죠. 하지만 아시아는 징집구조라는 게 있기 때문에 더 많은 전승을 거두고 영토를 차지한 조조보다 황실의 정통성을 가지고 있는 유비를 더 띄웠고, 그럴 수밖에 없었던 이유 중의 하나가 전쟁의 참혹함이 백성들을 건드렸기 때문은 아닌가 생각합니다.

┓　　고대부터 여러 가지 이유로 영웅들이 존재했는데 개인주의적 성향을 드러내기 위해서 혹은 인간의 욕망에 대한 부분들이 투영된 부분이 있겠죠. 다만 어떤 면에서 전쟁의 기술 자체가 아마추어적인 시대였기 때문에 그런 영웅들이 등장했다고 볼 수도 있지 않나요?

大　　그렇죠. 실제 서사적 영웅이라는 게 청동기와 함께 등장한다는 말이 있어요.

┓　　청동기와 함께?

大　　다른 사람들은 돌로 된 칼을 쓰고 있는데 어떤 사람이 갑자기 청동검을 가지고 와요. 칼은 그냥 휘두르는 사람과 제대로 베

는 법을 아는 사람 사이에 엄청난 차이가 있죠. 실제로 청동검을 차고 다니는 사람이 석기 무기를 가진 사람들을 죽이는 걸 보면서 그에 대해 기록하기 시작하면서 영웅시대가 열린다고 해요. 새로운 무기, 예를 들어서 말을 탄 사람이 원시적인 무기를 가진 사람을 몰살하는 걸 보고 옛날 사람들은 뛰어난 기술력이라고 생각한 게 아니라 신의 은총을 받았다고 여긴 거죠. 그리고 저 사람은 아버지가 신일 것이다, 영웅이다 하고 생각했다는 거죠.

┓　　중국에서도 춘추전국시대나 삼국시대의 영웅은 최근의 금수저, 흙수저 논란과도 비교할 수 있어요. 가장 강력한 전투력을 가지고 있던 관우 같은 경우에는 적토마를 타고 다녔단 말이에요. 지금 식으로 이야기하면은 거의 뭐 600마력 정도 되는 4,500cc나 5,000cc짜리 자동차를 타고 다니면서 뚜벅이로 돌아다니는 병사들을 학살했다는 거죠. 그런 시각으로 보면 고대 영웅들도 결국 청동검처럼 태생적으로 부의 상징 혹은 신분의 상징일 수도 있는 좋은 무기 덕분에 영웅 신화가 만들어졌다고도 볼 수 있는 거 아닙니까?

┻　　니체는 『비극의 탄생』에서 고대시대는 강하고 건강하고 돈이 많고 전쟁을 잘하는 사람을 영웅시했던 시대로 시작했다고 말하죠. 그런데 어느 순간 기독교 같은 종교가 생기면서 이 가치관에 변화가 생긴다고 해요. 옛날에는 강한 사람이 위에 있고 가난

한 사람이 아래에 있는 게 당연하다고 믿던 시대에서 왜 가난한 사람이 짓밟혀야 하느냐는 의문이 들기 시작면서 바뀐 거죠. 오히려 강한 사람들은 남을 짓밟는 나쁜 사람이고 아래에 있는 사람들은 밟히기 때문에 우리가 동정하고 불쌍히 여겨야 하는 존재라고 생각하게 된 거죠. 저는 역사를 판단할 때 역사적 기록을 우리의 시각으로 판단하면 안 된다고 생각해요. 그러니까 영웅전이 쓰여졌던 시대에는 대부분의 사람들이 싸움을 잘하고 많은 노예를 부리는 사람이 훌륭하다고 믿었어요. 그 가치관에 부합되게 영웅전들이 써졌다는 거죠. 하지만 그것이 역사를 타고 내려오면서 17세기, 18세기가 되면 완전히 달라져요. 18세기에 많은 사람들이 길거리에서 파는 팸플릿 소설을 읽었어요. 그 팸플릿 소설의 영웅들은 대체로 해적이나 밀수꾼이었어요. 권력에서 벗어난 사람들이 영웅시되는 다른 형태가 생겨난 거죠.

┐   그런데 좀 순진하다고 생각이 드는 게 영화 「배트맨과 슈퍼맨」에서 배트맨과 슈퍼맨의 대결을 봤을 때 가장 인상적인 부분이 이거에요. 그래픽 노블에서 슈퍼맨이라는 존재는 미국 사회에서 일종의 그리스도의 재림 같은 형태로 봐요. 외계에서 온 존재나 지구인이 아닌 초월적인 존재죠. 항상 즐겨 등장하는 신 중에 하나가 지구 바깥에서 마치 십자가를 연상하듯이 양손을 벌린 채 자애로운 표정으로 지구를 내려다보는 장면이에요. 슈퍼맨은 지구인의 안정과 그들에 대한 구원의 메시지로 싸우는 메시아적인

개념이 있어요. 조승연 씨가 얘기했던 신화적 영웅의 모습을 갖춘 게 슈퍼맨이죠. 그런데 슈퍼맨과 싸우는 배트맨은 서사적 영웅의 범주에 들어갈 수 있는 인간이죠. 굉장한 재벌이고 돈이 많긴 하지만 인간입니다. 그리고 인간 사회에서 펼쳐지는 여러 가지 악에 대해서 저항하는 인물이고 그것을 초월하는 인물이기 때문에 망토와 가면을 쓰고 대항하는 다크 히어로인데 이 두 사람이 싸우는 장면을 보면 두 영웅 중에서 어느 한 쪽의 편을 들어주지는 않습니다만, 어느 한 쪽의 이야기로 쏠리는 듯한 느낌을 받게 돼요. 이것 자체가 우리 시대가 원하는 영웅을 보여주는 겁니다. 안티 히어로를 낭만적으로만 생각했는데 그렇지 않은 영화가 있습니다. 제가 대표적으로 거론하는 영화가 「영웅본색」이에요.

ㅊ   「영웅본색」.

ㄱ   이 영화 전까지 홍콩영화의 주인공은 대부분 경찰이었어요. 대표적인 게 성룡의 「폴리스 스토리」 같은 시리즈입니다. 사회 악이 있고 그걸 경찰이라는 제도권의 인물이 해결하죠. 그리고 그 사람은 제도의 영웅으로서 추앙받아요. 미국적 히어로와 닮아 있는 부분이기도 한데 「영웅본색」 이후 안티 히어로 영화들이 많이 늘어났고 경찰을 주인공으로 하는 영화는 더 이상 제작되지 않습니다. 왜 그럴까? 1997년은 홍콩 반환이 걸려있던 해였어요. 그 시기가 가까워질수록 홍콩 시민들은 자유롭게 살던 민주주의국가

에서 공산주의 국가로 편입돼야 한다는 공포에 시달린 거죠. 이 공포는 100년 전에 이미 국제법에 따라 문서로 남긴 조항이었기 때문에 빠져나갈 구멍이 없는 거예요. 법과 제도와 질서를 지키는 경찰이라는 제도권 인물은 이 계약서를 거부할 수 있는 능력이 없어요. 그러니 그 시대의 우울함 속에서 홍콩 시민들이 불러들였던 영웅들은 법과 질서를 외면하되, 법과 질서에 얽매이지 않는 말 그대로 무법자들이죠. 그럼에도 선한 내면을 가지고 약자를 도와주는 히어로. 실제로 홍콩 누아르 열풍이 불고 그 힘을 얻을 수 있었던 것은 홍콩의 반환이라는 역사적인 문제가 걸려 있던 시기였단 말이죠. 결국 다른 곳에서 영웅의 도피처로서 안티 히어로들이 등장했던 게 아니라 지금 이곳의 문제를 해결하기 위해서 등장했던 게 안티 히어로라는 거죠.

🐦 안티 히어로도 그렇습니다만, 히어로도 어떤 면에서 마찬가지죠. 제가 그 사람들을 개인주의자라고 얘기하는 것은 그 사람이 자기를 위해서 살았던 사람들이라는 이야기를 하자는 게 아니에요. 단지 해결책이 어디 있느냐의 차이라는 거죠. 현대사회는 해결책을 항상 사회적인 부분에서 찾으려고 하지만 잘 해결이 안 돼요. 그런데 인간에겐 기본적으로 그냥 다 엎어버리고 싶은 본능이 있어요. 엎고 싶은 욕망은 있지만 못 그러잖아요. 그래서 엎어주는 사람에게 열광하는 게 히어로물의 본질이라고 생각해요. 사회적으로 해결될 수 없는 부분을 개인이 해결했으면 좋겠다는 욕

망에서 영웅이 나왔다는 점에서 저는 개인주의적인 찬양이라고 생각하는 거죠.

▗　저는 거꾸로라고 생각해요. 개인주의적 영웅들이 자연적으로 발생했겠느냐? 그렇지 않은 부분도 있다는 거죠. 「캡틴 아메리카」처럼 굉장히 국가중심적이고 애국적인 미국의 이데올로기를 이야기하는 게 대표적이죠. 미국을 중심으로 펼쳐 나가는 20세기, 21세기 슈퍼 히어로물은 개인을 영웅화시킴으로써 자발적 영웅주의와 애국주의의 동참을 유도하고 있다는 거예요.

▞　저는 그걸 조금 다르게 보는데요. 「캡틴 아메리카」나 「원더우먼」 같은 히어로는 미국이 힘든 상황에 있을 때마다 나온 히어로들이에요. 제2차 세계대전이라던지 소련이라는 어떤 거대한 권력과 싸우고 있는 중에 나온 히어로기 때문에 저는 그리스 영웅과 다르지 않다고 생각해요. 지긋지긋한 핵전쟁을 확 엎어버렸으면 좋겠는데 자신에겐 그럴 힘은 없고, 그럴 때 성조기를 입은 슈퍼 히어로가 나타나서 엎어줬으면 좋겠다는 생각이 드는 거죠. 물론 히어로물과 실제 전략적 사고와는 분명히 엄청난 차이가 있죠. 실제 전략적 사고에서 개인이 전투를 이기진 못해요. 특히 핵전쟁 같은 경우에는 수많은 분석가들이 계산기를 두드리면서 핵탄두를 몇 개 배치하고 방어시설을 어디에 배치하면 좋을지 등을 체스를 두듯이 전쟁하지, 특별한 누군가가 핵무기를 우주로 던져버리

지는 않으니까요. 그런데 우주로 핵무기를 던져버리고 싶은 욕망은 분명히 개인주의적인 욕망이에요. 미국인들은 단체적인 움직임의 효율성과 공적인 권력에 대한 불신이 있고 그것이 개인주의적인 성향을 가져왔고 그 성향이 히어로라는 문학 형태로 포장됐다는 거죠. 미국 경찰이 일을 잘하면 배트맨이 왜 필요하겠어요.

┑   그렇기 때문에 개인주의적 히어로물이 문제가 있다는 거예요. 영화 「배트맨 대 슈퍼맨」에서 가장 핵심적인 부분이 뭐냐면 그동안 슈퍼맨이 구한 사람보다 그 때문에 죽은 사람이 더 많았다는 비판에 관한 거예요. 「배트맨 대 슈퍼맨」은 빌딩이 무너지는 장면을 인간의 시점에서 영웅들이 날아다니는 공간을 바라보는 카메라 워킹을 가지고 잡아내요. 밑에서 위를 쳐다보는 형태에서 배트맨의 고뇌가 시작되는 거죠. 한 명의 슈퍼 영웅이 도대체 몇 명의 사람을 희생시키는가. 앞서 『삼국지』에 대한 이야기도 했습니다만, 위대한 영웅담이 펼쳐지는 순간 무려 백만 명이나 되는 사람들이 화공과 수공에 의해서 사망해왔다는 거죠. 이런 부분이 부각되지 않는다는 측면에서 개인주의적 영웅이라는 것이 굉장히 위험하다는 거예요.

♟   그렇죠, 개인주의적인 영웅주의의 문제는 남을 희생시켜도 된다는 함축이죠.

┓　　　바로 그 지점에서 앨런 무어Alan Moore의 『왓치맨』이 주는 메시지를 생각해봐야 합니다. 'Who watches the watchmen.'

╈　　　왓치맨들은 누가 관리하나?

┓　　　영웅들은 도대체 누가 관리하느냐는 거죠. 초월적이고 초법적인 존재가 타락했을 때 과연 누가 감시할 수 있을 것이냐. 이것은 흔히 스크린의 책임 문제뿐만 아니라 정치적인 상황과 우리가 은유로서 항상 맞닥뜨려져 있다는 걸 생각해야 하거든요. 대표적인 사례가 베토벤이 나폴레옹을 진짜 영웅으로 보고 나폴레옹의 이름을 딴 교향곡을 만들었다가.

╈　　　베토벤 교향곡 3번이죠, 「에로이카」.

┓　　　그가 변절하는 과정을 보면서 그 교향곡의 제목에 '영웅'이라는 일반적으로 명사를 달아버렸다는 말도 있죠. 여기서 중요한 건 영웅의 변절이에요. 근대국가 이후 제2차 세계대전이라든지 수많은 독재국가에서 독재자가 돼버린 인물들이 등장 초기에는 모두 영웅으로 불렸던 인물이라는 거죠.

╈　　　그래서 「배트맨」에 명언이 나오잖아요. "영웅은 두 가지 선택이 있다. 일찍 죽던가, 아니면 오래 살아남아서 악당이 되던가."

┓　　여기서 다시 영웅들은 누가 관리할 것이냐는 질문이 가지고 있는 것은 결국 영웅이 필요해지면 안 된다는 거거든요. 영웅이 모든 걸 해결할 수 있다고 믿는 것 자체가 헛된 망상에 불과하다고까지 이야기할 수 있을 것 같은데. 리처드 도킨스의 『만들어진 신』을 보면 우리가 신이라는 존재를 인간의 필요에 의해서 만들어왔고 그것이 공고해지는 과정에서 종교적인 것들이 넓혀져 나갔다는 이야기를 하죠. 이 책에서 리처드 도킨스가 인용한 이야기 하나가 굉장히 인상적입니다. 사람들은 자신들의 믿음을 믿는다는 거에요. 결국 영웅이라는 것은 그 영웅 자체가 가지고 있는 정의로운 선택과 행동 때문이 아니라 영웅은 그럴 것이라는 그 이미지를 믿음으로써 믿게 된다는 거죠. 21세기라는 시민사회가 개막한 지 100년이 훨씬 넘은 지금에 와서 이렇게 수많은 영웅들이 창궐하고 있는 시대에 대해 우리가 다시 한번 질문을 던져야 하는 시점이 아닌가 싶습니다.

✿　　왓치맨들은 누가 관리를 하느냐는 질문에 대해서 여러 가지 철학적 문제를 던지는 히어로물이 있죠. 「엑스맨」을 보면 자기가 원하지 않았음에도 초월적 존재로 태어난 사람들이 나와요. 저마다 다른 능력을 가지고 있기 때문에 일반적인 인간을 위해서 만든 법에 적용되기 힘든 사람들이죠. 그 히어로들을 관리하기 위해서 자비에르라는 인물이 등장해요. 그런데 자비에르의 결정도 사실 도덕적으로 문제가 될 때가 많아요. 「엑스맨」 시리즈가 영화로

만들어지기 시작했을 때 논란이 됐던 게 돌연변이들의 개별성을 없애고 보편화시키려고만 한다는 거였어요. 국가에서 관리하려고 하거나 DNA를 개조해서 일반화시키려고도 하고. 여기서 보편화를 거부하면서도 악당이 되지 않는 방법이 무엇인가 고민이 시작되죠. 영화에서 마그네토라는 캐릭터가 굉장히 재미있는데 틀을 강요하는 사회에서 계속 차별을 당하다가 그로 인해 악당이 된 돌연변이에요. 그걸 보면 영웅을 인정하지 않는 사회는 오히려 많은 마그네토를 만들어낼 수도 있다는 생각이 들어요.

┓　그런데 「엑스맨」에서의 영웅의 개념은 좀 다르다고 봐요. 영화에서 다루고자 했던 영웅은 남들과 다른 게 나쁜 것이 아님을 보여주기 위해서 영웅이란 개념을 가져온 거지, 영웅이 필요하기 때문에 가져왔다 생각되지 않거든요.

┱　인간의 존엄성을 깨달은 지금 수많은 무고한 사람을 죽인 사람을 어떻게 영웅이라고 할 수 있느냐는 이야기가 나오는데 니체는 이렇게 얘기하죠. 독수리와 양의 관계를 보자, 양은 독수리를 너무 싫어한다. 독수리는 우리를 괴롭히고 우리를 맨날 먹는다. 그런데 독수리한테 물어보면 나는 양을 너무 사랑한다. 세상에 양처럼 맛있는 것은 없다. 우리는 대체로 이런 관계에서 독수리를 나쁜 놈이라고 생각하죠. 하지만 니체는 독수리는 독수리로 태어났을 뿐이고 양은 양으로 태어났을 뿐이다. 결론적으로 우리

가 지금까지 영웅으로 여겨온 사람들은 대부분 튀는 사람들이에요. 남과 다른 생각을 하고 남과 다른 행동을 하고 남이 갖지 않은 능력을 가지고 있는 사람들. 그런데 그런 사람들이 하는 행동에 대해서 너무 많은 문제 제기를 하고 그 사람들을 통념적인 법안으로 가지고 오려고 하는 문학적 장르가 성행한다는 것은 저는 굉장히 비극적인 것이라고 봐요. 왜냐하면 영웅은 현실이 아니죠. 현실이 아니지만 한 개인이 저렇게 될 수 있다, 튀면서도 좋은 일을 할 수 있다는 환상이라도 가지고 있는 사회와 그 환상조차도 하지 못하게 하는 사회는 큰 차이가 있어요.

┑   저 역시 영웅들이 일정 시점에서 필요하다는 것을 완전히 무시하지는 않아요. 결국 우리가 이야기해야 할 것은 영웅들의 면모가 중요한 게 아니고, 영웅들이 필요한가 혹은 영웅들은 필요 없느냐는 문제예요. 필요 없다면 왜 필요 없으며, 필요하다면 왜 필요할까. 이 부분이 핵심이 돼야 할 것 같은데 저는 개인적으로 영웅은 존재해선 안 된다고 단언하는 거죠. 거꾸로 보면 영웅이 필요한 시대가 오면 안 된다고 생각해요. 조승연 씨는 영웅은 개인의 자연적인 욕망의 산물이라고 이야기할 수 있다고 하는데 저는 영웅이라는 것은 철저히 시대적인 산물이라고 보거든요. 고대와 중세에는 영웅들이 많다가 18세기, 19세기가 될 때까지는 영웅들이 그렇게 많이 등장하지 않았잖아요. 일반적인 사람들이 영웅화될 수밖에 없던 시대를 보면 사회가 굉장히 혼란스러웠던 시대

였어요. 때문에 영웅이 필요하다는 것은 우리 시대가 혼란스러웠다고 말하는 것 같아요. 「배트맨 다크나이트」의 주연을 맡은 크리스찬 베일Christian Bale이 재미있는 인터뷰를 했는데 스스로가 히어로물의 주인공이었음에도 배트맨이 필요한 시대는 불행한 시대라고 이야기했단 말이에요. 이런 의미에서 보면 우리에게 영웅이 필요하다고 이야기하는 것 자체가 사람들의 비극을 이야기하는 게 아닌가 하는 생각을 하게 된다는 거죠.

✺ 저는 히어로물이라는 것은 서양 사고방식에 기여한 초월의 개념, 즉 이 삶을 떠나 신의 영역으로 가고 싶은 욕망을 그렸다고 생각해요. 이것이 필요한 이유를 말씀드릴게요. 제가 존경하는 인도 신화학자가 이런 이야기를 했어요. 어느 날 알렉산더 대왕이 그리스에서 페르시아를 정복하고 인도까지 원정을 갔어요. 인도의 강변에 도착해서 투구와 갑옷을 입고 땀을 뻘뻘 흘리면서 터벅터벅 걷고 있는데 벌거벗은 사람이 요가를 하고 있더래요. 얼마나 기이했겠어요. 그래서 무엇을 하고 있냐고 물었대요. 요가를 하던 사람은 자신은 무를 체험하고 있다고 답했어요. 그러더니 알렉산더 대왕에게 똑같이 당신은 무엇을 하느냐고 물어본 거죠. 알렉산더는 나는 당신처럼 시간 낭비하지 않고 세계를 정복하는 위대한 일을 한다고 대답했죠. 그 말을 들은 요가하던 사람이 바보 같은 사람을 보겠다면서 서로 갈 길을 갔다고 해요. 왜 한 사람은 세계를 정복하면서 자기의 에너지를 불태워서 젊은 나이에 죽고 한 사

람은 가만히 앉아 있을까. 저는 이 이야기가 어떤 영웅을 자신의 롤모델로 삼았느냐의 차이라고 생각해요. 아마 알렉산더 대왕은 아킬레스나 헤라클레스 같은 영웅의 이야기를 듣고 자랐을 거예요. 그렇기 때문에 자신이 역사에 남을 만한 큰일을 할 수 있는 사람이라는 자신감을 얻었고 세상을 정복해나간 거죠. 하지만 인도 사람들은 인생은 계속 돌고 도는 것이기 때문에 수행의 길을 떠난 영웅의 이야기를 들으며 자랐기 때문에 수행을 삶의 최우선으로 여기는 거죠. 결국 어떤 영웅의 이야기를 들었느냐에 따라서 사람의 인생이 달라져요. 그렇기 때문에 영웅은 한 가지 종류만 있는 것이 아니고, 영웅전은 개인이 어떻게 살지 롤모델을 제시하는 책이라고 생각합니다. 그렇기 때문에 영웅전이 없다면 우리는 길을 찾기가 힘들 수도 있어요. 우리는 어렸을 때부터 영웅전을 읽으면서 누구를 흉내 내서 살아야 될까를 결정해왔고 그것이 하나의 지침으로서 좋건 나쁘건 우리 인생의 방향성을 만들어줘 왔다는 거죠.

■   21세기 대한민국 현실에서의 영웅의 등장을 보는 것은 주로 극장이에요. 판타지 공간에서 영웅들에게 열광하고 있단 말이에요. 이 이야기는 현실에서의 무력감을 이야기하고 있다는 거죠. 지금 무언가를 해결할 수 없다는 무력감이 판타지 공간이라는 극장에서 영웅들을 통해서 대변된다고 생각하는데 그런 의미에서 존 포츠John Potts의 『카리스마의 역사』에 등장하는 이야기들이 꽤

장히 흥미진진합니다. 과연 남들과 다른 압도적인 존재감을 표현하는 카리스마라는 단어가 어디서 왔는가라는 것을 존 포츠는 사도 바울에서 찾습니다. 사도 바울은 윤리와 규율을 굉장히 중요하게 여기는 바리세인에 가까운 인물이었어요. 그런데 그가 광야에서 신의 계시를 받고 나서 신의 사도가 된 뒤에 신의 은총과 영광을 표현하는 단어로써 사용했던 것이 카리스마라는 거예요. 신에게서 받은 은총이라는 뜻이 카리스마에 담겨있다는 거죠. 저항하거나 반항할 수 없는 권위란 말이에요.

결국 영웅이 가지고 있는 가장 최초의 유일한 덕목이라고까지 할 수 있는 것들이 뭐예요? 카리스마라는 거죠. 좌중을 휘어잡을 수 있고 시대를 통치할 수 있으며 모든 것으로부터 신성성을 부여받은 인물들. 그러나 카리스마라는 것은 역설적으로 이야기하면 20세기, 21세기 시민사회에서 가장 반기를 들었던 특권 계층의 특권과도 같은 이름의 동요는 아닐까. 결국 우리가 영웅이라고 포장하고 있는 수많은 위인전들의 형태를 다시 한번 차분히 분석해본다면 아마도 알게 될 거예요. 자신의 시대를 적극적으로 거부했던 인물들은 거의 없습니다. 우리가 알고 있는 대부분의 위인전의 목록에 등장한 사람들은 그 시대를 보호하고 체제를 유지했던 인물들이에요. 결국 어떤 면에서 본다면 영웅이나 위인도 시대적, 정치적 선택에 의해서 소환된 것이다. 우리가 이 시대에 열광하는 영웅들이라고 하는 인물들을 볼 때 그들이 가지고 있는 정신만큼은 순수했지만 그것이 후대의 사용되는 방식이 과연 올바른지는 한 번쯤 생각해봐야 한다는 거죠. 사실 세상을 변화시킨 건 그 시대의 불평분자들이에요. 그 시대를 끝까지 유지하려고 했던 사람들이 아니라 그 시대에 불만을 토로하고 그 시대를 바꾸려고 했던 사람들이란 말이에요. 우리가 히어로물 중에서 최근에 굉장히 열광하는 인물들이 안티 히어로거든요. 이 안티 히어로에 대해서 열광하는 현대적인 의미가 우리 시대에 대한 무력감, 그리고 점점 더 보수화되고 젊은 사람들을 움직이지 못하게 하는 사회적 분위기 같은 것들에서 유래되고 있는 것들은 아닐까.

✼　저는 얼마 전에 봤던 「스타워즈 깨어난 포스」에서 히어로물의 어쩔 수 없는 개인에 대한 찬양을 엿볼 수 있었어요. 이번에 처음으로 흑인 영웅이 나왔어요. 지금까지는 그 사람의 얼굴이나 의상을 볼 수 없어요. 이 사람이 언제 영웅이 되냐면 마스크를 벗고 개인으로서 존재하는 순간이에요. 그때부터 그 사람은 제국에 반기를 들 수 있어요. 저는 모든 영웅전에 이런 요소가 있다고 생각해요. 때문에 우리가 항상 단체로 움직이는 사회에서 영웅전만이 한 개인이나 소수가 뛰어난 일을 원하는 대로 할 수 있다는 것을 알려주는 장르라고 생각해요.

◤　저는 그런 의미에서 대표적인 안티 히어로죠. 브람 스토커 Bram Stoker의 대표작인 『드라큘라』를 추천합니다. 드라큘라의 탄생 자체가 히어로라고 볼 수가 없어요. 자신은 신을 위해서 싸웠는데

돌아왔을 때 가장 사랑했던 여인을 잃습니다. 그러고 나서 자신을 지켜주지 못한 신에 대한 반감으로 어둠과 결탁하고 드라큘라라는 악의 화신으로 변신해버리는 이야기에요. 결국 우리 시대에 영웅들, 그리고 안티 영웅들이 존재하는 이유는 우리 시대가 여전히 불안정하다는 것, 그리고 우리 시대가 여전히 대중들에게 원하는 걸 주지 못하고 있다는 것. 그 상황에서 대중들은 여전히 무력감을 느끼고 있고 때로는 현실로부터 도망치고 싶어 한다는 것. 그리고 마치 광야에 오른 초인처럼 누군가 절대적인 인물이 나타나 이 문제를 해결해 주기를 원한다는 것. 그런 의미에서 봤을 때 결국 히어로가 존재하는 시대는 불행할 수밖에 없다고 결론짓고 싶어요.

✹ 하지만 역사적으로 보면 아주 강력한 정치가가 자기만을 영웅으로 찬양하던 시대를 빼고 히어로는 항상 있어왔다. 그 이유는 세상이 불안정할 때 히어로가 등장하지만 세상이 안정적인 적이 없었다는 거예요. 인생이 힘들 때 히어로가 등장하지만 언제 인생이 쉬웠느냐는 거죠. 그래도 히어로가 있음으로 인해 우리는 내 힘으로 뭐라도 해보자는 용기 정도는 얻을 수 있었다. 그래서 히어로는 항상 존재할 것이고 우리에게 항상 중요할 것이라고 결론짓겠습니다.

대한민국이
사랑하는
작가 특집

3부

『강신주의 감정수업』
이번 생은 망했다고 생각하는
그대에게

　얼마 전 종영한 드라마 「도깨비」는 여주인공과 도깨비가 다음 생에서 재회하는 해피엔딩으로 끝났다. 아홉 살에 고아가 되면서 세상 모든 불행을 짊어진 것처럼 살던 여주인공은 도깨비와의 사랑을 이루자마자 교통사고로 세상을 떠난다. 그럼에도 드라마가 해피엔딩으로 끝맺음한 것은 환생 시스템이 작용한 덕분이다. 여주인공은 환생을 통해 다시 태어나 도깨비와 다음 생에서 사랑하는 사이로 만난다.

　「도깨비」를 본 많은 사람들이 '이번 생은 망했어'라는 '이생망'의 늪에 빠진 자신도 다시 태어나 새로운 삶에서 청춘의 절망을 풀고 싶다고 말한다. 그들은 지금 흙수저로 태어나 취업의 절벽을 뛰어넘어야 하고, 돈이 없어 결혼과 출산을 포기해야 한다. 설령 취업의 바늘구멍을 뚫었다 해도 평생 고용 불안에 시달리는 게 이번 인생이다. 이렇게 망한 인생에서 벗어나는 방법은 다시 태어나는 것밖에 없다. 현실에서 풀지 못한 숙제를 새로운 삶에서 풀 수 있다고 믿어야 그나마 현실을 버틸 수 있는 것이다.

하지만 어쩌겠는가. 우리는 도깨비 신부가 아닌 것을. '이번 생은 망했어'라는 이 잔인한 말을 농담처럼 읊조리는 우리가 '이생망'의 늪에서 빠져나올 길은 없는 것일까? 포기와 좌절로 무기력함이 배가 될 때, 더 이상 좋은 것도 싫은 것도 없이 이번 생은 틀린 것 같다고만 느껴지는 사람들에게 『강신주의 감정수업』을 권한다. 비루함부터 복수심까지 스피노자가 『에티카』에서 분류한 인간의 48가지 감정 하나하나마다 걸출한 문학작품 속 상황을 예로 들어 감정의 본질을 설명하는 책이다.

왜 '감정'인가? 왜 '스피노자'인가?

내 마음대로 인생이 흘러가지 않는다고 느낄 때, 이번 생이 틀렸다는 생각이 든다. 내 인생의 주인공이 내가 아니라는 것은 감정의 주인이 되지 못했다는 뜻이기도 하다. 한 번뿐인 삶을 사랑하기 위해서, 그리고 살아 있는 사람으로서 인생을 밝히려면 감정의 주체가 되어야 한다. 감정의 주도권을 빼앗긴 채 그저 그렇게 살다 보면 모든 감흥이 사라지는 '시체' 같은 인간이 될 수 있다. 하지만 유감스럽게도 우리는 살벌한 경쟁과 물질주의의 추구, 불확실한 미래에 사로잡혀 다양한 감정에서 여유롭지 못하다. 어떤 감정이 우리의 마음을 뒤흔들어도 짐짓 모른 척해왔다. 하지만 이제 우리는 변할 필요가 있다.

　모든 변화의 단위는 개인이다. 그런 개인을 변화시키기 위해서는 무엇이 바뀌어야 할까? 지난 수백 년간 인간은 이성과 논리를 통해 삶의 주체가 될 수 있다고 생각해왔다. 그런데 시간이 흐르면서 오히려 인간은 이성의 노예가 되고 말았다. 이제는 이성으로부터 인간을 해방시켜야 인생의 주인이 될 수 있게 된 것이다. 나를 뒤흔드는 감정들을 인정하고 삶의 희열을 느끼는 것, 여기서부터 변화는 시작되고 우리는 인생의 주인공이 될 수 있다. 내 안에 찾아온 감정을 인정하기 위해서는 그 감정이 무엇인지 알아야 한다. 『강신주의 감정수업』은 어느새 감정의 문외한이 된 우리가 부정적 감정이든 긍정적 감정이든 그것을 어떻게 받아들이고 그것이 어떤 감정인지 정의하고 이해할 수 있도록 도와준다. 책을 한 장씩 넘길 때마다 감정의 걸음마를 떼는 것이다.

　누구나 자기만의 감정을 가지고 있다. 하지만 처한 환경 때문에 우리는 스스로의 감정으로부터 자유롭지 못하다. 이등병들은 군대라는 계급사회 속 상명하복으로부터, 신입사원은 상사로부터, 갓 결혼한 며느리는 시어머니로부터 감정이 자유롭지 못하다. 이렇게 억압적 상황에 처한 사람들의 감정을 살려야 한다. 우리가 이번 생은 망했다고 자책하는 것도 감정을 살리지 못하고 죽이고 있기 때문이다. 우리의 감정은 하나고 우리의 마음도 하나다. 그것이 다양한 그릇에 담기면 그릇 모양대로 되는 것처럼 스스로에게 필요한 하나의 감정만 살려도 우리는 달라질 수 있다. 감정을 살리는 사람들은 스스로 자유로운 사람이다. 『강신주의 감정수업』은 우리가 감정을 바라보게 만들고 또한 감정을 직시하는 과정에서 위안을 준다. 자유를 되찾기 위해 여기서부터 시작하길 권한다.

그렇다면 이쯤에서 한 가지 의문이 들지 않을 수 없다. 왜 스피노자일까?

감성을 분류하고 분석하는 철학의 패러다임은 스피노자 이후에도 수많은 변화가 있었다. 지금의 패러다임 같은 경우에는 인지과학을 이용해 감정의 원천을 파헤치기도 하고 리처드 도킨스처럼 진화학을 통해 우리의 감정을 이해하기도 한다. 아니면 프랑스의 과학철학자인 가스통 바슐라르처럼 물체와 사람의 관계라든지 원수와의 관계 등 관계의 존재론을 통해 감정을 이해하는 방법도 있다. 그런데 스피노자를 우리 감정의 가이드로 사용한다는 것은 마치 16세기에 아메리고 베스푸치가 신대륙을 발견할 때 사용한 지도를 가지고 지금 항해를 나서거나, 코페르니쿠스의 천체 모델을 가지고 지금의 천문학을 공부하는 것과 같은 느낌이 들기도 한다. 즉 인지과학적 방식부터 다양한 기술이 탄생한 지금 몇백 년 전 철학자인 스피노자가 지금도 유효하느냐는 것이다.

우리는 서양의 자본주의와 정치 등 다양한 문물을 받아들였다. 하지만 서양에도 기독교라는 남루한 문명이 있다. 기독교 전통은 『성경』을 제외한 글쓰기를 허락하지 않았다. 우리는 니체가 "신은 죽었다"라고 말하며 전통적 가치 체계를 부정했을 때 인문 선언이 시작됐다고 여긴다. 그런데 니체보다 앞서 신을 인정하지 않은 사람이 바로 스피노자다. 당시로써는 신을 인정하지 않고 인간 자체의 감정에 주목한 유일한 서양철학자였다. 그는 서양철학이 중시한 신학과 관념론과 달리 "욕망을 긍정화하고 감정에 충실하라"고 말한다.

그렇다면 누구보다 인간의 감정에 집중한 스피노자의 철학은 지금과도 잘 접목이 될까? 한번 생각해보자. 괴테가 쓴 『젊은 베르테르의 슬픔』은 꽤 오래된 작품이지만 베르테르의 사랑은 지금 우리가 사랑하는 것보다 도저하게 훌륭하다. 옛날에는 여자를 사랑하고 남자를 사랑하는 데 깊이가 있었다. 그런데 자본주의가 발달하면서 우리는 너무도 많은 일을 하게 됐고 감정보다 중요한 것이 많아졌다. 그러다 보니 인간의 감정에 대해서는 오히려 수백 년 전의 시인이나 소설가가 더 잘 파악하고 있다. 지금 우리는 정보량은 차고 넘칠 정도로 많지만 스스로에 대한 반성이랄까, 내가 어떤 감정을 가지고 있는지는 잘 모르고 있다. 우리가 옛 철학자에 집중할 수밖에 없는 이유다.

그리고 그들 중에서도 스피노자처럼 감정 하나하나를 섬세하게 다룬 철학자는 드물다. 최근의 인지과학은 많은 발달을 거쳤지만 감정을 뭉뚱그리는 경향이 있다. 그저 정서라는 이름으로 몇 개의 감정으로 나누어졌을 뿐이다. 신경과학도 우리의 감정에 관해 자세하게 다뤘다면 좋겠지만 그렇지 못하다. 우리가 분명히 느끼는 감정보다 다루기 편한 것들을 탐구하는 데 그친다. 예를 들어 연민이라는 감정을 신경과학에서는 다루지 못한다. 그것이 사랑인지 불쌍하게 여기는 감정인지 헷갈리는 것이다. 그에 반해 스피노자는 그러한 감정의 결을 섬세하게 다듬는다. 결국 스피노자만큼 감정에 관해 고민한 철학자도 없다. 우리는 그를 통해 하나씩 하나씩 잊고 있던 감정을 풀어나갈 수 있다.

또한 과학은 새로운 이론이 이전의 이론이나 패러다임을 덮는 구조를 가진다. 하지만 철학과 인문학에는 깊이의 차이와 다양성의 차이만 있다. 따라서 『강신주의 감정수업』에서 스피노자라고 하는 것은 크게 중요하지 않다. 그보다는 가장 기본이 되는 48가지의 감정을 다루고 그것을 깊이 있게, 그러나 대중과 호흡할 수 있게 다뤘다는 데 주목해야 한다. 그것이 철학이 해야 할 몫이고 그것이 철학자 강신주가 가고 있는 길이다.

이번 생을 망하게 하는 감정들

48가지 감정 중 1부의 첫 장에 등장하는 것이 바로 '비루함'이다. '삶의 주인이 되기 위해 극복해야 할 노예의식'이라는 게 부제인데 여기서 다루는 게 이반 투르게네프의 단편소설 「무무」다. 주인공 게라심은 노예로 자기 감정에 대한 권한이 없다. 즉 자기 삶의 주인이 아니다. 그는 내가 사랑하는 것, 내가 갖고 싶은 것, 내가 욕망하는 것 등 그 어떤 것도 감정을 겪지 못하도록 자라왔다.

그런 게라심은 타티야나라는 여자를 사랑하고 연정을 품게 되지만 그의 주인이 그녀를 다른 곳으로 보내버리면서 사랑의 감정을 거세당하고 만다. 노예가 감정을 갖는 순간 자기 스스로의 주인이 되기 때문에 감정의 대상을 거세해버린 것이다.

책의 제목인 '무무'는 개의 이름인데 이 존재는 게라심에게 타티야나를 대신하는 사랑 또는 삶의 주체가 되는 동기의 대상이 된다. 그런데 주인은 잔인하게도 무무까지 죽이라고 명령한다. 게라심은 끝내 작은 꼬리를 흔들며 신뢰의 눈빛을 보내는 무무를 죽이고 만다. 책은 그가 무무를 떠나보내는 모습을 덤덤하게 표현한다. 그러면서 스피노자가 『에티카』에서 정의한 '비루함'에 관한 이야기를 이어간다.

> 비루함abjectio이란 슬픔 때문에 자기에 대한 정당한 것 이하로 느끼는 것이다.
>
> - 스피노자, 『에티카』에서

여기서 게라심은 자신이 그럴 감정을 느낄 자격이 없다고 생각한다. 무무를 사랑함에도 주인의 명령에 따라 무무를 죽여야 한다고 생각한다. 하지만 결국에는 게라심이 자신을 감정적으로 독립시키는 순간이 오는데, 이때 감정적 독립이 왜 중요한지 이야기한다. 여성을 빼앗겼던 게라심은 이번에는 스스로 버리는 선택을 한다. 여기서 중요한 것은 '스스로'라는 말이다. 그 자체가 어찌 보면 자신의 감정에 대해 한 발 더 성장해서 독립적인 존재가 되었다는 뜻으로 해석할 수 있다. 게라심은 노예가 아니라 주인이 되지 않는다면 사랑도 지킬 수 없다는 진실을 뼈저리게 자각하기 시작한 것이다. 비루함에 젖어 자신의 신세를 체념하고 있었다면 결코 내릴 수 없는 결단이다.

여러 감정을 다루는 책이라면 어떤 감정을 처음 다루느냐에 따라 책이 전하는 메시지가 드러난다. 『강신주의 감정수업』이 비루함을 다룬 것은 내 삶의 주인이 내가 아니라는 걸 인정하는 순간 깨닫는 그 비루함이야말로 이번 생이 망했든 성공했든 직시하고 바라볼 수 있게 해준다는 의미가 아닐까.

비루함은 단순하다. 사랑하는 사람이 사랑을 지키지 못했을 때 나타나는 감정이다. 이 책이 처음부터 비루함을 다룬 것은 내가 사랑하는 것도 지키지 못한다는 것을 깨닫는 순간 비루해지고 싶지 않다는 마음이 들기 때문이다. 역설적이지만 최악의 상태인 비루함을 느낄 때 인간에게는 희망이 보인다. 비루하게 살 필요가 없다고 결심하는 그 순간에 인간의 반전이 있다.

마찬가지로 '이번 생은 망했어'라는 현실이 진짜로 다가온다면 의외로 사실은 망한 것이 아니고 내가 가진 것들이 상당히 보일 것이다. 그런데 대충 발언 정도만으로는 의미가 없다. 진짜 비루함을 느껴야 깨달을 수 있는 것들이다.

비루함은 사랑할 때, 무언가를 아끼는 감정이 있을 때 온다. 남녀관계가 아니어도 괜찮다. 아이가 강아지를 너무 좋아해서 키우고 싶은데 식구들이 반대해 강아지를 떠나보낼 때의 마음이 비루함이다. 이러한 감정을 느낀 아이는 이렇게 각오를 다진다. 언젠가 내가 커서 독립을 한다면 좋아하는 강아지를 몇 마리씩 키워야겠다고. 비루함 끝에 삶에 대한 새로운 욕심이 생겨난 것이다. 스피노자를 비롯한 모든 인문학자가 사랑을 강조하는 이유가 여기에 있다. 사랑이 희망이다.

내가 사랑하는 사람이 나를 사랑한다고 생각할 때, 우리가 나를 사랑하지 못하겠는가. 사람들이 나를 향해 손가락질 할 때는 나를 사랑하는 것이 만만치 않다. 하지만 사랑을 하게 되고 누군가가 나를 아껴주면 그때부터 나도 나를 아끼기 시작한다. 이런 것들이 우리 삶의 힘이다. 만일 "이번 생은 망했다"라고 말하는 사람이 있다면 그에게 "사랑하라"고 한 마디만 건네보자.

감정의 주인이 되려면 사랑하라

다시 태어나고 싶은 이유를 찾았다면 이젠 해답을 찾을 차례다. 사랑할 수 있고 사랑받을 수 있어야 내 감정의 주인이 될 수 있다는 것은 결국 사랑할 수 있는 용기가 필요하다는 뜻이다. 『강신주의 감정수업』에서는 '대담함'이라는 감정을 통해 당당한 사람만이 사랑해야 한다고 이야기한다. 당당한 사람만이 사랑할 자격이 있다는 것이다. 혼자 있거나 사랑하는 사람과 같이 있지 않다면 얼마든지 비루해질 수 있다. 하지만 내가 사랑하고 아끼고 싶은 누군가가 있다면 그 사람 앞에서 비겁했던 사람도 용기를 낼 수 있다. 사랑은 나약하고 비겁한 사람을 용사로 만들기도 하니까. 당당한 사람만이 사랑해야 하지만 사랑을 하면 당당해지는 이유가 바로 여기에 있다. 결국 사랑이라고 하는 감정이 다시 등장하게 되고, 우리가 이번 생은 망했다고 생각하는 근본적인 이유는 사랑에 실패하고 있기 때문인 셈이다.

대담함을 이야기하면서 나오는 책은 조지 오웰의 『동물농장』이다. 1948년에 쓰여진 1984년의 미래를 그린 디스토피아 이야기다. 이 안에서 빅 브라더가 행하는 것은 비루함에 나왔던 텍스트와 동일하다. 피지배층은 사랑하면 안 되는, 감정이 존재하면 안 되는 시대가 빅 브라더가 지배하는 시대다. 그런 시대 안에서 사랑을 찾아가는 두 연인의 로맨스 소설이기도 하다.

'윈스턴'과 '줄리아'는 서로의 감정을 처음 발견한다. 그 시대 안에서 사랑을 인정하면서도 그 사랑 때문에 언젠가 빅 브라더에게 잡혀가서 고문을 당할지도 모른다는 공포를 느낀다. 하지만 두 연인에게는 그 공포를 이겨내는 당당함이라는 게 있었다. 대담함이 있었던 것이다. 그 대담함 덕분에 두 사람은 자기 인생의 주인공이 된다.

그런데 윈스턴은 마지막에 자기 사랑을 거부한다. 그리고 '나는 빅 브라더를 사랑했다'라며 끝이 난다. 사실 윈스턴은 세뇌당해 사랑을 잊어버리고 만 것이다. 그러는 사이 빅 브라더는 얼마든지 윈스턴을 죽일 수 있었지만 죽이지 않았다. 윈스턴이 사랑을 놓치는 순간 그는 살아도 사는 게 아닌 상태에 놓인다는 것을 알았기 때문이다. 결국 우리에겐 어떤 거대한 체제(요즘시대라고 하면 자본주의일 것이고 이전 시대라면 종교였을 수도 있겠다)가 깃든 시대마다 지배하는 어떤 이념들이 존재한다. 윈스턴에게는 그것이 사랑이었고 그 사랑을 놓는 순간 이미 교살당한 것과 같다.

우리가 이번 생은 망해가고 있다고 느끼는 건 스스로 어느 순간 사랑을 교살시킨 순간들이 있다는 것이다. 그 장벽은 많다. 경제적인 이유도 있고, 이어질 수 없는 관계일 수도 있다. 이런 실패의 이유를 따져보다가 결국 스스로 윈스턴처럼 그만해야겠다고 사랑을 접어버리고 만다. 그 순간 우리는 빅 브라더의 지배를 받는 존재와 동일해진다. 이러한 상황에 놓인 우리에게 강신주는 이렇게 말한다.

> 번지점프대와 같은 위기상황, 그러니까 그 점프대 제일 끝에 서 있을 때, 결단의 순간이 찾아온다. 앞으로 한 걸음 내딛어 창공에 몸을 던질 수도 있고, 뒤로 한 걸음 빼서 안전함을 도모할 수도 있다. 대담하게 몸을 창공에 던지는 경우 우리는 '용기'나 '대담성'을 가진 사람이라고 이야기하고, 그러지 못하고 뒤로 물러날 때 '비겁'이나 '우유부단함'을 가진 사람이라고들 말한다. 그러나 용기가 있어서 뛰어내린 것이 아니라 뛰어내린 것 자체가 용기일 뿐이고, 비겁해서 뒤로 물러난 것이 아니라 물러난 것 자체가 바로 비겁일 뿐이다. 그러니까 이렇게 말해도 좋을 것 같다. 위기상황

에서 그는 번지점프를 하는 것처럼 몸을 던졌다면, 지금까지 그는 용기가 있었다고 할 수 있다.

우리는 누군가에게 착한 사람 또는 악한 사람이라는 인식을 가지고 있다. 하지만 그 두 가지가 따로 있지는 않다. 착하다는 것은 착하려는 의지 자체이기 때문이다. 그런데 우리는 원래 자신이 선한 사람이기 때문에 선한 일을 한다, 용기 있는 사람이기 때문에 용기 있는 일을 한다고 생각한다. 사실은 전혀 그렇지 않음에도 말이다. 번지점프대에서 뛰어내리면 그 사람은 그 순간 용기 있는 사람이 되지만 사실은 그 사람의 본질은 따로 있으며, 본질에 따라서 행동하는 것이 아니라 행동이 그 사람의 본질을 만들어나간 다는 것이다.

결국 원래부터 용기를 가진 사람은 없다. 행위 자체가 용기 있을 뿐이다. 사랑이 다가오는 순간에 대담함을 발휘하는 것이 진정한 용기다. 이번 생은 망했다는 비루함을 느꼈다면 더는 비루해지지 않기 위해 대담하게 용기 내 사랑하라. 『강신주의 감정수업』에는 삶의 의욕을 불태울 다양한 감정들이 우리를 기다린다.

윤태호의 『이끼』
정의란 과연 무엇인가?

    우리는 어릴 때부터 학교에서, 집에서 정의롭게 살아야 한다며 정의로운 세상에 대해 귀에 딱지가 앉도록 들어왔다. 허나 무한 경쟁으로 돌아가는 세상에서 정의롭게 산다는 것만큼 어려운 일도 없다. 정의라는 것은 보편적으로 규정하기는 어렵지만 그것이 무엇인지 고민하는 것은 안갯속 미궁과 같은 현실에서 우리가 정의롭게 살기 위한 첫걸음은 아닐까? 만화가 윤태호의 『이끼』는 그런 의미에서 우리에게 어렴풋하게나마 정의에 대해 생각해볼 거리를 던져주는 작품이라 할 수 있다.

    어딘지 폐쇄적이고 외진 시골, 어느 날 밤 한 남자가 숨을 거둔다. 이장을 비롯한 마을 사람들은 시신을 확인하고 죽은 남자 '류목형'의 하나뿐인 아들 '류해국'에게 아버지의 부고를 알린다. 아버지의 죽음을 전해들은 류해국은 당시 사소하다면 사소한 사건으로 인해 한 검사를 지방으로 좌천시켜버리고, 자신마저 가족과 직장 등 모든 것을 다 잃은 상태였다. 사실 류해국은 20여 년간 아버지와 의절하다시피 살아왔지만 그렇게 도시 생활에 염증을 느끼고 있던 터라 아버지의 장례를 계기로 이 시골 마을에 정착하기로 한다. 하지만 이장을 비롯한 동네 사람들의 그를 보는 시선은 싸늘하기만 하고 어느새 사람들은 그를 감시하기에 이른다.

이장과 동네 사람들의 기분 나쁜 시선과 노골적인 배척, 그리고 시간이 지날수록 석연치 않은 아버지의 죽음에 류해국은 그 배후에 무언가가 있다는 의심을 품는다. 그러던 중 타지와의 소통도 어려운 마을의 공동 농기구 창고에서 마을의 심층적인 비리 구조가 들어 있는 CD 박스를 발견한다. 그는 결국 이 마을의 비밀을 파헤치기로 결심한다. 특히 전직 형사 출신이라는 이장의 비밀과 아버지가 오랜 시간 연락을 끊으면서 지켜온 비밀이 무엇인지 찾아 나선다. 이를 위해 자신이 파멸시킨 검사에게 연락을 해 도와달라는 부탁까지 서슴지 않는다.

과연 이 시골 마을이 숨기고 있는 비밀은 무엇이며, 이장의 진실은 무엇일까. 그리고 그의 아버지 류목형은 어떻게 이 마을에 오게 됐고 왜 그곳에서 그리 오랜 시간을 가족과 떨어져 혼자 살아왔던 것일까? 그 비밀이 드러날수록 류해국에게도 점점 죽음의 그림자가 다가온다. 과연 이 세상에 정의란 존재하는 것인지, 그리고 존재한다면 그것은 대체 무엇이라 할 수 있는지 그 실마리를 찾아 나서보자.

정의正義란 하나로 정의定義할 수 없다

— 류해국의 경우

지금까지 우리나라의 영화, 드라마, 웹툰, 소설 등은 문제를 제기할 때 기득권이라는 확실한 악을 두고 그들에게 짓밟히는 희생양의 구도를 가지고 갔다. 그러면서 그 프레임 안에서만은 무엇이 정의인지 명징하게 드러냈다. 그런데 『이끼』부터는 달랐다. 이 책은 어쩌면 우리 모두가 공범은 아닐까 하는 생각이 들 정도로 남다른 측면에서 옳고 그름의 변주를 보여준다.

우리는 보통 '정의'라고 하면 도덕적으로 올바른 것을 생각한다. 하지만 마이클 샌델의 『정의란 무엇인가』에서도 확인했듯이 각자의 가치관에 따라 생각하는 '정의'는 저마다 다르다. 그러므로 정의란 사람에 따라 모두 다를 수 있고, 한 사람의 정의마저도 시대와 나이, 환경 등에 따라 계속 변화할 수 있다. 이렇게 하나로 규정할 수 없는 상대적이고 가변적인 정의를 어려운 철학책이 아닌 흡입력 있는 만화를 통해 이해하고 스스로 고민해볼 수 있게 도와주는 작품이 바로 『이끼』다.

주인공 류해국은 정의의 다양성을 가장 잘 나타내고 있는 인물이다. 그는 정의를 위해 사는 사람이며, 아주 사소한 정의라도 그에게는 그것이 매우 중요하다. 따라서 이야기는 스스로 정의가 무엇인지 알고 있다고 믿는 류해국의 모습에서 시작한다. 그는 고등학교 2학년 때 학급일지를 맡은 적이 있다. 같은 반 학생들의 출결

석이나 수업 내용을 정리하는 일인데 덕분에 교무실을 드나들며 부수적으로 학생들의 생활상을 알게 되었다. 가령 반에서 1등이 었던 형석이는 어머니가 새어머니라든지, 싸움을 잘했던 오석이는 군인 아버지를 따라 이사를 밥 먹듯이 해 친구가 별로 없어 정을 주고받음에 익숙지 않고 상처받은 자신을 보호하려는 본능이 발달한 아이일 것이라는 것 등등. 그 덕에 자신은 대부분의 아이들과 별 문제 없이 수월하게 지낼 수 있었으며 이러한 요령은 사회생활에도 큰 도움이 되었다고 생각한다. 스스로를 다른 사람의 상황을 파악하고 그에 맞춰 행동해주는 배려심이 뛰어난 사람이라고 여기는 것이다.

건실한 중소기업 총무과에서 근무하며 직원들의 정보를 관리한 류해국에게 그 습관은 계속됐다. 그는 누구보다 직원들의 처우를 개선하는 데 도움이 됐으며, 덕분에 그들과 스스럼없는 관계를 맺었다고 믿었다. 가정에서도 여느 남편들과 달리 아내와 역할을 확실히 분담하고 내 집 마련을 위해 함께 고통을 나눴다고 자부한다. 그는 올바르게 살기 위해 모든 것을 한 사람이다. 스스로를 정의롭다고 생각하며 그 믿음에는 조금의 의심도 없었다. 하지만 그렇게 믿고 있었을 뿐이다.

슈퍼마켓에서 벌어진 사소한 실랑이가 확대되면서 류해국은 경찰서에 출입하는 지경에 이른다. 그동안 정의를 위해 싸우고, 사소한 정의라도 중요하게 여겨온 그로서는 모든 사람이 자신을 이해하고 자신의 행동을 정의라고 말해줄 것이라 생각한다. 결국 그는 자신만의 정의를 구현하기 위해 8개월 동안 잘못된 법률 시스템과 싸운다.

그러는 사이 그는 가족과 회사를 잃는다. 회사 일은 제쳐두고 밖으로만 나돈다는 평판이 돌았고, 아내에겐 감독님, 사감선생, 꼰대, 혼자 정의로운 척 가정일은 다 내팽개친 사람이 되어 있었다. 그뿐 아니었다. 자신은 한국 법률 시스템의 부정부패와 싸웠다고 생각했지만 그 과정에서 자신의 사건과 연루된 검사의 가정을 파괴한 사실을 알게 된다. 사소한 합의금 때문에 다른 사람의 가정을 파괴한 것을 과연 정의라 할 수 있을까? 류해국에게는 정의였지만 그것이 타인에게는 고통이고 상처였다면 정의를 어떻게 설명할 수 있을까?

사실 류해국은 정의로운 사람이기 전에 스스로 납득해야 하는 사람이다. 납득이 되지 않으면 일의 크고 작음을 떠나서 양보할 생각이 없는 사람이다. 이런 사람이기 때문에 20년 동안 벽을 쌓고 살아온 아버지가 돌아가셨다는 이야기를 들었을 때도 사망 원인보다 도시를 떠날 수 있는 기회로 받아들인다. 그런데 그곳에서마저 사람들이 자신을 밀어내는 것이 보인 것이다. 뚜렷한 이유를 알려준다면 납득했겠지만 구체적인 게 아니라 뉘앙스상 자신을 밀어내는 동네 사람들의 모습에 정체를 확인하고 싶은 욕구가 다시 꿈틀거리기 시작한다. 아버지의 죽음에 의심이 생기고 궁극적으로 자신이 부조리한 뉘앙스를 받으면서 그 답을 찾지 못하면 견딜 수 없는 사람이 바로 류해국이다.

그는 "나는 추해진 명예를 얻었다"라고 말하며 자신이 믿었던 정의를 위해 열심히 싸웠던 결과가 좋지 않다는 것을 스스로 인정했다. 그럼에도 마을에서 벌어진 일을 납득하지 않았기 때문에 손해인 줄 알면서도 계속 파고든다.

이런 류해국의 모습을 보면 스스로 옳다고 믿고 따랐던 정의가 다른 사람에게는 정의가 아닐 수 있고, 신념이 아닐 수도 있다는 것을 알게 된다. 심지어는 내 정의를 지키는 과정에서 누군가에게 피해를 주기도 한다. 결국 정의란 것은 하나로 규정할 수 있는 것은 아니지 않을까.

그럼에도 우리는 류해국이라는 캐릭터를 눈여겨보아야 한다. 그가 생각하는 납득이 되어야 하는 이유가 바로 우리가 지켜야 할 최소한의 정의이기 때문이다. 슈퍼마켓에서 벌어진 사소한 민사사건을 끝까지 물고 늘어진 것도, 시골 마을에서 일어난 미스터리한 사건을 파고든 것도 그에게 별다른 이득을 가져다주지 않는 행위다. 보통 미스터리를 파헤치는 서사의 한쪽에는 그동안 몰랐던 엄청난 이권이 걸려 있는 경우가 많다. 그런데 『이끼』는 처음부터 큰 이권은 없다는 결론을 내리고 사건으로 들어간다. 류해국의 정의는 때로는 상대에게 제안하는 방식이 서툴거나 유연한 연대를 하지 못해 아픈 결과를 가져오기도 하지만 우리 사회에서 지켜야 할 최소한의 기준이다.

잘못된 방법으로 실현된 정의를 과연 '정의'라 할 수 있을까?

─ 천 이장의 경우

그렇다면 류해국과 대립하는 천 이장은 어떤 사람일까?

어찌 보면 천 이장이야말로 오히려 보편적인 인간처럼 보이기도 한다. 류해국은 특유의 집착을 가진 사람이고, 그의 아버지인 류 목형은 영적인 세계에 맞닿아 있다. 다른 마을 사람들도 살인을 저지른 사실을 감춘다거나 과거에 문제를 일으킨 경우가 대부분이다. 그들 사이에서 천 이장은 전직 형사 출신에 권력에 대한 욕망도 있고, 물질적 욕망을 가지면서 자기 사람을 챙기고, 이왕이면 대장 노릇까지 하고 싶어 한다. 이렇게만 보면 별다른 문제가 없어 보인다. 아마도 대부분의 사람들은 기회가 주어지면 천 이장처럼 될 가능성이 높을 것이다.

하지만 좀 더 깊이 파고 들어가면 천 이장은 문제가 없는 사람이 아니라 문제가 일어나지 않게 만든 사람이란 걸 알게 된다. 과오를 안고 마을로 온 사람들이 절대 마을을 벗어나 자신의 처지를 밝힐 수 없게 만들었고 서로가 서로를 감시하는 시스템을 만들었다. 그는 마을을 다스리는 실질적 지배자이고 마을은 그만의 정의가 실현되는 공간이다. 천 이장은 부와 권력을 추구하면서 탐욕을 드러냈고, 류해국이 마을의 정의를 해치려 들자 광기를 드러낸다. 이런 천 이장에게도 정의가 있다고 할 수 있을까?

정의란 자신이 생각하는 옳고 그름이며 보편성을 따지기 어렵다. 사실 '정의'라는 말은 영어 'justice'의 한문식 번역이다. 이 단어에는 바로잡는다는 '정'의 뜻은 있지만 의롭다는 '의'의 뜻은 없다. justice는 just의 명사형으로 서양에서는 그 기원을 빚을 갚는데 두고 있다. 아시아에서는 정의가 사회적인 것에서 구현되지만 서양에서는 빚을 갚는다는 justice의 개념에 따라 두 사람 사이에서 먼저 구현된다. 두 사람 사이의 구현이란 상대가 나에게 잘해줬을 때 내가 똑같이 잘해주면 justice가 된다는 뜻이다. 그런 관점에서라면 천 이장은 나름의 정의가 있는 사람이다.

하지만 천 이장의 정의는 왜곡된 정의에 가깝다. 자신이 이끄는 공동체를 유지하기 위해 최소한의 인권도 지켜지지 않는 상황에서 자신이 옳다고 생각하는 정의를 실천하고 있기 때문이다. 천 이장은 마을을 유지하고 계속해서 존속시키는 목적에는 성공했지만 그 수단은 지나치게 비인간적이고 부정적이다. 과연 이렇게 왜곡된 정의를 우리가 정의라고 인정할 수 있을까?

가장 기본적인 정의를 지키는 류해국과 대척점에 서 있는 천 이장의 목적은 무엇일까? 그의 욕망은 대체 무엇을 향한 것일까? 천 이장은 신을 탐한 류목형의 반대편 사람이다.

"너는 신이 될라 했나? 나는 사람이 될라 했다."

책에서 류목형은 『성경』을 40번 이상 완독한 사람으로 나온다. 그는 더 이상 인간의 언어가 궁금하거나 필요한 사람이 아니었다. 그는 신을 탐한 사람이었다. 그리고 천 이장을 세상으로 불러들인 사람이기도 하다. 천 이장은 감옥에 있던 류목형을 만나면서 점점 진화한 캐릭터다. 설득력 있는 그의 말을 귀담아듣게 되면서 류목형에게 담배를 건네거나 밥을 제공했다. 천 이장이 건네는 것을 받아먹는 류목형은 신을 탐했던 사람에서 점차 천 이장의 손을 잡은 사람이 된다. 천 이장은 신을 탐한 류목형을 탐했고, 급기야는 류목형을 배신했던 모든 사람들을 살해하면서 그에게 선물 격의 집단살인을 선사한다. 사태가 걷잡을 수 없이 커지자 류목형은 자신이 이루지 못한 단죄, 스스로 만든 악의 고리를 자식이 끊어주길 바라는 이념을 담아 스스로의 호흡을 정지시켜 죽는다. 손목을 긋거나 목을 메서 자살하는 게 아니라 계속된 명상과 단전을 통해 어느 순간 호흡을 정지시켜버릴 정도로 지독한 사람이다.

신을 탐한 류목형과 그런 류목형을 탐한 천이장. 과연 누가 선이고 누가 악인가? 그리고 누가 정의인가?

그런 면에서 볼 때 또 다른 캐릭터인 박 검사는 정의로운 사람까지는 아니어도 정의에 대한 관점에 가장 가까운 인물인 것 같다. 그는 적당히 정의롭게 살고 싶었던 사람이다. 하지만 류해국 때문에 많은 것을 잃고 시골의 외딴 마을로 발령받는다. 류해국은 뻔뻔하게도 그런 박 검사에게 도움을 요청한다.

이때 박 검사는 자신이 동원할 수 있는 최소한의 공권력만 가지고 류해국에게 간다. 그는 류해국처럼 사건에 집착하거나 파고들지 않는다. 그렇다고 자신을 망가뜨린 류해국을 모른 채하지도 않는다. 같은 시민사회의 일원으로서 최소한의 조력자의 역할만 해낸다. 이런 작은 힘이 정의를 위해 싸우고 있는 누군가를 만났을 때 세상이 조금 더 나은 방향으로 갈 수 있는 원동력이 된다.

사람에 따라 정의가 다르듯이 정의를 구현하는 방법 역시 모두 다를 수밖에 없다. 정의가 실현될 때 모두가 그것을 이해하고 이의를 제기하지 않는다면 문제는 없다. 하지만 때로 정의는 잘못된 방법으로 구현되기도 한다. 『이끼』 속 인물들이 그런 경우다. 류해국을 비롯한 이장인 천용덕, 류목형까지 모두 자신의 지나친 신념이 정의로 발전했고 그렇기 때문에 문제가 생겼다.

『이끼』를 읽는다고 해서 정의가 무엇인지 명확하게 정의 내릴 수는 없다. 대신 『이끼』는 구체화되고 현실화되는 캐릭터들의 향연을 통해 우리에게 선과 악, 정의에 관한 숙제를 던진다. 저마다의 정의를 가진 캐릭터의 이야기를 통해 우리가 정의라는 것에 대해 한 번 더 고민해볼 수 있다는 것은 분명 의미 있는 일이 아닐까.

서울대생은 뭐 읽지?

	제목	저자
1	정의란 무엇인가	마이클 샌델
2	창문 넘어 도망친 100세 노인	요나스 요나손
3	에우리피데스 비극	에우리피데스
4	인간관계의 심리학	권석만
5	게임이론	왕규호
6	경제·경영수학 길잡이	Alpha C. Chiang
7	백년의 고독	가브리엘 가르시아 마르케스
8	정글만리	조정래
9	백년 동안의 고독	가브리엘 가르시아 마르케스
10	미시경제학	김영산, 왕규호
11	민주화 이후의 민주주의	최장집
12	상상의 공동체	베네딕트 앤더슨
13	정글만리 1	조정래
14	총, 균, 쇠	재레드 다이아몬드
15	이기적 유전자(개정판)	리처드 도킨스
16	거대한 전환	칼 폴라니
17	미시경제학	이준구
18	정글만리 2	조정래
19	데미안	헤르만 헤세
20	Cheng의 전자기학	데이비드 챙
21	서양미술사	에른스트 곰브리치
22	거시경제론: 연습문제 해설집	김영식
23	종교와 세계관	니니안 스마트
24	피로사회	한병철
25	픽션들	호르헤 루이스 보르헤스
26	감시와 처벌	미셸 푸코
27	구별짓기	피에르 부르디외
28	나미야 잡화점의 기적	히가시노 게이고
29	식물생리학	Lincoln Taiz
30	파우스트	요한 볼프강 폰 괴테
31	20세기 경제사	양동휴
32	남한산성	김훈

69	색채가 없는 다자키 쓰쿠루와 그가 순례를 떠난 해	무라카미 하루키
70	선형대수와 군	이인석
71	이기적 유전자	리처드 도킨스
72	자유론	존 스튜어트 밀
73	토니오 크뢰거·트리스탄·베니스에서의 죽음	토마스 만
74	행정소송의 구조와 기능	박정훈
75	향수	파트리크 쥐스킨트
76	현대 과학철학의 문제들	조인래
77	맨큐의 경제학 연습문제풀이	그레고리 맨큐
78	서양미술사: 모더니즘 편	진중권
79	Linear algebra	Friedberg 외
80	고도를 기다리며	사무엘 베케트
81	그들이 말하지 않는 23가지	장하준
82	그레이의 50가지 그림자	E L 제임스
83	나쁜 사마리아인들	장하준
84	두근두근 내 인생	김애란
85	마지막 강의	랜디 포시
86	멋진 신세계	올더스 헉슬리
87	모더니티의 다섯 얼굴	M. 칼리니스쿠
88	미시경제학: 수학노트와 연습문제 해답	이준구
89	미움받을 용기	기시미 이치로
90	변신·시골의사	프란츠 카프카
91	사다리 걷어차기	장하준
92	살인자의 기억법	김영하
93	생명과학	Campbell 외
94	서양 근대 정치사상사	강정인 외
95	아틀라스 중국사	이준갑 외
96	엄마를 부탁해	신경숙
97	여자 없는 남자들	무라카미 하루키
98	오이디푸스 왕	소포클레스
99	FUNDAMENTALS MICROELECTONICS	Behzad Razavi
100	젊은 베르테르의 슬픔	요한 볼프강 폰 괴테

대한민국을 움직이는 셀럽들은 뭐 읽지?

	제목	저자
1	백년 동안의 고독	가브리엘 가르시아 마르케스
2	그리스인 조르바	카잔차키스
3	생각의 탄생	미셸 루스번스타인 외
4	서양미술사	에른스트 곰브리치
5	강의	신영복
6	참을 수 없는 존재의 가벼움	밀란 쿤데라
7	카라마조프 가의 형제들 1	도스토옙스키
8	토지	박경리
9	거의 모든 것의 역사	빌 브라이슨
10	관촌수필	이문구
11	광장/구운몽	최인훈
12	김수영 전집 1	김수영
13	뜻으로 본 한국역사	함석헌
14	아내를 모자로 착각한 남자	올리버 색스
15	어린 왕자	생텍쥐페리
16	유혹하는 글쓰기	스티븐 킹
17	이기적 유전자	리처드 도킨스
18	일리아스	호메로스
19	로마인 이야기 1	시오노 나나미
20	문학과 예술의 사회사	아르놀트 하우저
21	빈 서판	스티븐 핑거
22	삼미 슈퍼스타즈의 마지막 팬클럽	박민규
23	오래된 미래	헬레나 노르베리 호지
24	우울과 몽상	에드거 앨런 포
25	월든	헨리 데이비드 소로
26	전쟁과 평화	레프 톨스토이
27	죄와 벌 1	도스토옙스키
28	칼의 노래	김훈
29	픽션들	호르헤 루이스 보르헤스
30	허삼관 매혈기	위화
31	1984	조지 오웰
32	나쁜 사마리아인들	장하준

33	눈먼 자들의 도시	주제 사라마구
34	롤리타	블라디미르 나보코프
35	마담 보바리	귀스타브 플로베르
36	마의 산	토마스 만
37	무량수전 배흘림기둥에 기대서서(개정판)	최순우
38	백년의 고독	가브리엘 가르시아 마르케스
39	소송	프란츠 카프카
40	악의 꽃	샤를 피에르 보들레르
41	열린 사회와 그 적들	칼 포퍼
42	오리엔탈리즘	에드워드 사이드
43	왜 나는 너를 사랑하는가	알랭 드 보통
44	이것이 인간인가	프리모 레비
45	잃어버린 시간을 찾아서	마르셀 프루스트
46	임꺽정	홍명희
47	입 속의 검은 잎	기형도
48	죄와 벌 2	도스토옙스키
49	천 개의 찬란한 태양	할레드 호세이니
50	총, 균, 쇠	제레드 다이아몬드
51	침묵의 세계	막스 피카르트
52	파리대왕	윌리엄 골딩
53	파우스트	요한 볼프강 폰 괴테
54	햄릿	윌리엄 셰익스피어
55	허클베리 핀의 모험	마크 트웨인
56	고도를 기다리며	사무엘 베케트
57	그 많던 싱아는 누가 다 먹었을까	박완서
58	나의 문화유산답사기	유홍준
59	나의 문화유산답사기(남도답사 일번지)	유홍준
60	난장이가 쏘아올린 작은 공	조세희
61	내 이름은 삐삐롱 스타킹	아스트리드 린드그렌
62	달의 궁전	폴 오스터
63	동물농장	조지 오웰
64	뒹구는 돌은 언제 잠 깨는가	이성복
65	로드	코맥 매카시
66	마음은 어떻게 작동하는가	스티븐 핑커
67	몬테크리스토 백작	알렉상드르 뒤마
68	무량수전 배흘림기둥에 기대서서	최순우

대한민국 군인들은 뭐 읽지?

	제목	저자
1	미움받을 용기	기시미 이치로
2	행복의 기원	서은국
3	스키너의 심리상자 열기	로렌 슬레이터
4	나는 왜 눈치를 보는가	가토 다이조
5	대고구려역사 중국에는 없다	이인철 외
6	역사e season2	EBS 역사채널 e
7	처음 읽는 아프리카의 역사	루츠 판 다이크
8	수학, 인문으로 수를 읽다	이광연
9	장사의 신	우노 다카시
10	스무살, 절대 지지 않기를	이지성
11	목민심서	정약용
12	기타여 네가 말해다오	조용호
13	높고 푸른 사다리	공지영
14	징비록	유성룡
15	꾸뻬 씨의 행복여행	프랑수아 를로르
16	1만 시간의 법칙	이상훈
17	악마는 프라다를 입는다	로렌 와이스버거
18	다빈치 코드	댄 브라운
19	회복 탄력성	김주환
20	멈추면, 비로소 보이는 것들	혜민
21	버텨내는 용기	기시미 이치로
22	습관의 재발견	스티븐 기즈
23	나는 자기계발서를 읽고 벤츠를 샀다	최성락
24	독서 천재가 된 홍대리	이지성
25	역사 스페셜	KBS 역사스페셜
26	당신이 알아야할 한국사 10	서경덕 외
27	조훈현 고수의 생각법	조훈현
28	제3인류	베르나르 베르베르
29	오베라는 남자	프레드릭 배크만
30	마음 담은 글씨	박병철
31	그림의 힘	김선현
32	유엔미래보고서 2045	박영숙

33	정의란 무엇인가	마이클 샌델
34	안네의 일기	안네 프랑크
35	나 홀로 진짜 여행	권다현
36	인생에 지지 않을 용기	알프레드 아들러
37	연을 쫓는 아이	할레드 호세이니
38	방황해도 괜찮아	법륜
39	흡연자가 가장 궁금한 것들	김관욱
40	사람이 희망이다	문국현
41	상처받을 용기	이승민
42	대화의 신	래리 킹
43	로마인 이야기	시오노 나나미
44	한국사를 바꿀 14가지 거짓과 진실	KBS 역사 추적팀, 윤영수
45	유배지에서 보낸 편지	정약용
46	6.25 전쟁과 중국	이세기
47	아름다운 영웅 김영옥	한우성
48	위대한 결정	앨런 엑셀로드
49	플레이	신기주, 김재훈
50	대한민국을 만들다	한국현대사회학회, 현대사교양서팀
51	무의미의 축제	밀란 쿤데라
52	에드워드 툴레인의 신기한 여행	케이트 디카밀로
53	메이즈 러너	제임스 대시너
54	잘못은 우리 별에 있어	존 그린
55	뿌리 이야기	김숨
56	파이프라인 우화	버크 헤지스
57	순간의 꽃	고은
58	사랑하라 한번도 상처받지 않은 것 처럼	류시화
59	수선화에게	정호승
60	참 좋은 당신을 만났습니다	송정림
61	한 글자	정철, 어진선
62	오늘은 내 인생의 가장 젊은 날입니다	이근후
63	오늘 내가 사는 게 재미있는 이유	김혜남
64	꽃잎이 떨어져도 꽃은 지지않네	법정, 최인호
65	폭스바겐은 왜 고장난 자동차를 광고했을까?	자일스 루리
66	중국 천재가 된 홍대리 1	김만기, 박보현
67	2030 기회의 대이동	최윤식 등
68	사물 인터넷	커넥팅랩

다시 읽고 싶은 교과서 문학

	도서명	저자명
1	소나기	황순원
2	하늘과 바람과 별과 시	윤동주
3	어린 왕자	생텍쥐베리
4	난장이가 쏘아올린 작은 공	조세희
5	무소유	법정
6	토지	박경리
7	운수 좋은 날	현진건
8	안네의 일기	안네 프랑크
9	인연	피천득
10	봉순이 언니	공지영
11	무진기행	김승옥
12	창가의 토토	구로야나기 테츠코
13	위그든 씨의 사탕가게	폴 빌라드
14	아홉살 인생	위기철
15	메밀꽃 필 무렵	이효석
16	백범일지	김구
17	오체불만족	오토다케 히로타다
18	나무를 심은 사람	장 지오노
19	원미동 사람들	양귀자
20	입 속의 검은 잎	기형도
21	우리들의 일그러진 영웅	이문열
22	날개	이상
23	자전거 여행	김훈
24	자전거 도둑	박완서
25	껍데기는 가라	신동엽
26	그는 나에게로 와서 꽃이 되었다	김춘수
27	갈매기의 꿈	리처드 바크
28	유배지에서 보낸 편지	정약용
29	김수영 전집 1	김수영
30	소설가 구보씨의 일일	박태원
31	관촌수필	이문구
32	동백꽃	김유정

33	방망이 깎던 노인	윤오영
34	마당깊은 집	김원일
35	사씨남정기	김만중
36	아버지	김정현
37	상록수	심훈
38	꺼삐딴 리	전광용
39	삼국유사	일연
40	목걸이	기 드 모파상
41	나 하늘로 돌아가리라	천상병
42	님의 침묵	한용운
43	오발탄	이범선
44	사랑손님과 어머니	주요섭
45	홍길동전	허균
46	별	알퐁스 도데
47	청춘 예찬	민태원
48	수난 이대	하근찬
49	내 여기 가난한 노래의 씨를 뿌려라	이육사
50	해에게서 소년에게	최남선
51	진달래꽃	김소월
52	새들도 세상을 뜨는구나	황지우
53	아홉 컬레의 구두로 남은 사내	윤흥길
54	삼포 가는 길	황석영
55	삼대	염상섭
56	가난한 사랑 노래	신경림
57	걸리버 여행기	조너선 스위프트
58	빈처	현진건
59	젊은 느티나무	강신재
60	어느 가슴엔들 시가 꽃피지 않으랴 1	정끝별 해설
61	무정	이광수
62	즐거운 편지	황동규
63	혼불	최명희
64	태평천하	채만식
65	감자	김동인
66	김영랑 시집	김영랑
67	대장금	김영현, 유민주
68	책상은 책상이다	피터 빅셀

은밀하고 위대한 시대의 금서

	제목	저자
1	아기공룡 둘리	김수정
2	천국의 신화	이현세
3	너하고 안 놀아	현덕
4	몽실 언니	권정생
5	찰리와 초콜릿 공장	로알드 달
6	그림 동화집	그림형제
7	사랑해 너무나 너무나	저스틴 리처드슨
8	소녀, 소녀를 사랑하다	낸시 가든
9	샬롯의 거미줄	엘윈 브룩스 화이트
10	당나귀 실베스터와 요술 조약돌	윌리엄 스타이그
11	깊은 밤 부엌에서	모리스 센닥
12	갈색 곰아, 갈색 곰아, 무엇을 보고 있니?	빌 마틴 주니어
13	괴물들이 사는 나라	모리스 센닥
14	곰돌이 푸우는 아무도 못 말려	A. A. 밀른
15	아낌없이 주는 나무	쉘 실버스타인
16	오즈의 마법사	라이먼 프랭크 바움
17	비밀의 숲 테라비시아	캐더린 패터슨
18	다락방의 불빛	쉘 실버스타인
19	금오신화	김시습
20	홍길동전	허균
21	열하일기	박지원
22	목민심서	정약용
23	논어	공자
24	설공찬전	채수
25	아Q정전	루쉰
26	걸리버 여행기	조나단 스위프트
27	삐삐 롱스타킹	아스트리드 린드그렌
28	앵무새 죽이기	하퍼 리
29	해리 포터	조앤 K. 롤링
30	명탐정 셜록 홈즈: 주홍색 연구	아서 코난 도일
31	안네 프랑크의 일기	안네 프랑크
32	허클베리 핀의 모험	마크 트웨인

69	롤리타	블라디미르 나보코프
70	사랑의 기술	오비디우스
71	캉디드	볼테르
72	파리의 노트르담	빅토르 위고
73	삼총사	알렉상드르 뒤마
74	양철북	귄터 그라스
75	프랭클린 자서전	벤자민 프랭클린
76	난장이가 쏘아올린 작은 공	조세희
77	임꺽정	홍명희
78	금수회의록	안국선
79	신동엽 전집	신동엽
80	나는 빠리의 택시 운전사	홍세화
81	달려라 냇물아	최성각
82	사슴	백석
83	나와 나타샤와 흰 당나귀	백석
84	아리랑	님 웨일스, 김산
85	태백산맥	조정래
86	님의 침묵	한용운
87	내게 거짓말을 해봐	장정일
88	순이 삼촌	현기영
89	지상에 숟가락 하나	현기영
90	나쁜 사마리아인들	장하준
91	군주론	마키아벨리
92	카마수트라	바츠야야나
93	종의 기원	찰스 로버트 다윈
94	에밀	장 자크 루소
95	사회계약론	장 자크 루소
96	자유로부터 도피	에리히 프롬
97	무림파천황	박영창
98	소돔 120일	마르키 드 사드
99	나의 투쟁	아돌프 히틀러
100	탈무드	마빈 토카이어

영화인 선정, 내 인생의 책

	제목	저자
1	인연	최인호
2	전환시대의 논리	리영희
3	열정	산도르 마라이
4	시간의 여울	이우환
5	가재미	문태준
6	숏 컷	레이먼드 카버
7	사진에 관하여	수전 손택
8	몬테 크리스토 백작	알렉상드르 뒤마
9	우리집	사이바라 리에코
10	롤리타	블라디미르 나보코프
11	꽃도 십자가도 없는 무덤	클로드 모르강
12	The Stanley Kubrick Archives	Alison Castle
13	파리대왕	윌리엄 골딩
14	고리키 단편집	막심 고리키
15	영화 연출론	스티븐 디 캐츠
16	공자, 인간과 신화	H. G. 크릴
17	김수영 전집	김수영
18	거장의 노트를 훔치다	로랑 티라르
19	간판 스타	이희재
20	베트남에서 레이건까지	로빈 우드
21	우동 한 그릇	구리 료헤이
22	헐리웃 문화혁명	피터 바스킨드
23	서유기	오승은
24	레 미제라블	빅토르 위고
25	명배우의 연기수업	마이클 케인
26	유토피아	토마스 모어
27	세계의 끝과 하드보일드 원더랜드	무라카미 하루키
28	위험한 관계	피에르 쇼데를로 드 라클로
29	소설가의 각오	마루야마 겐지
30	윤동주 평전	송우혜
31	15소년 표류기	쥘 베른
32	안데르센 동화 123가지	안데르센

33	한밤의 아이들	살만 루시디
34	그로테스크	기리노 나쓰오
35	나의 라임 오렌지 나무	J. M. 데 바스콘셀로스
36	데이빗 린치의 빨간방	데이빗 린치
37	종의 기원	찰스 로버트 다윈
38	관촌수필	이문구
39	감독의 길	구로사와 아키라
40	도가니	공지영
41	그 많던 싱아는 누가 다 먹었을까	박완서
42	연금술사	파울로 코엘료
43	바람이 분다 당신이 좋다	이병률
44	유다의 별	도진기
45	미움받을 용기	기시미 이치로
46	검은 꽃	김영하
47	배우 수업	콘스탄틴 스타니슬랍스키
48	어린 왕자	생텍쥐페리
49	정체성	밀란 쿤데라
50	아라리 난장	김주영
51	우주피스 공화국	하일지
52	이탈리아 구두	헤닝 만켈
53	밤의 피크닉	온다 리쿠
54	여자 없는 남자들	무라카미 하루키
55	존재하지 않는 기사	이탈로 칼비노
56	살인의 해석	제드 러벤펠드
57	눈의 황홀	마쓰다 유키마사
58	우아한 거짓말	김려령
59	7년의 밤	정유정
60	어디선가 나를 찾는 전화벨이 울리고	신경숙
61	강신주의 감정수업	강신주
62	폰더 씨의 위대한 하루	앤디 앤드루스
63	희랍인 조르바	니코스 카잔차키스
64	음식의 언어	댄 주래프스키
65	어떤 하루	신준모
66	경청: 마음을 얻는 지혜	조신영, 박현찬
67	사랑할 땐 별이 되고	이해인
68	모순	양귀자

학창시절 선생님 몰래 읽던 책

	제목	저자
1	엘리오와 이베트	원수연
2	아르미안의 네 딸들	신일숙
3	짱	임재원
4	오디션	천계영
5	힙합	김수용
6	인어공주를 위하여	이미라
7	H2	아다치 미츠루
8	슬램덩크	이노우에 다케히코
9	나루토	키시모토 마사시
10	드래곤볼	토리야마 아키라
11	란마 1/2	다카하시 루미코
12	꽃보다 남자	카미오 요코
13	명탐정 코난	아오야마 고쇼
14	미스터 초밥왕	테라사와 다이스케
15	괴짜가족	하마오카 켄지
16	베르사유의 장미	이케다 리요코
17	강철의 연금술사	아라카와 히로무
18	신세기 에반게리온	KHARA, GAINAX
19	오! 나의 여신님	후지시마 코스케
20	도라에몽	후지코 F. 후지오
21	홍차 왕자	야마다 난페이
22	이나중 탁구부	후루야 미노루
23	이누야샤	다카하시 루미코
24	영웅문	김용
25	퇴마록	이우혁
26	묵향	전동조
27	드래곤 라자	이영도
28	열혈강호	전극진, 양재현
29	비뢰도	검류혼
30	해리 포터 시리즈	조앤 K. 롤링
31	반지의 제왕	J. R. R. 톨킨
32	은교	박범신

69	은하영웅전설	다나카 요시키
70	반짝반짝 빛나는	에쿠니 가오리
71	새의 선물	은희경
72	왕비의 침실	쥘리에트 벤조니
73	모방범	미야베 미유키
74	백야행	히가시노 게이고
75	나는 조지아의 미친 고양이	루이즈 레니슨
76	우동 한 그릇	구리 료헤이
77	다빈치 코드	댄 브라운
78	쇼퍼홀릭	소피 킨셀라
79	국화꽃 향기	김하인
80	가시고기	조창인
81	무궁화 꽃이 피었습니다	김진명
82	나는 조선의 국모다	이수광
83	지킬 박사와 하이드	로버트 루이스 스티븐슨
84	연금술사	파울로 코엘료
85	뇌	베르나르 베르베르
86	키친	요시모토 바나나
87	파페포포 메모리즈	심승현
88	야생초 편지	황대권
89	지선아 사랑해	이지선
90	눈물은 왜 짠가	함민복
91	입 속의 검은 잎	기형도
92	여장남자 시코쿠	황병승
93	넌 가끔가다 내 생각을 하지 난 가끔가다 딴 생각을 해	원태연
94	외눈박이 물고기의 사랑	류시화
95	외롭고 높고 쓸쓸한	안도현
96	Ceci Korea	중앙M&B
97	Kino	키노편집부
98	토마토	편집부
99	머리가 좋아지는 매직아이	넥서스주니어
100	월리를 찾아라	마틴 핸드포드

책으로 만나는 실존인물

	제목	저자
1	이노베이터	월터 아이작슨
2	스티브 잡스	월터 아이작슨
3	중국의 붉은 별	에드거 스노
4	쳇 베이커	제임스 개빈
5	양의 노래	가토 슈이치
6	지압 장군을 찾아서	안정효
7	아리랑	님 웨일스, 김산
8	세계를 재다	다니엘 켈만
9	교수와 광인	사이먼 윈체스터
10	저스트 키즈	패티 스미스
11	카사노바 나의 편력	조반니 카사노바
12	글렌 굴드 피아노 솔로	미셸 슈나이더
13	츠바이크의 발자크 평전	슈테판 츠바이크
14	이스탄불	오르한 파묵
15	나는 춤이다	김선우
16	살아야 한다 나는 살아야 한다	마르틴 그레이
17	나, 건축가 안도 다다오	안도 다다오
18	워렌 버핏 평전	앤드류 킬패트릭
9	퀸 엘리자베스	샐리 베델 스미스
20	MARILYN MONROE THE LAST SITTING	편집부
21	반 고흐, 인생을 쓰다	빈센트 반 고흐, 강현규
22	조선의 명탐정들	정명섭, 최혁곤
23	덕혜옹주	권비영
24	난설헌	최문희
25	대륙의 딸	장융
26	예스, 셰프	마르쿠스 사무엘손 외
27	조선의 딸, 총을 들다	정운현
28	칼의 노래	김훈
29	정조의 비밀편지	안대희
30	지식인의 두 얼굴	폴 존슨
31	사진기 너머	유서프 카쉬, 데이비드 트래비스
32	장국영-천상에서 해피 투게더	이상용

33	빌리 밀리건	대니얼 키스
34	나는 조선의 총구다	이상국
35	숨 가쁜 사랑	폴 세르주 카콩
36	김수영의 연인	김현경
37	링컨	프레드 캐플런
38	상뻬의 어린 시절	장 자끄 상뻬
39	스티븐 호킹	키티 퍼거슨
40	꾿빠이, 이상	김연수
41	그 여자 전혜린	정도상
42	봉고차 월든	켄 일구나스
43	샬럿 브론테의 비밀일기	시리 제임스
44	천경자의 환상여행	정중헌
45	나눔의 세계: 알베르 카뮈의 여정	카트린 카뮈
46	리딩	알렉스 퍼거슨
47	그리다, 너를	이주헌
48	반역의 시인 랭보와 짐 모리슨	윌리스 파울리
49	권력과 욕망	마거릿 크로스랜드
50	용감한 친구들	줄리언 반스
51	리모노프	엠마뉘엘 카레르
52	에비에이터 하워드 휴즈	조지 J. 마레트
53	워너비 재키	티나 산티 플래허티
54	윤동주 평전	송우혜
55	여배우들	한창호
56	열애	김별아
57	세계를 움직인 돈의 힘	게랄트 브라운베르거, 유디트 램프케
58	오드리와 티파니에서 아침을	샘 왓슨
59	월가의 늑대	조던 벨포트
60	노예 12년	솔로몬 노섭
61	악마가 사랑한 여인	마리 에머리
62	조선의 2인자들	조민기
63	아이 러브 유, 필립 모리스	스티브 맥비커
64	제중원 박서양	이윤우
65	마리 앙투아네트 베르사유의 장미	슈테판 츠바이크
66	머니볼	마이클 루이스
67	연인 서태후	펄벅
68	대니쉬 걸	데이비드 에버쇼프

69	양귀비의 사랑과 배반에 관한 보고서	나채훈
70	달과 6펜스	윌리엄 서머싯 모옴
71	조선 공주의 사생활	최향미
72	소설가의 길을 따라	김인성
73	한복 입은 남자	이상훈
74	위대한 패배자	볼프 슈나이더
75	왕을 낳은 후궁들	최선경
76	백석 평전	안도현
77	만들어진 승리자들	볼프 슈나이더
78	흑산	김훈
79	일곱 명의 여자	리디 살베르
80	도스토예프스키 돈을 위해 펜을 들다	석영중
81	몽양 여운형 평전	김삼웅
82	거장 이쾌대, 해방의 대서사	국립현대미술관
83	리영희 평전	김삼웅
84	길 위의 오케스트라	가레스 데이비스
85	좋은 유럽인 니체	데이비드 패럴 크렐 외
86	샐린저 평전	케니스 슬라웬스키
87	찌질한 위인전	함현식
88	안중근 재판정 참관기	김흥식
89	폴 매카트니	톰 도일
90	간송 전형필	이충렬
91	이중섭 1916-1945 편지와 그림들	이중섭
92	위대한 영화감독들 A TO Z	매트 글라스비
93	(역사를 바꾼) 스캔들의 여인들	엘리자베스 케리 마혼
94	체 게바라 평전	장 코르미에
95	레버넌트	마이클 푼케
96	온 더 무브	올리버 색스
97	청년 백남준	임산
98	찰리 브라운과 함께한 내 인생	찰스 슐츠
99	우리가 참 아끼던 사람	박완서 외
100	연쇄살인범 파일	해럴드 셰터

솔로를 탈출시켜주는 책

	제목	저자
1	위험한 관계	피에르 쇼데를로 드 라클로
2	쾌락	가브리엘레 단눈치오
3	커플	바르바라 지히터만
4	닥터스	에릭 시걸
5	책 읽어주는 남자	베른하르트 슐링크
6	사람아 아 사람아	다이 호우잉
7	사랑 후에 오는 것들	공지영
8	사서함 110호의 우편물	이도우
9	4월의 어느 맑은 아침에 100퍼센트의여자를 만나는 것에 대하여	무라카미 하루키
10	사랑이 달리다	심윤경
11	스무 편의 사랑의 시와 한 편의 절망의 노래	파블로 네루다
12	나는 정말 너를 사랑하는 걸까	김혜남
13	카사노바 나의 편력	조반니 카사노바
14	D에게 보낸 편지	앙드레 고르
15	아무 날도 아닌 날	최고운
16	사랑의 기술	에리히 프롬
17	여자에겐 보내지 않은 편지가 있다	대리언 리더
18	모태솔로 탈출 작업의 정석	kenshin
19	화성에서 온 남자 금성에서 온 여자	존 그레이
20	천년의 사랑	양귀자
21	밤은 짧아 걸어 아가씨야	모리미 도미히코
22	시간의 정원	이시다 이라
23	사랑하라 한번도 상처받지 않은 것처럼	류시화
24	연애의 법칙 21	스티브 나카모토
25	남의 사랑 이야기	김신회
26	진짜 사랑은 아직 오지 않았다	선안남
27	사랑이 외로운 건 내 전부를 걸기 때문입니다	시라토리 하루히코
28	스님의 주례사	법륜
29	연애 바이블	송창민
30	남자의 속마음 여자의 속마음	최정
31	이 모든 걸 처음부터 알았더라면	칼 필레머

68	섹스 그리고 사랑	틱낫한
69	잘 지내니 한때 나의 전부였던 사람	공병각
70	심연으로부터	오스카 와일드
71	하버드 사랑학 수업	마리 루티
72	사랑 풍경	윤대녕 외
73	사랑에 빠진 개구리	맥스 벨트하우스
74	그 남자 그 여자	이미나
75	지금 사랑하지 않는 자, 모두 유죄	노희경
76	밀리언 달러 초콜릿	황경신
77	헤르만 헤세의 사랑	베르벨 레츠
78	너를 사랑해!	미셸 피크말, 에릭 바튀
79	사랑해	허영만, 김세영
80	당신의 모든 순간	강풀
81	염소의 맛	바스티앙 비베스
82	파란색은 따뜻하다	쥘리 마로
83	수업시간 그녀	박수봉
84	자꾸 생각나	송아람
85	푸른 알약	프레데릭 페테르스
86	짝짓기의 심리학	이인식
87	너는 나에게 상처를 줄 수 없다	배르벨 바르데츠키
88	사랑받을 권리	일레인 N. 아론
89	사랑의 단상	롤랑 바르트
90	향연	플라톤
91	올 어바웃 러브	벨 훅스
92	사랑은 지독한 그러나 너무나 정상적인 혼란	울리히 벡 외
93	연애	제프리 밀러
94	역사 속 사랑 이야기	이상현
95	그림 속 연인들	박정욱
96	사랑은 왜 아픈가	에바 일루즈
97	왜 나는 항상 연애가 어려울까	박진진
98	욕망의 진화	데이비드 버스
99	그는 당신에게 반하지 않았다	그렉 버렌트 외
100	여기 어때	김수연

자존감을 높여주는 책

	제목	저자
1	마션	앤디 위어
2	자기 앞의 생	에밀 아자르
3	모두 아름다운 아이들	최시한
4	GO	가네시로 카즈키
5	집오리와 들오리의 코인로커	이사카 코타로
6	관촌수필	이문구
7	야성의 부름	잭 런던
8	모히칸 족의 최후	제임스 페니모어 쿠퍼
9	트루 그릿	찰스 포티스
10	죽은 왕녀를 위한 파반느	박민규
11	뭐라도 되겠지	김중혁
12	시골 빵집에서 자본론을 굽다	와타나베 이타루
13	나는 까칠하게 살기로 했다	양창순
14	인간의 품격	데이비드 브룩스
15	너는 나에게 상처를 줄 수 없다	배르벨 바르데츠키
16	자아 연출의 사회학	어빙 고프만
17	창가의 토토	구로야나기 테츠코
18	나는 정말 너를 사랑하는걸까	김혜남
19	네가 어떤 삶을 살든 나는 너를 응원할 것이다	공지영
20	와일드	셰릴 스트레이드
21	살아있는 것은 다 행복하라	법정, 류시화
22	아프니까 청춘이다	김난도
23	모멸감	김찬호
24	인간적인 너무나 인간적인	프리드리히 니체
25	성공하는 사람들의 7가지 습관	스티븐 코비
26	네 안에 잠든 거인을 깨워라	앤서니 라빈스
27	오스카 와오의 짧고 놀라운 삶	주노 디아스
28	Q&A	비카스 스와루프
29	몬스터 콜스	패트릭 네스
30	파랑 피	메리 E. 피어슨
31	마이너리그	은희경
32	지극히 내성적인	최정화

가족과 친해지고 싶은 사람을 위한 책

	제목	저자
1	남쪽으로 튀어	오쿠다 히데오
2	팔묘촌	요코미조 세이시
3	우리는 언젠가 죽는다	데이비드 실즈
4	바닷마을 다이어리	요시다 아키미
5	괴물들이 사는 나라	모리스 센닥
6	행복한 질문	오나리 유코
7	어른을 일깨우는 아이들의 위대한 질문	제마 엘윈 해리스
8	즐거운 나의 집	공지영
9	그렇게, 아버지가 된다	윤용인
10	부모와 아이 사이	하임 G. 기너트
11	엄마는 아들을 너무 모른다	창랑, 위안샤오메이
12	소금	박범신
13	나의 아름다운 정원	심윤경
14	빨강머리 앤	루시 모드 몽고메리
15	유태인 가족대화	슈물리 보테악
16	소녀와 망태할아버지	장영식
17	가족 사냥	텐도 아라타
18	가족심리백과	송형석 외
19	엄마 일단 가고 봅시다	태원준
20	풀밭 위의 돼지	김태용
21	몰아 쓴 일기	박성준
22	사랑하는 안드레아	룽잉타이, 안드레아 발터
23	제4회 젊은작가상 수상작품집	김종옥 외
24	엄청나게 시끄럽고 믿을 수 없게 가까운	조너선 사프란 포어
25	가재미	문태준
26	가족	최인호
27	투명인간	성석제
28	김박사는 누구인가?	이기호
29	중국인 거리 저녁의 게임 병어회 겨울의 환	오정희
30	빼빼 가족, 버스 몰고 세계여행	빼빼가족
31	5대 가족	고은 외
32	포옹 혹은 라이스에는 소금을	에쿠니 가오리

69	삼천갑자 복사빛	정끝별
70	개를 훔치는 완벽한 방법	바바라 오코너
71	아버지와 아들	이반 투르게네프
72	유랑가족	공선옥
73	엄마와 연애할 때	임경선
74	가족이 있는 삶	이재명, 이봉진
75	세계 최고 아빠의 특별한 고백	데이브 잉글도
76	아빠의 수학여행	김민형
77	백년 부부	지아오 보
78	가족	이창래
79	아버지의 선물	양재문
80	가족의 두 얼굴	최광현
81	10대들의 사생활	데이비드 윌시
82	가족	존 브래드쇼
83	가족의 심리학	토니 험프리스
84	긍정의 훈육	제인 넬슨 외
85	부부 심리학에게 길을 묻다	케빈 리먼
86	가족이란 무엇인가	알프레드 아들러
87	나의 상처는 어디에서 왔을까	산드라 콘라트
88	나는 더 이상 당신의 가족이 아니다	한기연
89	내가 엄마의 부엌에서 배운 것들	맷 매컬레스터
90	엄마 마음을 왜 이렇게 몰라줄까	조슈아 콜먼
91	부모의 자존감	댄 뉴하스
92	추락	존 맥스웰 쿠체
93	아직 최선을 다하지 않았을 뿐	아오노 슌주
94	돼지책	앤서니 브라운
95	내가 가장 슬플 때	마이클 로젠
96	착한 가족	서하진
97	즐거운 무민 가족 세트	토베 얀손
98	마지막 이벤트	유은실
99	엄마도 아시다시피	천운영
100	아르헨티나 할머니	요시모토 바나나

1부 세상에서 가장 작은 인생학교

헤르만 헤세, 안인희 옮김, 『데미안』(문학동네, 2013).
캐서린 하킴, 이현주 옮김, 『매력 자본』(민음사, 2013).
알렉상드르 뒤마, 오종자 옮김, 『몬테크리스토 백작』(민음사, 2002).
찰스 포티스, 정윤조 옮김, 『트루 그릿』(문학수첩, 2011).
김훈, 『칼의 노래』(문학동네, 2014).
아오노 슌주, 송치민 옮김, 『아직 최선을 다하지 않았을 뿐』(세미콜론, 2014).
가브리엘 가르시아 마르케스, 안정효 옮김, 『백년 동안의 고독』(문학사상, 2005).
가브리엘 가르시아 마르케스, 조구호 옮김, 『백년의 고독 1, 2』(민음사, 2000).
조정래, 『태백산맥』(해냄, 2007).
박경리, 『토지』(마로니에북스, 2012).
J.R.R. 톨킨, 김번 외 옮김, 『반지의 제왕』(씨앗을뿌리는사람, 2007).
C.S. 루이스, 햇살과나무꾼 옮김, 『나니아 연대기』(시공주니어, 2005).
J.R.R. 톨킨, 이미애 옮김, 『호빗』(씨앗을뿌리는사람, 2007).
옥스퍼드 사전 편집부, 『옥스퍼드 영어 사전』(OXFORD UNIVERSITY PRESS, 2005).
로렌 슬레이터, 조증열 옮김, 『스키너의 심리상자 열기』(에코의서재, 2005).
사이먼 윈체스터, 공경희 옮김, 『교수와 광인』(세종서적, 2016).
F. 스콧 피츠제럴드, 김욱동 옮김, 『위대한 개츠비』(민음사, 2003).
F. 스콧 피츠제럴드, 이화연 옮김, 『낙원의 이편』(펭귄클래식코리아, 2011).
어니스트 헤밍웨이, 김욱동 옮김, 『노인과 바다』(민음사, 2012).
바르바라 지히터만, 박의춘 옮김, 『커플』(해냄, 2001).
아서 밀러, 강유나 옮김, 『세일즈맨의 죽음』(민음사, 2009).
백석, 안도현 편, 『사슴』(민음사, 2016).
안도현, 『모닥불』(창작과비평사, 1989).
안도현, 『외롭고 높고 쓸쓸한』(문학동네, 1994).
안도현, 『백석 평전』(다산책방, 2014).
함현식, 『찌질한 위인전』(위즈덤하우스, 2015).
어니스트 헤밍웨이, 김욱동 옮김, 『무기여 잘 있어라』(민음사, 2012).
마이클 샌델, 김명철 옮김, 『정의란 무엇인가』(와이즈베리, 2014).
스베틀라나 알렉시예비치, 박은정 옮김, 『전쟁은 여자의 얼굴을 하지 않았다』(문학동네,

2015).
호메로스, 이상훈 옮김, 『일리아스』(동서문화사, 2016).
호메로스, 이상훈 옮김, 『오디세이아』(동서문화사, 2016).
조세희, 『난장이가 쏘아올린 작은 공』(이성과힘, 2000).
프랑수아 를로르, 오유란 옮김, 『꾸뻬 씨의 행복 여행』(오랜된미래, 2004).
기욤 뮈소, 윤미연 옮김, 『구해줘』(밝은세상, 2006).
기욤 뮈소, 전미연 옮김, 『당신 거기 있어 줄래요』(밝은세상, 2007).
다다 히로시, 정근 옮김, 『사과가 쿵』(보림, 1996).
아고타 크리스토프, 용경식 옮김, 『존재의 세 가지 거짓말』(까치글방, 2014).
신경숙, 『엄마를 부탁해』(창비, 2008).

2부 현대교양백서

덕후가 세상을 바꾼다!

아서 코난 도일, 박상은 옮김, 『셜록 홈즈』(문예춘추, 2012).
말콤 글래드웰, 노정태 옮김, 『아웃라이어』(김영사, 2009).
존 파울즈, 『콜렉터』(영웅, 1991).
사이먼 윈체스터, 『The Man Who Loved China』(Harpercollins, 2008)
피터 빅셀, 김광규 옮김, 『책상은 책상이다』(문장, 1993).
나카노 히토리, 정유리 옮김, 『전차남』(서울문화사, 2005).
닉 혼비, 이나경 옮김, 『피버 피치』(문학사상, 2014).
마이클 스콧, 강성순 옮김, 『불사신 니콜라스 플라멜』(문학수첩, 2010).
다치바나 다카시, 이언숙 옮김, 『나는 이런 책을 읽어왔다』(청어람미디어, 2001).
오카자키 다케시, 정수윤 옮김, 『장서의 괴로움』(정은문고, 2014).
파트리크 쥐스킨트, 강명순 옮김, 『향수』(열린책들, 2000).
루스 베네딕트, 이종인 옮김, 『문화의 패턴』(연암서가, 2008).

인간 vs. 인공지능

아서 C. 클라크, 김승욱 옮김, 『2001 스페이스 오디세이』(황금가지, 2017).
조지 오웰, 정회성 옮김, 『1984』(민음사, 2003).
필립 K. 딕, 박중서 옮김, 『안드로이드는 전기 양의 꿈을 꾸는가』(폴라북스, 2013).
유발 하라리, 조현욱 옮김, 『사피엔스』(김영사, 2015).
아이작 아시모프, 김옥수 옮김, 『파운데이션 완전판 세트』(황금가지, 2013).

엘빈 토플러, 김진욱 옮김, 『제3의 물결』(범우사, 2014).
프랜시스 후쿠야마, 이상훈 옮김, 『역사의 종말』(한마음사, 1992).
올더스 헉슬리, 이덕형 옮김, 『멋진 신세계』(문예출판사, 1998).
다치바나 다카시, 전현희 옮김, 『우주로부터의 귀환』(청어람미디어, 2002).
칼 세이건, 홍승수 옮김, 『코스모스』(사이언스북스, 2006).
칼 세이건, 이상원 옮김, 『콘택트』(사이언스북스, 2001).

집에 대하여

유현준, 『도시는 무엇으로 사는가』(을유문화사, 2015).
미셸 푸코, 오생근 옮김, 『감시와 처벌』(나남, 2016).
어니스트 헤밍웨이, 이한중 옮김, 『태양은 다시 뜬다』(한겨레출판, 2012).
로이드 칸, 이주만 옮김, 『로이드 칸의 아주 작은 집』(한스미디어, 2013).
패티 스미스, 박소울 옮김, 『저스트 키즈』(아트북스, 2012).
헨리 데이비드 소로, 강승영 옮김, 『월든』(은행나무, 2011).
안나 가발다, 이세욱 옮김, 『함께 있을 수 있다면』(북로그컴퍼니, 2017).
태미 스트로벨, 장세현 옮김, 『행복의 가격』(북하우스, 2013).
알렉산더 폰 쇤부르크, 김인순 옮김, 『우아하게 가난해지는 법』(필로소픽, 2013).

19금에 대하여

미셸 푸코, 문경자, 이규현, 이혜숙 옮김, 『성의 역사』(나남, 2004).
슈테판 츠바이크, 곽복록 옮김, 『어제의 세계』(지식공작소, 2014).
기 드보르, 유재홍 옮김, 『스펙타클의 사회』(울력, 2014).
정옥분, 『발달심리학』(학지사, 2014).
데이비드 허버트 로렌스, 오영진 옮김, 『채털리 부인의 사랑』(범우사, 2006).
생 피에르, 김종건 옮김, 『폴과 비르지니』(청목사, 1987).
윌리엄 골딩, 유종호 옮김, 『파리대왕』(민음사, 1999).
밀란 쿤데라, 방미경 옮김, 『농담』(민음사, 1999).

슈퍼 히어로!

나관중, 이문열 옮김, 『삼국지』(민음사, 2002).
프리드리히 니체, 김남우 옮김, 『비극의 탄생』(열린책들, 2014).
앨런 무어, 정지욱 옮김, 『왓치맨』(시공사, 2008).
리처드 도킨스, 이한음 옮김, 『만들어진 신』(김영사, 2007).
존 포츠, 이현주 옮김, 『카리스마의 역사』(더숲, 2010).
브람 스토커, 이세욱 옮김, 『드라큘라』(열린책들, 2009).

3부 대한민국이 사랑하는 작가 특집

강신주, 『강신주의 감정수업』(민음사, 2013).

베네딕트 데 스피노자, 조현진 옮김, 『에티카』(책세상, 2006).

요한 볼프강 폰 괴테, 박찬기 옮김, 『젊은 베르테르의 슬픔』(민음사, 1999).

이반 투르게네프, 『무무』

윤태호, 『이끼』(재미주의, 2015).

비밀독서단

초판 1쇄 발행 2017년 5월 15일

지은이 OtvN 비밀독서단 제작팀
발행인 이한우
총괄 김상훈 **기획관리** 안병현 **편집장** 김기운
기획편집 김혜영, 정혜림 **디자인** 이선미 **마케팅** 신대섭

발행처 주식회사 교보문고
등록 제406-2008-000090호(2008년 12월 5일)
주소 경기도 파주시 문발로 249
전화 대표전화 02)1544-1900 **주문** 02)3156-3681 **팩스** 0502)987-5725

ISBN 979-11-5909-606-8 03810
책값은 표지에 있습니다.